美人記

8

目次

壹之章　皇帝駕崩掀舊事

江念與何子衿揣測過諸多何恭及沈氏等人遭遇山匪截殺的原因，連是不是金家人自導自演的忘恩負義念頭都有過，但是徹查之後，並未發現金家有任何可疑之處。後來，江念向州府借兵，一路摸到山匪的老巢，方將其一網打盡，在年前立了個剿匪的軍功。

原來是有人出錢讓山匪綁架何恭與沈氏，山匪頭子認為何恭官位不高，又沒深厚背景，就大著膽子接了這樁生意，結果把自家一干兄弟給賣進了縣衙大牢裡。可惜縱使按山匪頭子的供詞畫了買凶之人的肖像，搜遍整個北昌府仍是沒找著。

余巡撫派了一隊府兵保護何家人，原本余巡撫還想邀請何恭夫婦到自己家裡暫住，但何恭覺得這樣太顯眼，就婉言謝絕了余巡撫的好意。

紀將軍在過年前派遣一支百人護衛隊過來接繼女與長子回北靖關，何老娘便帶著何洌和余幸夫妻及興哥兒，跟著這支護衛隊回北昌府過年。

何老娘見著余巡撫給自家派的府兵，很是得意地同沈氏道：「余親家當真是好人，知道你們路上險些出事，給咱們派了府兵，這要擱別人家，再沒這樣體面的。」

沈氏卻擔心是不是強盜的事還沒完，何老娘無此擔憂，還道：「這妳都看不明白？這是老親家給咱家作臉呢！老親家派府兵來，意思就是說，誰要再敢打咱們家的主意，那就是與巡撫大人作對，妳就放心吧！」

沈氏道：「我是擔心山匪的案子還沒結，巡撫大人才會派兵過來。」

「哪裡沒結了，山匪都抓起來了。阿幸與我說，阿念臨任期滿得這麼一個剿匪的功勞，明年定要升官的。」何老娘喜孜孜道：「咱家丫頭就是旺阿念哩！」

等到余幸在年前診出身孕，沈氏就再顧不得尋思山匪的事了。

何老娘樂道：「明兒咱們就去廟裡上香還願。」

沈氏道：「那天阿幸抱著阿昀把尿，那小子尿了阿幸一身，我就說這是好兆頭。」然後又笑咪咪地問兒媳婦：「妳這孩子，先時無所覺嗎？」

余幸不自覺撫上平坦的腹部，有些不好意思，「上個月癸水沒來，我怕不準，白讓婆婆跟老太太空歡喜，就沒有說出來。」

何老娘直道：「哎喲，我的重孫兒啊！」眼睛盯著孫媳婦的肚子就挪不開了。

余幸被太婆婆那火辣辣的目光都看羞了，沈氏擔心兒媳婦有壓力，笑道：「孫子和孫女都好，咱家男孩子太多了，我就盼著頭一胎是閨女，我想要個孫女。」

何老娘忙道：「先生兒子再生閨女也是無妨的。」

她覺得兒媳真不會說話，哪有頭一胎就盼閨女的？

沈氏道：「頭一胎是閨女，閨女貼心，跟咱們子衿一樣，能照顧弟弟妹妹，。」

何老娘一想到自家丫頭片子，也不能昧著良心說閨女不好了，就勉勉強強道：「也成吧，反正又不是生一個，頭一個是閨女也不錯，閨女貼娘的心。」

余幸剛有了身孕，婆婆與太婆婆就對是生閨女好還是生兒子好進行了一番辯論，辯論得余幸到了巡撫府，與祖母說起來都是：「我們家老太太喜歡重孫，我們太太盼著是孫女。」

余太太打趣：「跟妳大姑姊似的，生對龍鳳胎最好。」

余幸笑道：「誰不想生龍鳳胎啊，我長這麼大就見大姑姊生過，她真是有雙胞胎的命，這回又生了阿昀和阿晏，他們長得可好看了，特像我大姑姊。」

余太太道：「一般來說，養女隨姑，妳要是生了女兒，多半會像妳大姑姊。」

「大姑姊相貌真真是沒得說的。祖母，您不知道，我們大姑姊說句話，對大姊夫比聖旨還管用呢。」余幸笑著搖頭，「要是我生個閨女像大姑姊，一準兒是個美人兒。」

余太太道：「就是性子像，以後也沒妳愁的，妳大姑姊多能幹啊！」

「這倒是。」余幸也承認這一點，又悄聲道：「我大姑姊那人不止能幹，還是個敞亮人，她那胭脂水粉的鋪子，初時我覺得沒啥，不就自己配了些紅參潤膚膏嗎？現在賣得可好了。西涼那邊，還有比西涼更遠的蠻國，每年不知要買去多少。連帶咱們州府裡但凡有些私財的太太奶奶們，多會用這個。早先我就是胡亂給出了幾個主意，大姑姊便說照著我說的那般改進還不賴，今年大姑姊就給了我一千兩的分紅。我沒想要，大姑姊非要給。」

余太太笑，「看吧，先時妳還說婆家清貧，人家可是一點都不小氣。」

「婆家的宅子的確是小了些嘛！」余幸想到剛成親時的事，頗不好意思，撒嬌道：「其實婆婆不是沒錢置大宅子，以前我不明白婆婆的苦心，現在明白了，下頭畢竟有兩個小叔子，自然要精打細算。我想著，等我生了孩子，就收回一間鋪子，自己也做個小生意。」

余太太笑道：「那就看妳了，眼下不急，先顧著妳的肚子，好好養胎，服侍好孫女婿，讓孫女婿用心念書。明年就是秋闈的年頭了，妳祖父說孫女婿的文章問題不大，但是也不能鬆懈，秋闈之後還有春闈呢。」說到科考，余太太神色多了幾分鄭重。

余幸連忙道：「我曉得，就是一百個鋪子，也沒有相公秋闈要緊。」

余幸有了身孕，兩家人都極歡喜，特別是即將當爹的何洌，孩子還沒影呢，就買了一堆玩具回家，每天必說我閨女如何如何。

余幸第一胎比較想要兒子，聽丈夫不停叨咕閨女，抱怨道：「你怎麼這麼喜歡閨女啊？這要是兒子，你還不樂意怎地？」

「哪能不樂意啊？」何洌摸著媳婦的肚子道：「只是，我與阿念哥說好了，咱們要是有了閨女，就與阿念哥做兒女親家。阿昀和阿晏是今年生的，咱閨女是明年的日子，正好大一歲，很是般配。阿曄明年就七歲了，有些大了。當然，如果孩子們實在投緣，也不是不行。反正阿念哥有仨兒子，隨咱們閨女挑。」

余幸捶了丈夫一記，「你怎麼沒與我說？」

「這不是說了嗎？」何洌道：「是去歲說定的，那會兒妳還沒懷上呢。我擔心說了，妳再急懷孕的事，而且，妳不是常誇阿曄他們嗎？」

余幸哼一聲，算是領了丈夫體貼的情，卻還是有些不滿道：「孩子好是一回事，親事是一回事，萬一以後脾性不相投該怎辦？」

「我就不信阿曄他們兄弟三個都與咱閨女不合。」何洌相當看好這樁親事，「妳不是常誇阿昀是福星嗎？」說著，搔搔沒毛的下巴，「其實我比較喜歡阿曄，這小子念書很伶俐，阿念哥就是探花出身，以後說不得阿曄能考個狀元。要是阿曄中狀元，妳說這親事好不好？」

余幸摸著肚子道：「那誰中狀元就嫁誰。」

何洌揶揄：「好一個勢利眼的丈母娘！」

余幸氣笑，雖不滿丈夫沒有提前告訴她就給閨女定下親事，可又轉念一想，倘如丈夫所言，幾個外甥很有出息，的確配得自家長女，便又捶丈夫一記，告誡道：「這事以後再說，小孩子的性情哪裡說得準，得彼此性子合適，才好做一輩子夫妻，不然不止是害了孩子們，咱們與姊姊、姊夫也不好相見。」

何洌無所謂道：「放心吧，要不是孩子們年歲差太多，我還想阿曦做兒媳婦呢。」

余幸頗覺好笑，「姊姊也不一定以後就不生閨女了。」

「那咱們說好了，不論閨女兒子，必要做一門親的。」何洌趁機道。

余幸不想入了丈夫的話中圈套，沒好氣道：「以後再說！」

除了給兒女定娃娃親這事外，余幸對丈夫近來的表現非常滿意，就是肚子裡的淘氣鬼沒一刻消停，孕吐嚴重，過年期間半點好東西都沒吃上，連慣常吃的血燕都是吃一口就吐。奇異的是，鋪子裡送來的辣白菜讓她胃口大開，她以前很少吃重口味的菜，卻吃了整整一碗辣白菜，險些把大家嚇著。

何老娘見怪不怪，道：「讓阿幸吃。有身子就這樣，以前我懷阿洌他爹時，就愛吃醋醃蘿蔔，也是一吃一碗，聞見那味兒就忍不住。」然後，掐指一算，「酸兒辣女，阿幸愛吃辣，這胎多半是個閨女。」

沈氏道：「一般懷了女兒，肉皮會變細緻。懷了兒子，則肉皮粗糙。阿幸這胎，我覺得像是兒子。」見媳婦臉色微變，又笑道：「妳頭一次有身子不曉得，我懷阿洌時就這般，臉上長了斑，不過生產後就褪下去了，妳看我臉上，現在哪裡有斑來著？」
余幸細看婆婆的面頰，眼角眉梢雖有少許細紋，可著實白皙，完全看不出村姑模樣。
余幸摸摸自己的臉頰，回想著道：「大姊姊懷阿昀和阿晏時，好像也是如此。」
余幸聽著婆婆說著孕期經驗，也就不大在意自己臉上長斑的事了，只是到底跟婆婆打聽了幾個去斑祕方。沈氏笑道：「哪有什麼祕方，我懷孕時就是用了些花露花油。」
余幸又問是什麼花露花油，然後決定要同大姑姊交流。生兒子重要，容貌也很重要。
過完年，何老娘原還準備帶孫子去沙河縣，不想傳來了江念升任北昌府同知的消息。升遷調令是從吏部下來的，送達北昌府時已是二月初。原本是顯眼的升遷，卻被一樁國朝大事完全掩蓋，那就是，今上立六皇子為皇太子，同時大赦天下，並頒布諸多惠民諭令。
何家人很為江女婿高興，反正他們也不認識哪個是太子殿下。
沈氏眉開眼笑道：「這樣咱們就都在一處了。」接著命翠兒去把東西廂都打掃出來。
余幸聽到大姑姊夫升遷的消息，自然也是高興的，見婆婆讓人收拾屋子，就知曉是給大姑姊一家預備的。余幸忙道：「母親，我那裡就有現成的地方，那麼大個園子，就是大姊姊和三姊姊、江表哥他們一起搬過來也住得下。」
「不用，讓妳大姊姊他們住我這裡就是。妳現在有了身子，可不能吵著妳。」
余幸笑道：「哪裡就能吵著了？我現在就喜歡孩子們。園子地方大，太太和老太太不願來住，那些屋子總空著也沒人氣，正是該熱鬧些才好。」
沈氏樂得小輩們親近，見兒媳婦這般懂事，自是笑咪咪地應了。

余幸還命人打了兩副精緻的八寶鐲子，準備送給阿昀和阿晏。主要是給阿昀，阿晏是順帶，因為她覺得是阿昀給自己帶來了「好孕道」。

余幸雖有身孕，但也是有時間就回祖母家看望兩位老人家，還經常留下來住一晚。如今兩樁幸事降於頭頂，她就打算帶丈夫去祖父母家樂呵一下。

何冽問：「如何是兩樁幸事？」

「其一是大姊夫升官，其二自然是立太子了。」余幸到底是大族出身，何況余家是皇后娘娘的近親，余幸於宮中事知道的就比尋常人多些，她悄悄道：「今上膝下有六位皇子，唯六皇子是自幼長於皇后娘娘膝下的。」

何冽一向有啥說啥，這般想就這般說了，「說來，妳還是遠房皇親呢。」

「什麼叫遠房皇親？真是不會說話！」余幸道：「八竿子打不著的人還恨不得攀上承恩公府去結個親呢，也就是舅祖父家是書香人家，最要臉面，再不肯以外戚身分壓人。太皇太后她老人家的娘家承恩公胡家，聽說還有不少乾兒子、乾孫子的親戚，那才叫沒臉沒皮。咱們本就是親的，也不是皇后娘娘做了皇后才開始走動的，舅祖父這一輩就嫡親兄妹三人，我祖母最小，結果嫁得最遠。祖父官運坎坷，初時是二榜傳臚，結果剛入翰林就開始守孝，足足守了十年，把祖父母、父母的孝都守完了，祖父才出仕，謀了北昌府的差使。祖母隨祖父回鄉守孝，十多年沒回帝都，待回帝都城的時候，皇后娘娘已經出嫁。雖遠在北昌府，每年我們也都是有來往的。我爹、我姑媽成親後都留在帝都，多承皇后娘娘照顧，可惜娘娘無子，我們小時候都去過五皇子府，皇后娘娘很喜歡孩子的。」

余幸想到待她不錯的皇后娘娘無親兒，只能將養於膝下的六皇子扶上帝位，不由輕嘆。

何冽安慰道：「如皇上和皇后這樣的人物，定是神仙轉世，命數往往關乎天下蒼生，與咱們這等凡人不同的。」

余幸很有些迷信，聞言點頭，「你說的也在理。」

何冽正色道：「以後得叫相公了啊，不能閨女出生了，妳還你啊我啊的。」

余幸白丈夫一眼，「姊姊還經常叫姊夫的名字呢。」

「他們那是自小一起長大的，說起來，我叫了阿念哥多少年，也總是改不過來。」何冽笑說：「阿念哥自己也是，經常叫姊姊子衿姊姊，我每次聽了都想笑。」

「姊姊和姊夫是不是從小感情就這麼好啊？」

「那是當然了。阿念哥小時候就特喜歡跟姊姊在一處，姊姊去山上挖野菜撿野果，他都會跟著姊姊一塊去的。」

「以前咱家有那麼窮嗎？還挖野菜撿野果？」

何冽道：「每年春天我們都會上山挖野菜做野菜餅和野菜蒸餃，妳不是很喜歡吃嗎？」

野菜蒸餃很合余幸口味，又香又鮮，還帶著一絲淡淡的野菜甜味。

余幸聞言就知自己誤會了，「我還以為是沒飯吃才去挖野菜呢。」

「沒飯吃說的是祖母小時候，那會兒打仗鬧饑荒，地主家都沒得吃了。」何冽道：「咱們家雖不是高門大戶，吃飯也是不愁的。」說著看一眼窗外，還是積雪未融，「這北昌府春天就是來得晚，這會兒野菜還沒露頭，不然就能叫人去郊外尋些來做野菜蒸餃了。」

「你說得我又饞了。」

「再說個讓妳饞的，姊姊還會烙千層餅，每一層的放的蔥都不一樣。這餅就得春天烙，一層放水蔥，一層放野蔥，一層放香蔥，烙這樣的餅不能用素油，亦不能用羊油，必須得用牛油，哎喲，那味兒簡直香極了！」

余幸本是不餓，被何洌這般一說，竟吞起口水來。何洌看了，忍不住笑倒在炕上。

余幸氣得拍打他數下，命令他給自己烙餅去。

何洌笑道：「這裡沒見過野蔥，水蔥也沒有，只有一尺長的大蔥，烙餅可不好吃。」

「那你饞我做什麼？」余幸實在無法，使喚何洌去給他端了半碗辣白菜過來。何洌很體貼地為妻子再多配了兩碟醬菜、一碗白飯。余幸吃得很是憂愁，嘆道：「我聽姊姊說，懷孕時要多吃水果，生出來的孩子才水靈，可我只吃得下這些醃菜，萬一生出來的孩子像個老白菜幫子可怎麼辦？」

何洌笑得手發顫，遞盞茶擱妻子手邊，道：「怕啥？我聽太岳母說，妳剛生下來還不如白菜幫子呢，現在不也挺水靈的嗎？」

余幸又被氣笑了，小夫妻倆鬥了幾句嘴，何洌忙服侍著媳婦吃醃菜了。

江念接到調令，倒不至於太過訝異，對於立太子的事更沒半點感覺，憑他現在的官位，送禮給太子殿下都不夠格呢。接到調令，就要先去州府拜見上峰，江念想帶妻子一起去，何子衿道：「不成，阿昀和阿晏太小，還在吃奶呢，我哪裡離得開？」

江念想想也是，要是斷了奶，還能託朝雲師傅幫著養幾日。

何子衿叮囑道：「娘應該會幫咱們留意宅子，但還是要說一聲，最好是近些的宅子。」

江念應了，帶著子衿姊姊幫忙收拾的衣物，帶足了隨從，就直奔北昌府去了。

余巡撫見著江念極是高興，當頭一句就是：「東宮得立，天下大喜啊！」

江念記得皇后娘娘是沒有親兒子的，但見余巡撫如此喜悅，不禁暗道，余巡撫真乃國朝忠臣啊，這立太子也好幾天了，怎麼還這麼高興？或許得立太子的這位皇子與謝皇后關係親厚吧？江念並未多想，只是虛應幾句：「是啊，大喜大喜！」

江念種種神態變換自然逃不過余巡撫的眼睛，余巡撫暗道，看來他是真的對自己的身世一無所知。轉念又想，這並非壞事，倘江念真知曉什麼，這心怕就要長草了。

余巡撫看重江念與太子殿下的關係，當初讓嫡長孫女與何家結親，未嘗沒有此間緣故。當然，也是因為何家人寬厚，何冽不算無才，他方能下了決心，不然便是再看重，他也不見得就捨得讓嫡長孫女下嫁。

關係是關係，本事是本事，缺一不可，不然想再往上走很困難，現成的太皇太后娘家承恩公府胡家就是一例。先帝在時，胡家還算興旺，畢竟這是先帝舅家，今上一登基，胡太后升為太皇太后，胡家的光景卻不似先帝在時了。家族人才凋零，僅一位有才有能的，還早早被先帝賜府分了家，那便是南安侯。這位老侯爺憑軍功封侯，卻是個怪胎，今上登基那年，他不過六十幾歲，就將爵位讓給長子，自己去給先帝守陵。

不過，這位侯爺軍事才幹過人，哪怕去守陵，今上但凡有軍機要事，仍是會把他從帝陵召回，徵詢他的意見。正因有這位侯爺在，承恩公胡家方得以保全家族岌岌可危的地位。

與胡家相對的是皇后娘家承恩公謝家，謝家就是余巡撫的岳家。說到岳家，余巡撫很是有幾分自得的。大舅兄雖已過世，但生前官至一部尚書，入閣為相。二舅兄外任，致仕前也做過一任總督。正因岳家顯赫，余巡撫年輕時官運坎坷，在家守孝足有十年還能立刻出仕，所倚仗者就是岳家。倘不是守了十年的孝，他此生成就當不止於巡撫之位。

事實上，北昌之地苦寒，不設總督，而他雖為巡撫，卻也是北昌府最大的頭目。

余巡撫很看好江念這支潛力股，江念不止會做官、會做人，還與太子殿下有血緣關係，前途著實不可限量。與何家的聯姻，在得知六皇子被立為太子的那一刻，余巡撫才算真正放下了心中的重擔，這也是他為家族所做的最後一樁重要的決定了。

余巡撫留江念用午飯，並說到自己即將致仕之事。

余巡撫笑道：「以後就是你們年輕人的天下了。」

江念道：「我等小子還需老大人多指點，有時您說一句話，我們便能少走彎路。」

余巡撫感慨道：「再說也不過是老生常談，無非就是好生做人好生做官。我在北昌府待了大半輩子，這裡就是我第二個家鄉。阿念，你既有毅力且沉得住氣，不畏辛苦於此地經營，以後的成就必遠勝於我這老頭，我唯一希冀就是，望你好好治理此地，讓百姓們更富裕，莫讓別個人一提到北昌府，就認為是貧瘠苦寒之地。」

余巡撫說著，眼角隱有淚光，他過往的青春、理想和野心早已深植這片土地了。

江念尋思著，這位老大人對於北昌府的情感，或許並不遜於他那勃勃的野心。

江念正色道：「大人所言，下官必不敢忘。」

余巡撫拉著江念說了不少北昌府的事，又道：「我的致仕摺子已遞了上去，若所料未差，當是田參政接我的位置。你明日先去拜見張知府，再去尋文同知準備交接之事。你在沙河縣的事務也需要料理好，朝廷應該馬上就會派人來接手你在沙河縣的職司。」

酒過三巡，江念扶余巡撫回後院，余太太笑嗔：「這老頭子，一把年紀了還吃醉酒。」

江念笑道：「老大人今日高興，這才多吃了幾盞。」

余太太見江念臉頰薄紅，身上酒味也不輕，便命丫鬟上了醒酒湯，留江念吃了兩碗，讓他歇息片刻，方令他去了。

江念來北昌府，每天出去必有酒場，不止上峰留吃酒，到了文同知那裡，還得設宴敬老前輩。文同知是轉任晉中為官，依舊是同知，但晉中富庶，非貧寒的北昌府可比，故而文同知氣色極好，直接就說他都收拾得差不多，隨時可以準備交接，江念便命三喜帶人與文同知手下的幕僚李師爺交接事務。一般能做幕僚的，起碼得三十往上，三喜卻是才二十出頭，至於三喜手下的人更年少，最大的十八，最小的十五。

江念一直沒有幕僚，在帝都時沒找著，人家嫌北昌府苦寒，略有些本事的都不願意來，沒本事想混飯的，他卻是看不上。後來到了沙河縣，想尋幾個師爺，可惜沒找到合適的，直到羅大儒來了。羅大儒不愧是大儒，連師爺的職司都精通。只是，羅大儒半輩子坎坷，好不容易與好友重逢，讓他教一教江何兩家的孩子他很樂意，縣衙的事請他偶爾出幾個主意也還成，至於錢穀刑名事務太瑣碎，羅大儒不願意操這個心。

江念心思倒是靈活，他買了幾個機靈小子，讓人教他們幹活、認字，然後細說錢穀刑名之事。找不著師爺，請羅大儒幫著分門別類訓練這些得用的小子，比師爺也不差什麼。

文同知是個清雅人，不諳俗務，底下一應事務都是李師爺做主。而江念交接之專業，所有文書各司印鑒簽名俱全，所有帳目乾淨分明，有條有理，李師爺一看這架勢，對江念便先多了幾分好感，一看就知道人家是做過準備的。

李師爺眼瞅著要隨文同知調任了，對於江念就知無不言，言無不盡，反正現成的人情，不做白不做，甚至把自己輔佐文同知多年的一本祕帳給了江念，上頭是同知衙門三節兩壽的各項走禮記錄，李師爺笑道：「這上頭的例，也是前任張同知傳給我們大人的，用了這幾年，再無錯漏。只是，此一時彼一時，今年府裡調離任的不少，聽聞余大人也將致仕，新來的大人何等性情，還得江大人多斟酌。」

江念真誠地笑道：「虧得李兄想著我。不知李兄與文大人何時啟程，小弟過來相送。」

李師爺道：「待大人這裡交接好，我等就要隨文大人去晉中赴任了。」

江念嘆道：「這麼快？以前我來府裡總是匆忙，不得與李兄深交，今始知你我性情相投，卻不想李兄就要遠去晉中。此一去，不知何年再見了。」

李師爺也是感慨，怎麼自己就沒遇到江同知這樣的精幹主家呢。雖然眼下文同知啥事都聽自己的，他卻更青睞江同知這般懂俗務會做官的，何況人家又與余巡撫有親。縱使余巡撫要致仕，但余巡撫的兒子在帝都已是三品侍郎。這位江同知既會做官，又有靠山，將來前程必是不凡。此一想，更添遺憾，覺得自己時運不濟，沒遇得好主家。

江念辦理完各項交接細務，便同張知府請了幾日假，回沙河縣接媳婦孩子們去了。

江念帶了個驚天消息給媳婦：「先時咱們在家猜的，果真有七八分準。原來我不敢相信，誰知余巡撫見了我就說大喜，嚇得我汗毛險些豎起來。妳說，岳父和岳母遇到山匪截殺，是不是受了這事牽連？」

何子衿道：「咱們家這都外放到北昌府來了，再說，以前在帝都也是做窮翰林，啥都沒摻和過，跟皇室的事兒沾不上邊，圍殺咱們爹娘做什麼？」

江念也想不透，「看余巡撫那樣，做太子的那個必是與我有利的。虧得余巡撫那般心喜，也不想想是福是禍還兩說呢。我猜，這事不是太子的人，就是太子的仇家幹的。」

「不大可能是太子的人吧？我聽說謝皇后無子，誰要做太子，想必都得過得了謝皇后那關。謝皇后不會那般沒眼光，選個會派山匪殺害臣子的人做太子吧？何況，既然對方敢對咱爹娘下手，這事朝雲師傅就會知道，朝雲師傅知曉，皇上與皇后便會知道。發生這事前，太子不是還沒立嗎？這要是立太子前太子幹這事，這太子除非是失心瘋，不然豈不是現成的把柄？興許是太子的仇家幹的，可能是恨屋及烏。」何子衿揣測道。

於謝皇后這位嫡母而言，庶出皇子做太子，最重要的也許不是才幹，而是厚道與良心。起碼現在太子便是裝，也得裝出厚道與良心來，不至於做下勾結山匪殺害朝臣的事。

江念道：「等咱們回了北昌府，姊姊有空私下同弟妹打聽一下，看看這位太子殿下的生母是誰，是哪裡的人氏。」

何子衿問道：「你不會覺得是那誰……生母……下的手吧？」

「不大可能，要是她下手，也是衝著我來，怎麼會衝岳父和岳母來？」

小倆口商量半天，商量不出個子丑寅卯。想去尋朝雲道長問問嘛，可朝雲道長明顯是個過氣權貴，雖然沒人敢惹，但朝雲道長對於現在宮裡的事也知之不多，於是，兩人還是打算先搬家，剩下的事以後再說。

何子衿去跟朝雲道長商量搬家的事，至於蔣三妞、江仁兩邊已是說好，兩家暫時不搬，因為江仁及胡文的生意在這邊，一時離不得。再者，在沙河縣住了幾年，一應家當不少，不是說搬就能搬的，所以等安排好了掌櫃管理鋪子，州府那邊也置了房舍，到時再搬不遲。

何子衿則是打算遊說朝雲道長搬去北昌府。

自從江念升了官之後，何子衿擔心朝雲道長這個死宅男不願意挪窩，便三不五時過來誇北昌府如何如何好，阿曦卻是很實在地說：「我去過府城，沒覺得有娘您說的那麼好啊，我還是覺得咱們沙河縣好。」

這丫頭不愧是朝雲道長培養出來的，在哪兒住熟了就覺得哪兒好，她娘道：「先前妳只去了幾日就不想回來，所以娘沒帶妳去一些好地方，怕妳真的樂不思蜀了。」

阿曦已經七歲，早不似少時嘴笨，嘟嘴道：「哪裡樂不思蜀啦？我沒去蜀中住過，要思哪兒啊？」還唱反調：「我就覺得沙河縣很好。爹也真是的，幹嘛升官啊，做縣尊多好呀！」

「哎喲，妳這沒眼光的丫頭，妳哪裡見過北昌府的好山好水？來來來，讓妳祖父跟妳說說，北昌府何其繁華也！」何子衿其實也講不出北昌府哪裡繁華來，就把這事推到朝雲道長身上，想著朝雲道長學富五車，必然是曉得的。

朝雲道長老神在在，就一句話：「北昌府好啊，多豪傑。」
阿曦一聽，兩隻眼睛立刻亮得跟燈泡似的，連聲問道：「祖父，當真？」
朝雲道長點頭，阿曦高興起來，纏著她娘問：「娘，咱們什麼時候搬啊？」
何子衿愁得要命，阿曦這孩子原本挺好的，三觀也正，可自打俊哥兒在山匪面前展示了一回勇武，阿曦就有了偶像，便是她舅舅俊哥兒。阿曦也似得了一種病，名叫豪傑病，就崇拜各路英雄豪傑，一聽說北昌府多豪傑，當下就願意去了。
何子衿見她閨女改了主意，就瞅著朝雲道長說：「妳祖父啥時搬，咱們就啥時候搬。」
阿曦道：「祖父的宅子已是得了，就是那個園子有些小，還缺一個演武場。祖父說要再買下旁邊的宅子，建一個演武場。」
何子衿道：「師傅，您又不會武功，建演武場做什麼？」然後，想到閨女說的話，不由絕倒，「師傅既已得了宅子，如何不早與我說？我還日日過來勸您呢，您就愛看人著急。」
朝雲道長但笑不語，阿曦則哈哈大笑，「這是祖父同我約好的，我們都不說祖父在府城置宅子的事，看您猜不猜得到。要不是我不留神說出來，娘您還猜不著呢。」
何子衿被她閨女與她師父氣得眼前一黑，世上哪有這樣的師傅與這樣的傻閨女？
何子衿道：「你們都不說一聲，誰猜得到啊？」
阿曦道：「祖父說娘您會占卜，我就是想看您占卜靈不靈，原來一點都不靈啊！」
何子衿又被這祖孫二人氣得想吐血，師傅不敢惹，便尋她閨女麻煩，怒道：「妳又攛掇著祖父給妳弄什麼演武場，是不是皮癢了？」

阿曦很認真地同她娘講道理：「我會武功啊！」

「就妳那小手臂小腿兒的，在池子旁的假山畔練練就得了，弄啥演武場啊？」何子衿尋到個念叨師傅的理由，立刻道：「師傅，您可不能這樣慣著孩子呀！」

阿曦一聽她娘竟然反對，就噘起嘴來道：「娘，我跟祖父都商量好了的。」

朝雲道長點點頭，「商量好了。」

何子衿堅持道：「哪裡還用單獨建，有個方塊大小的地方就能練拳了。」她覺得閨女再這麼被慣下去，以後肯定是個敗家貨，看來有必要給閨女添一門財務課了。

阿曦道：「等我以後成了武功高手，方塊大小的地方哪裡夠用啊？」

「妳是什麼武林高手啊？妳娘我是武林高手嗎？」閨女就是練了個健身拳，也不知哪兒來的這麼大的腦洞，非但有了豪傑病，還覺得自己是個武林高手。

阿曦很不認同她娘的說法，道：「祖父說我的根骨好，讓聞道叔教我武功。聞道叔的武功很好，以後我肯定比娘您強啊！」

何子衿說一句，閨女頂一句，怒道：「我的肺都要被妳氣得頂出來了！」

阿曦忙嘻嘻笑著撲過去，朝她娘撒嬌。那軟軟的小身子一入懷，何子衿登時不惱了，把先時她師傅糊弄著她閨女看她笑話的事也忘了，心下琢磨演武場啥的也不是大事，便拍拍閨女，還是說朝雲道長一句：「師傅，您莫嬌慣孩子。」

朝雲道長渾不當一回事，「不過一個演武場而已。」

「對啊，祖父還說要專門收拾個書房給我，我以後是打算做文武全才的。」阿曦道。

何子衿嘖嘖稱奇，「妳哪裡學來的這等吹牛本領？」

阿曦正色道：「哪裡是吹牛，我說的是真的。」

「好吧好吧，我就等著我們阿曦變成文武全才了。」

阿曦趁機道：「娘，咱們家到北昌府也得置新宅子吧？」

「是啊，現在去了先住外祖母家，尋了合適的宅子再搬。」

「那您給我尋個有演武場有書房的宅子，不然我住咱們家時可就不方便了。」

何子衿想了想，覺得不該壞了閨女的上進心，便道：「到時看妳的表現再說。」

何子衿見朝雲道長宅子都買好了，又打聽是買在哪裡，最好是彼此住得近些。朝雲道長喚聞道來問了地方，聞道說出地址，又建議何子衿在哪裡置宅子。

何子衿對聞道的本事十分佩服，對閨女道：「跟著妳聞道叔好生學學，妳將來有妳聞道叔一半的本事，我就知足了。」

聞道武功高強，阿曦覺得她娘這話在理，點頭道：「我覺得也是。」

聞道聽得一樂，打趣道：「阿曦想要什麼樣的演武場，過來同我說一說。」

朝雲道長搬到北昌府的事定了下來，何子衿就將自己與江念把父母遇襲的分析同朝雲道長說了說，朝雲道長聽了一嘆，道：「左右無非那些爛事，糊塗著些罷了。眼下勝負已分，此事亦不必再查，以後想來也不會再有這樣的事了。」

何子衿心說，查啥啊，查出來她家也惹不起，然後又跟朝雲道長打聽：「師傅，您知不知道江夫人當年的事？」

「江夫人？」

「阿念他親娘。」

朝雲道長道：「那是很久以前的事了，我哪裡還記得？」

「說這話，想必是記得的。」何子衿小聲道：「師傅您悄悄與我說，我不告訴別人。」

朝雲道長微微一笑，「說這話，必是會告訴人的。」

「我也只告訴阿念一人。」何子衿臉皮頗厚，竟然還大方承認了。

朝雲道長嘆道：「阿蘭一向性烈，當年她吃了大虧，回鄉去我觀裡上香，說來，她並不曉得她父親以前是我家的侍衛。我看她可憐，便讓人給了她一些銀兩。我原以為她會回鄉，實未料得她竟然頂了其他人的名額進宮做了宮人，後來的事，我並不清楚。」

何子衿道：「我還以為是您安排她進宮的呢。」

「我身邊都是朝廷的人，如何有這等本領？」朝雲道長道：「我不過是命人給了她些銀兩過活，她向來心高，嚥不下那口氣，便自去謀了前程。」

何子衿又小聲問：「聞道師兄他們也是以前先帝安排的？」

「自然。」朝雲道長笑道：「他們雖是先帝安排的，這些年服侍我亦是盡心。」

看著朝雲道長揚起的唇角，何子衿就明白朝雲道長話中的未盡之意。一朝天子一朝臣，先帝逝世，眼下今上當政，謝皇后是朝雲道長嫡親的外甥女，聽說今上為著皇后，登基後都沒選新人入後宮，可見夫妻二人情分深厚。朝雲道長身邊服侍的人沒變，可眼下處境較之先前，自然非同日而語。

何子衿道：「江夫人十分冷淡無情，我只望她一如既往，徹底忘了阿念方好。」

朝雲道長道：「說不得她也有諸多不得已。」

「我真是求您了。」何子衿道：「什麼不得已能把親生骨肉丟下啊？要是我，我絕對是捨不得的。她那人與徐先生旗鼓相當，都非深情之人。阿念得她生養幾年之恩，如今我家無端受此連累，想來恩情已報，因果已了，日後再不要有什麼關聯方是幸事。」

朝雲道長笑道：「妳不是常說做人不能虧待自己嗎？我還以為妳會為阿蘭叫好呢。」

「做人是不能虧待自己，可如果是我，孩子既生了，就得養好，不然生孩子做什麼？孩子生了讓別人養，成什麼人了？別說被賤人辜負了啥的，然後走了跟賤人一樣的路，那不是把自己降格成個賤人了嗎？」何子衿嚴肅道：「我就是見不得這種生而不養的人，何況，她那會兒是無路可走嗎？明明師傅您都資助了她銀兩。要說無路可走，紀夫人的路是如何走出來的？端看各人抉擇罷了。自私就自私，千萬別說什麼不得已。」

朝雲道長為女弟子鼓掌，「說的好！」

何子衿拱拱手，假假謙道：「客氣客氣！」

師傅二人相視一笑。

聞道認為，何師妹就是有這種本事，說啥事都能說樂了。

既然朝雲道長已尋好宅子只待裝修，何子衿便又叮囑道：「師傅，您也別太挑剔了，修得差不多就成了，早些搬去府城才是正經。」

朝雲道長不認同女弟子這等看法，「居所豈能輕忽？」

何子衿得先同江念赴任，夫妻倆自然要帶孩子們一起走，偏生阿曄和阿曦都要留下來，兩人連理由都是一致的。阿曄是哥哥，做為代表發言，道：「祖父這裡要搬家，頗多東西需要收拾。爹、娘，你們不能在祖父這裡服侍，我與阿曦自當留下來幫忙。」

難為他板著一張嬰兒肥的小臉說得這般正義凜然。

何子衿道：「不是有你們聞道叔在嗎？哪裡用得到你們？」

阿曦挺著小肚子道：「用得到，聞道叔說人手不夠用，需要我們幫忙。」

好吧，反正龍鳳胎自幼在朝雲道長身邊長大，她又有剛滿半歲的雙胞胎要照顧，與江念商量過後，她便再去徵詢朝雲道長的意見。

朝雲道長口氣中的自得之情簡直都快要藏不住了，還努力故作淡然道：「這兩個孩子一向懂事得很。」又道：「上任之事耽擱不得，你們這就去吧。」又想著雙胞胎還小，尋常馬車窄小不說，也不夠保暖，遂將自己的豪華車駕借給了女弟子用。

等何子衿夫妻帶著雙胞胎來到府城時，余幸已將園子裡的院子收拾出來，沈氏笑道：「妳弟妹早早就準備好了，你們就住她園子裡吧，那裡也寬敞。」

何子衿未與弟弟、弟妹客氣，便道：「如此就叨擾弟妹了。」

余幸道：「自家人，說什麼叨擾來著？」命佛手下去，帶著大姑姊身邊的大丫鬟丸子下去安置大姑姊帶來的行禮。見三郎和四郎也來了，忙接了三郎來抱。三郎不知是不是天生與余幸有緣，余幸一抱，他便咧嘴笑了，余幸直道：「我最喜三郎這孩子，委實乖巧招人疼。」想著丈夫跟姊姊家定下親事，倘她有個閨女，嫁與三郎極好，這孩子有福運，旺丈母娘。

何子衿並不知江念已與何冽定下了兒子的親事，見余幸喜歡三郎，想著大概是三郎曾尿余幸一身的緣故，被小孩子尿身上的新媳婦，一向是視為吉兆的。

何子衿笑道：「這孩子也與妹妹投緣，妹妹一抱他便笑了。」

「是啊！」余幸道：「這才兩個月未見，覺得三郎和四郎又長大了許多。」

沈氏抱著四郎道：「小孩子就這般，長得飛快。」

何老娘覺得自家媳婦、孫媳婦，連帶自家丫頭都只說些沒用的話，就她老人家記掛著正經事，問江念：「衙門的事可都安排妥了？」

江念道：「都妥當了。」

何老娘此方放下心來，「眼下這升了官也莫驕傲，還是要與先時那般方好。你還年輕，好好幹，以後的路還長著。」

江念笑應，「是。」

何老娘深覺江念懂事能幹，又託江念幫何冽看一看功課，道：「晚上幫阿冽瞅瞅，今年阿冽要再下場。」正說著這個，何老娘忽想到一件極要緊的差使，與媳婦道：「趕明兒擇個黃道吉日，去廟裡為阿冽上兩炷香才好。」上次就是香沒燒好，叫孫子得了個孫山之外。

待晚間何恭、何冽和俊哥兒回來，自是一大家子團聚，對了，缺了龍鳳胎，知道龍鳳胎沒一起過來，何恭就有些不樂，私下說閨女道：「道長雖好，也不好總將孩子們放到道長那裡的，孩子們還小，離了父母，心裡該不好受。」

何子衿惆悵道：「他們哪裡有不好受，非要在朝雲師傅那裡，說是幫著收拾東西。」

何恭一起到外孫女那熱情的性子，讚道：「阿曦和阿曄都是懂事的孩子。」「主要是當娘的教得好。」

何恭被閨女逗樂，「為人當謙遜。」又叫了閨女過來幫他選孫子孫女的名字。

何子衿見他爹男女名字各取了一大篇，直道：「爹，您咋想了這許多啊？」

何恭笑，「多想幾個，以後備著用。」說著，又有些遺憾看閨女一眼，其實當初他也很想幫外孫外孫女取名的，奈何閨女女婿沒有請他幫著取名的意思，叫他很是遺憾了一回。

何子衿對著她爹那遺憾得不得了的小眼神，頗為心虛，連忙將她爹取的這兩大篇名字誇得天上有人間無的。

何恭輕咳兩聲，「既我取名這般好，下次再有外孫外孫女，可得讓我取名啊！」

難得他爹這寬厚老實人提要求，何子衿一口應下：「沒問題。」

何子衿與江念帶著雙胞胎到北昌府赴任，因余幸極力邀請就住在了余幸的花園子裡。何冽回來知道姊姊、姊夫住這裡，也很是高興，想著自己馬上要當爹了，媳婦終於也賢慧了，眼下就是加把勁兒準備秋闈了。

余幸見丈夫用功，雖自己如今害喜只得日日食用醃菜，對丈夫的飲食卻是極為關心，生怕丈夫用功太過會營養不夠來著，於是日日安排廚下給丈夫一日三餐進補。因著他們小夫妻住花園子，沈氏早便讓他們自己用飯。也奇異，早間見丈夫吃羊肉包子吃得香，余幸不覺有些嘴饞，何冽扳給她半個，道：「想吃就吃，娘說這害喜就前頭三個月，過了三個月便好了，我算著日子也差不多了。」

余幸往日是多喜食素食，如今不曉得怎麼了，這羊肉包子的香味是一陣接一陣往鼻子裡飄，不過，余幸真是給吐怕了，道：「算了，吃了也是吐。」

「嘗嘗，吃一口。」因著媳婦吐個沒完，何洌既擔心媳婦也擔心媳婦肚裡的閨女，便將包子遞到她嘴邊。余幸咬了一小口，她近些天吃什麼吐什麼，一口咬下去，雖覺包子香而味美，卻是細細咀嚼，想著一有嘔意立刻就吐出來。不料將包子嚥了下去，也沒嘔吐的意思，反而越發有食慾，便接了丈夫手裡的包子吃，竟未再嘔吐，還要了碗燕窩粥。

何洌覺得驚喜，顧不得吃包子了，連聲道：「這是好了吧？」

田嬤嬤歡天喜地直念佛，「姑娘可是好了，嬤嬤這就吩咐下去，中午燒幾道姑娘愛吃的小菜，姑娘可得好生補一補才好。」

何洌深以為然，與田嬤嬤道：「媳婦這些天委實消瘦了，嬤嬤好生給媳婦補一補。」

余幸早上吃得好，去何老娘那裡說話也很高興，見大姑姊又把阿昀和阿晏抱了出來，想著阿昀一來自己這孕吐便好了，果然阿昀這孩子最旺自己，便過去瞧在炕上玩的雙胞胎。兩個孩子已經可以靠著枕頭坐一會兒，此時正在他們娘的鼓勵下表演五連翻的翻身絕技，何子衿拍手道：「再翻一個，再翻一個！」直把雙胞胎累得喘氣。

何老娘笑道：「妳少作弄孩子，讓我家阿昀、阿晏歇一歇。」

何子衿道：「祖母不曉得，兩個小東西晚上睡覺總是翻來翻去，一點都不老實。」

「他們是活的，哪裡能不動彈？妳還敢說別人，妳小時候睡時還在床頭，睡醒就到床腳去了，這都是像妳，妳有啥可抱怨的？」何老娘抱了一個在懷裡，另一個立刻不幹，伸著小手晃啊晃，也要求抱抱。何子衿要抱，余幸忙道：「姊姊，讓我抱阿昀吧。」

何子衿將孩子遞給余幸，「妹妹小心些，他們現在大些了，總是動來動去的。」

「無妨無妨。」余幸接了阿昀在手，笑道：「阿昀乖著呢，是不是？」阿昀伸手要抓舅媽頭上的首飾，被舅媽咬一下小手，立刻咯咯笑了起來。

沈氏問媳婦早上吃了些什麼，余幸歡喜道：「也是奇了，別個時候只得醃菜能入口，今兒見大爺吃羊肉包子就有些饞，吃了兩個包子、一碗燕窩粥，半點都不想吐了。」

沈氏慶幸道：「可見是真的好了。」又叮囑媳婦：「先時妳什麼都吃不下，又有了身子，折騰得都瘦了，如今當好生補一補。可惜竇大夫還沒來，我這就打發人請萬安堂的大夫來，請他幫著把把脈，看如何滋補為好。」

余幸吃了一多月的醃菜，到底底子夠好，大夫開了幾個藥膳，沈氏把藥膳方子交給余幸的大丫鬟阿田，囑咐道：「記得每天燉給大奶奶吃。」

余幸結束了吃醃菜的生涯，心情很是不錯，與阿田道：「多給我備些菜蔬水果就好。」務必使閨女生出來漂亮伶俐，好與阿昀相配。看到這個好女婿，她記起那鐲子的事，笑與大姑姊道：「過年的時候，我給阿昀阿晏各打了一對八寶鐲子，昨兒姊姊、姊夫過來，我光顧著高興，一時忘了。」當下命丫鬟取了來。

何子衿見那鐲子是金嵌寶石的，連忙道：「這太貴重了，弟妹莫要如此破費。」

「並不破費，咱們阿昀和阿晏生得這般玉雪可愛，這鐲子要是個醜的戴了還壓不住。」余幸說著就拿了一副幫阿昀戴上。小孩子都喜歡色彩鮮豔的東西，一見這鐲子先啃幾口。

大人們說著話，又商量著去廟裡燒香的事，然後就是何子衿和江念置宅子的事了。何子衿自是願意同父母住得近些，只是近處沒有合適的宅子。不是人家住得好好的沒想賣，就是有那等無賴，知道何家閨女女婿升官可能就近購宅，雖是願意賣，但開的那價錢，北昌府再好的三進宅子最高價不過四百兩，當初余幸買下隔壁小院，因著人家升遷調任，急著脫手，沈氏只花了三百兩。後來余幸要建花園子，高價買了三處院子，花費二千兩。如今有人曉得何家女兒女婿有意置產，又有先前余幸高價購宅的先例，那些無賴，一處三進的院子就能出價一千兩。何子衿最恨別人當她冤大頭，乾脆不在這片街區買了，沈氏也說：「一千兩銀子能買處四進宅子呢，反正都是住府城，稍遠些無妨。」

何子衿還真得置個四進宅子，眼下家中人口漸多，不止孩子多，江念手下一批人剛訓練得有了些模樣，內闈的大小丫鬟也多。她手下的管事大丫頭是丸子，丸子年歲不小，跟三喜兩人情投意合，何子衿已經看了日子準備給他倆辦親事了。丸子成親就不能貼身服侍了，這一兩年丸子正加緊訓練小河幾個，小丫頭也得提拔起幾個。

除了她自己要用的人，阿曦和阿曄都七歲了，阿曄得有書僮，阿曦也得配幾個年紀相仿的小丫鬟。這麼一算，又得買人。如此，三進宅子不夠用，便得四進宅子。

沈氏有用慣的經紀薦給閨女，何子衿說了宅子的要求，不能離娘家太遠，也不能離朝雲道長住的街區太遠。這經紀也是做老了的，何恭本就是一府學差，江念又剛升了同知，也是北昌府實權人物之一，這經紀自然不敢糊弄，很快就挑了幾處地段位置都上佳的宅子。

江念素來不管這些庶務，大方地揮手道：「姊姊看著好就好。」

何子衿請她娘與她祖母還有弟妹一起去看宅子。

何老娘把幾進都瞧了一遍，道：「這宅子不錯。」夠寬敞，她老人家過來住也有地方。

沈氏道：「是不是有點大？你們就六口人，哪裡要住這般大的宅子？」

何子衿道：「阿曄和阿曦都大了，我想著該給他們配幾個丫頭小子了。待再過幾年，就給他們分了院子，讓他們自己住去。」

沈氏點點頭，「這也有理。」

余幸一向眼界高，道：「這宅子大小倒好，就是花園小了些。」

何子衿笑，「這花園雖小，也可打理一二。這花園明顯是被加蓋的房舍擠得小了，北昌府冷的時候居多，有大園子也沒幾日可賞的，不過，咱家孩子多，園子是得大些才好。把以前加蓋的花廳拆了，再補種些花木，這園子就寬闊了。」

經紀聽了連忙問同知太太可需要可靠實誠的匠人，何子衿笑道：「聽我娘說，上次幫我家收拾東廂的那幾個就不錯，不知他們會不會拆房平地？」

經紀笑道：「太太只管放心，這一應事他們都是做熟的。就是這屋子，太太有需要糊裱收拾的，也只管吩咐他們。」

何子衿就順便定下了匠人。

宅子定了契過了戶，之後何子衿就忙著修宅子的事了。不必大修，但主家要住的屋子，該刷大白的刷大白，該糊窗子的也要糊窗子，還有拆花廳、擴花園、花草補種之事。何子衿素來精明，買東西派手下管事，做工請正經匠人，一來一去，節省不少。整個宅子小修一番，再加上買宅子的錢，滿打滿算八百兩銀子。

何子衿還說：「花多了，我原想著不能超了六百兩的。」

余幸回家都同祖母說：「我大姑姊可真是精細。」

余太太笑道：「她三兒一女，不精細著怎麼成？以後兒子成親閨女嫁人，哪樣不得花錢？兒子還好，只要兒子有本事，多的是好人家願意許以淑女，女孩兒可不一樣，嫁妝不豐，就是婆家不嫌，外頭人的閒言碎語就不知多少。」

余太太這般說，把余幸為兒女攢產業的心說得更加火熱了，心裡琢磨著，待生產之後，一定得尋個生錢的路子。

何子衿的宅子剛剛修好，尚不能入住，余巡撫的致仕摺子已上，就等著朝廷批了摺子，等著新巡撫過來交接了。不想，卻是晴天一霹靂，陛下駕崩了。

各家各府立刻把鮮豔的顏色落了下來，連帶著各家眷也都換了素色衣裳。余巡撫傳召各屬衙門在序官員，城門緊閉，街道戒嚴。很快就有斥候去各縣傳令，國喪期間，各鄉縣村都禁音樂宴飲，同時令各縣傳令各鄉里嚴加防守，以防匪亂。

余巡撫主持北昌府政務多年，深知北涼可惡。北涼這荒僻，產紅參，每年與東穆有極大的紅參貿易，但北涼國不太平也是由來已久，上一任老王死後，王太子逃到東穆，現在的王是王太子的異母幼弟。這個王只是傀儡，真正掌權的是老王的異母弟，如今的英勇親王。

這位親王也算能折騰的，多年前流匪大破北靖關，致北靖關守將項大將軍戰死，那起流匪就是北涼勾結西蠻所致，故而國朝但有大事，余巡撫便令人嚴守城門，全城戒嚴。

余巡撫又坐著車駕在城內巡視，令北昌將軍與北昌知府、通判守城牆的守城牆，巡內城的巡內城，盡皆妥當後，方回了巡撫府。余巡撫一人坐在書房裡，把今上崩逝，太子即位的邸報翻來覆去看了不下十遍，方又放回書匣裡。

余太太著人來尋，余巡撫去了內宅。

余太太打發侍女，這才低聲道：「太子殿下可登基了？」

「自然。」朝廷不能一日無主，太子是法定繼承人，立刻就會陵前登基。

余太太繼續問：「皇后娘娘可尊了太后？」

余巡撫點頭，余太太一顆心提了起來，再問：「太子的生母凌娘娘呢？」

她生怕太子登基把生母也尊成太后。

余巡撫將邸報遞給老妻，「上頭沒提。」

余太太接了邸報，取過水晶眼鏡架在鼻樑上細細看，果然上面只提了太子登基，尊嫡母謝皇后為皇太后，太子妃蘇氏為皇后的話，並無一字提及太子生母凌氏。

余太太望向丈夫，「依你看，如何？」

謝皇后沒有親生的兒子，太子自幼養在皇后膝下，但太子其生母尚在。雖說以往太子與生母感情普通，就不知以後如何了。

余巡撫寬慰老妻：「莫急，沒提凌娘娘就是好事。」

倘太子一登基，立刻把生母提為太后，那可真就是要命的事了。

余太太一嘆，「皇后娘娘委實坎坷！」怎麼就沒嫡子呢？

老倆口為遠在帝都剛升級為太后的謝皇后擔了一回心，余巡撫方想起一事，哎喲，他怎麼忘了著人接方先生來府城，不然這麼個不太平的時候，倘方先生有個好歹，他這條老命都不夠賠的。余巡撫晚飯都沒吃就出去宣北昌將軍過來，可饒是余巡撫再急，天色已晚，想去接方先生也得明日了。

一下子死了皇帝，何子衿等人在家換了衣裳後也說這事呢，余幸尤其擔心，嘆道：「娘娘與陛下鶼鰈情深，今陛下一去，不知娘娘如何傷心呢。」

何家跟皇帝不熟，皇帝死不死的，何家真沒啥感覺，偏生余幸是個遠房外戚，她這總是嘆氣擔心皇后娘娘，搞得家裡人也不好意思說笑了，於是，面上都裝出一副哀容來。

何子衿勸慰余幸：「人生在世，都有去的那一日。娘娘自有大福，妹妹這剛略好了些，倘因此傷神，倒叫娘娘知道了惦記妳。」這話說得有些假，余幸成親也沒見皇后娘娘添妝，何子衿覺得弟妹在家總是提及與皇后娘娘啥啥啥的，可能有一些吹牛的成分在。

「可不是嗎？妳這雙身子，必得保重自己才好。」沈氏也跟著勸兒媳婦，她倒不曉得兒媳婦與皇后娘娘這般相熟。不過，兒媳婦本就出身名門，有見識是一定的。

余幸的心事，此刻同她祖母是一樣的，不止是擔心皇后娘娘的心情，還尤其擔憂皇后娘娘的未來。只是，這話又不能同婆婆們說，於是越發擔憂了。她心中不安，身子又沉，就推說累了，回房歇著去了。

余幸一走，何老娘道：「先時我還以為阿幸就是隨便說說，看來，她跟皇后感情很深。」不然不能皇后娘娘死了丈夫，她就擔心成這個樣子。

沈氏覺得婆婆說的在理，「這孩子心思單純，情分在這裡，自然是要牽掛的。」

何子衿道：「我去瞧瞧妹妹吧，總悶在心裡也不好。」

沈氏很滿意閨女的細心，「與阿幸好生說一說，莫要積在心裡。」

余幸正一個人在屋裡盤算呢，見著大姑姊，笑著起身相迎，「大姊姊，我沒事。」自從江念升了同知，余巡撫要致仕，余幸對大姑姊就更客氣了。

何子衿道：「不瞞妳說，我這心裡也怪不放心的，這話又不好同娘和祖母說，她們都上了年歲，就怕說了嚇著她們。」

余幸道：「姊姊有什麼話，只管與我說就是。」

「這話也只有同妳說了。」何子衿接了阿田遞上的茶，對余幸遞了個眼色，余幸便打發丫鬟下去了。何子衿呷口茶方道：「按理，我不當說這話，可心裡委實放心不下。朝雲師傅，弟妹也知道吧？」

余幸點點頭，她自然是知道的，當初她很想拉一拉方先生的關係，只是沒能拉上。

「我這師傅如今只有皇后娘娘這一位親人了。」何子衿道：「我以前在帝都有幸見過皇后娘娘，如今陛下仙逝，師傅倘知曉了，怕也要牽掛的，尤其我聽說娘娘膝下並無嫡子。」

余幸沒想到大姑姊竟有此見識，不禁點頭，「是啊！」

何子衿道：「我不若妹妹以前能得近娘娘鳳顏，只是為使長輩寬心，想私下同妹妹打聽一下，不曉得妹妹可見過這位太子殿下，不，現在是新君了。」

余幸道：「見是見過，不過都是小時候了，也見的不多。皇子皇孫六歲就要開始念書，小時候我偶然見過幾回，並沒怎麼同他說過話。不過，聽說新君是極孝順的。」

這話簡直白說，不孝順，皇后也不能一力扶他做太子。

何子衿接著問：「不知新君生母可仍在世？」

余幸憂色更濃，「不瞞姊姊，我也擔心這個。新君生母姓凌，先帝登基時被封昭容。」

「那……新君與昭容娘娘可還親近？」

「從不親近的，我聽說一開始並不是娘娘要撫養新君，是凌娘娘對新君極為不喜，不大照看，娘娘看不過眼，便將新君抱到自己房內養育。」余幸壓低聲音，把一些並不算機密的密事同大姑姊說了。

多可疑，哪裡有母親不喜親子的？

何子衿繼續打聽：「這位凌娘娘是哪裡人，妹妹曉得嗎？」

「這我就不曉得了，但聽說就因著凌娘娘性子不好，先帝待她一直淡淡的。」余幸道：「不過，先時她是因救駕之功，被太宗皇帝賜予先帝為側室的。」

何子衿連忙問：「什麼救駕之功？」

余幸難得有個人可以說說這些舊事，便娓娓道來：「那會兒還是太宗皇帝當朝，太宗皇帝帶著皇親貴戚重臣秋狩，當時遇著地動，太宗皇帝與先帝失了下落，朝廷久尋不至，那會兒凌娘娘還是娘娘身邊的侍女，聽說是凌娘娘毛遂自薦，親自帶著侍衛找到了被困在山中的太宗皇帝與先帝，因此救駕之功，凌娘娘被太宗皇帝賜與先帝為側室。」

何子衿就更覺古怪了，道：「凌娘娘既是娘娘身邊的侍女，按理也是嬌弱女兒家，如何能有這等山中尋人的本領？」

「聽說凌娘娘是帶著獵犬救回太宗皇帝與先帝的。」余幸也不明白凌娘娘如何有這等本領，但她還是聽說過不少事的。

何子衿悚然一驚，她曉得江念的外祖父，江蘭的親爹，前英國公府侍衛，這位江老侍衛回鄉後就是以狩獵為生的。何子衿便細細同余幸打聽了其他幾位先帝庶出皇子的生母，最後確定這位凌娘娘定是江念的生母江蘭無疑了。

何子衿身為兩生一世的穿越者，在這位土生土長的本土婆婆面前也得說一個「服」字。太厲害了，怪不得當初江念想見生母，是皇后娘娘親自帶著江蘭女士去萬梅宮的，江念的生母絕對是與皇后娘娘的利益休戚相關，她給皇后娘娘生了個兒子。

是的，她生的兒子是由皇后娘娘撫養長大，之後立了太子，如今成了天子。

皇后娘娘需要這個兒子，自然不會讓兒子的生母出事，所以，當年皇后娘娘親自帶了江蘭女士去萬梅宮。

這位江蘭女士，凌娘娘的經歷告訴了何子衿一個真理：有志不在穿越啊！沒本事的人，穿越了也只會是個小市民。

何子衿腦海中一團亂麻，都不曉得如何同江念說一說江蘭的傳奇經歷，就被余太太請了去。倒並不是余太太找她，而是余巡撫找她。

余巡撫一副憂心忡忡的模樣，何子衿立刻就知道有事，還是余太太先開的口：「前兒得了今上賓天的消息，太爺十分擔心方先生的安危，想著將方先生接到城裡來。不想派了人去，方先生全無要搬的意思。我跟太爺就擔心今上駕崩，舉國哀痛，北涼那邊又要生事。倘有戰事，方先生這般身分，居於小縣，委實令人放心不下。」

聽余太太此言，何子衿也放心不下了。

這就是眼界見識的不同了，何子衿兩輩子都是小市民級別的，論這種大勢上的見識，她真比不過古人，尤其余巡撫和余太太這等在政界打滾一輩子的。

何子衿心裡擔憂，面上倒還穩得住，「我師傅大概是傷心陛下之事，一時無心凡事。」這是為她師傅圓了個場，何子衿覺得，朝雲師傅傷不傷心真得兩說，傷感興許有，傷心就不至於了。她擔心她師傅也是真，因為不止她師傅在沙河縣，她家龍鳳胎，還有蔣三妞、胡文，以及江仁、何琪兩家人都在沙河縣，萬不能出事啊！

何子衿腦筋動得極快，轉念一想，先寬慰兩位老人家道：「老大人、老太太暫請安心，以往年後江夫人就會送阿珍到羅大儒那裡念書，今年阿珍沒過來，我想著，倘北靖關不穩，紀將軍兩子皆年少，必會先送孩子們來的。如此可知，北靖關還穩得住。」

余巡撫自然也能想到此節，不過，何子衿能想到，就很令余巡撫夫婦另眼相待了，余巡撫眼中添了幾分讚賞，「方先生身分不同，必要萬無一失才好。」

何子衿道：「不如我寫封信給師傅，煩請老大人著人帶去，看我師傅的意思。」

何子衿提紙寫就，余巡撫取了信，溫聲道：「就盼著太太平平的方好，城中不能鬆懈，老夫還有公務，子衿留下來，妳們祖孫說說話。」

朝雲道長果然是沒有來，何子衿不覺意外，倒是江念有些擔心，何子衿道：「想來師傅自有判斷的。」甭看朝雲道長乃過氣權貴，她對朝雲道長向來很有信心，待把雙胞胎哄睡，方將自余幸那裡打聽到的關於江蘭的事說了。

何子衿發愁道：「你說，這可如何是好？」

江念有些獨善其身的精神，「好壞都是她自家事，咱們心裡有數，不受她牽連就好。」

何子衿悄聲道：「以後會不會兩宮相爭？」一位是新君嫡母兼養母，一位是新君生母，她怎麼想都覺得像是大清末期的慈禧和慈安之事。

「怎麼可能？那位凌娘娘素不得寵。妳忘了，當初我們去萬梅宮，皇后娘娘親自帶她出來的，固然是不想此事為外人所知，以免她名譽不雅連累到新君，未嘗不是一種震懾？就是讓她明白她那些老底，皇后娘娘悉數知曉。」

江念身為本土人士，沒有子衿姊姊的腦洞，對問題的分析比子衿姊姊靠譜的多，但因事涉皇室，他還是心跳加速，不自覺壓低了聲音道：「姊姊想，當初她進宮還能說得上個巧字，可如何就那麼巧到了皇后娘娘身邊？先帝又不止一個庶子，怎麼偏就她生的庶子被皇后娘娘抱養了？她雖有野心，皇后娘娘也不是吃素的。皇后娘家乃書香大族，其父祖致仕前皆為朝中高官，現在皇后娘家二叔為正二品左都御史，又是宜安駙馬，一隻腳在內閣，一隻腳在宗室。皇后姑媽原是太宗皇帝貴妃，齊王一脈就是謝貴妃所出，謝氏旁系亦多有高官，她難道就憑生了新君，就想與皇后娘娘平分秋色，這不是做夢嗎？皇后娘娘掌權多年，不見得沒有後手，妳看，新君一登基立刻奉嫡母為皇太后，對她可是提都沒提。」

「是啊，怎麼沒提？」好吧，何子衿對於政治的理解僅限於上輩子的電視連續劇。

聽說先帝當年能得帝位，多虧這位髮妻輔佐。皇后娘娘還是親王妃的時候，就能把太宗皇帝的老娘胡氏太皇太后打壓得死死的，那會兒太宗皇帝可還活著呢。倒不是太宗皇帝不孝順，這位皇帝非常孝順，一親政就把做貴太妃的老娘扶成了太后。太宗皇帝也不是坐視老娘被欺負的主兒，主要是，每回皇后娘娘都能占盡了道理，時常叫太宗皇帝也沒轍，畢竟他一做公公的，總不能親自挽袖子下場跟兒媳婦幹仗。

江念對此局勢自有結論，他輕聲道：「在登基時未能尊奉生母，或者是新君與她的情分有限，或者是新君還未真正掌權，或者兩者兼而有之。」他來個沙河縣做七品縣令，都不是一帆風順，何況是剛登基的一國之君呢？

何子衿不管皇室如何，她雖然愛八卦，最擔心的還是自家的安危，畢竟她爹娘可是險被殺害的，便問：「這三種，不會對咱家有什麼影響吧？」

「能有什麼影響？皇后娘娘早知道咱家之事。說心裡話，我倒是希望是第一種。這世上不是把孩子生下來，孩子就得恭恭敬敬做一輩子孝子賢孫的，誰也沒有求她生。倒是皇后娘娘，對新君有多年撫育大恩不說，還一力扶他登基為帝。新君若是明白，就不當辜負嫡母這份恩情。倘他一力要尊奉生母，哪怕嘴裡守的是禮法，其人實乃大無情無義之人，千萬別說當初生母如何不得已的話，六個庶子哪個不是巴著盼著求著皇后養呢？那不叫不得已，那就是野心。為了野心，託庇於嫡母，待登基之後，立刻翻臉尊奉生母。這樣的人，就是做了皇帝，也有限得很。」

按理說，江念受的是正宗的君君臣臣儒家教育，大概是在父父子子這塊被現實狠狠傷害過，他對於父權、君權並不是很儒家，此刻更是就事論事，不帶一絲血親感情道：「就是那位娘娘，要是明白，當自請出家念經，彼此方是清靜。她要是以為新君登基，她就能翻天了，說不得皇后娘娘就等著這個呢。」

何子衿想著現在宮內還不知如何鬥爭呢，不禁感嘆：「各人有各人的路罷了。」

何子衿又說了給朝雲師傅寫信之事，「我想著，大約是無甚要緊，只是現在沙河縣沒個主事的，委實令人擔心。」

江念道：「孫縣丞太過本分，一向明哲保身。莊典史勇武是夠了，謀略上就差些。」說到沙河縣的事，他有些躺不住了，商量道：「我實在不放心沙河縣，要不，我再去縣裡頂幾日，待得平安了再回府城。」

何子衿道：「你去，我就與你一道，只是不知巡撫大人的意思。」

「老大人沒有不擔憂的，不然不能這樣急著要把朝雲師傅接來府城。」江念道：「不過，朝雲師傅這一走，阿文哥和阿仁哥兩家自然也要來府城的。縣裡也有幾家大戶，縱在府城沒宅子也有親友可投。眼下還無事，只怕大戶一走，人心便散亂了。」

江念道：「如今的事都在城防上，同知衙門事務不忙，明兒我同老大人打聽一二。」說著一笑，「老大人不見得沒動過叫我暫回沙河縣的心，只是咱們兩家是姻親不說，又有那些個緣故，老大人方未說罷了，畢竟回去也是有風險的。」

江念自己去無妨，卻不願意讓子衿姊姊與他一起涉險，遂道：「阿昀與阿晏離不得姊姊，姊姊就莫要去了。」

「你一個人去，我哪裡放心？」

「哪裡是我一個人，阿曄和阿曦、阿文哥和阿仁哥都在沙河縣，還有朝雲師傅、羅大儒也在呢。」江念道：「這不過是先帝駕崩，非常時期罷了。如今不止邊防要縮緊，就是權場也關了。沙河縣本就離榷場近，亂七八糟的商賈也多。待先帝大喪之後，也就無妨了。」

「得多久啊！」

「也就四十來天。」

何子衿原本並不擔心，可一想到江念也要去，便不禁擔憂起來，叮囑道：「要是有什麼危險，記得先保命。」

「我曉得。」江念從來不是那種捨身忘死的性子，他認為回沙河縣雖有些風險，風險卻不大，尤其朝雲師傅還在沙河縣呢。他聽著子衿姊姊說他生母之事，冷靜分析後，覺得甭看他生母生了新君，可在權力場上，他生母的勝算絕對沒有謝皇后大。謝皇后為人如何他並不清楚，但這個女人都沒有將娘家侄女或族侄女放到新君身邊為妻為妾，當然，為妻什麼的，因有太宗皇帝賜婚，新君做皇子時娶的是蘇氏女為妻，可謝家有的是適齡女孩兒，正妻之位不得，側室之位也就是謝皇后一句話，謝皇后不知如何想，竟未將謝氏女許以庶子。如今新君登基，身邊無一謝氏女，這等情形更令江念提心吊膽。這並不是說謝皇后如何的正大光明，這只能說明，謝皇后對新君有著過人的自信，她認為沒有謝氏女在庶子身邊，她一樣可以完全掌控與庶子的關係。這樣強大的正室，不是他生母那點生育之恩可以抗衡的。

江念既要押謝皇后的寶，就不能讓朝雲師傅有半點危險。

這是從大勢來說，就是自私情來講，朝雲師傅待他家很好，他對親生父母雖然是冷淡，恨不得重新投胎換爹娘，但他是個知恩感恩的人，對岳家如此，對朝雲師傅亦是如此。

待得第二日尋到余巡撫一說，余巡撫道：「此去，最好還是將方先生接到府城來。」

江念道：「方先生的性子，倘連內子都勸他不動，那便無人能勸得動了。」

余巡撫輕聲一嘆，覺得方先生實在是尊大麻煩，眼下沙河縣也確實需個能主事的人，可江念這身分，出事更是要命。如今好了，江念一去，倘江念與方先生都出事，他自己也不想活了。只是眼下除了江念，也沒有合適人可去沙河縣代理一縣職司。這般想著，余巡撫派給江念五百兵馬，並令他務必小心，只消守到國喪結束即可。

江念領命而去，余巡撫心說，糊塗就是好啊，要是江念知曉自己的身分，難免生出惜身之心。這位老大人完全不曉得，江念就是知道自己的身分，才主動要去沙河縣的。

說來也有趣，余巡撫將寶押到江念身上，江念卻將寶押到謝皇后身上。

何子衿儘管有些牽掛，卻並不外露，只是與家人說：「阿念這一升職，沙河縣新任縣尊還未到，先帝大行，縣裡沒個人主事不成，巡撫大人就讓阿念回沙河縣代幾日職司。」

何老娘與沈氏、余幸都未多想，倒是余太太在孫女回家時問了一句，有些擔心親家對於江念去沙河縣這種安全沒有太多保障的縣城而不滿，余幸道：「我們老太太、太太都說，這種要緊的時候，可不就得自家人去嗎？」

聽孫女這般說，余太太方放下心來，由衷道：「親家真是再通情理不過。」

事實上，何家一大家子，連帶著余幸，都不曉得這會兒去沙河縣有啥風險，何家人只覺得，這就是很普通的繼續代理一段時間的縣尊職司。他們又不是沒有經過國喪之事，先帝他爹，太宗皇帝死的時候，何家人正好在帝都，知道國喪是個嚴格的事，全城人都得穿素，每天兵馬巡邏，的確不能輕忽。

誰也沒料到會有戰事，江念遇著這戰事，還真是鬆了口氣，倘他不在沙河縣而沙河縣發生戰事，那才是焦心焦肺乾著急沒法子呢。

沙河縣的戰事，還是戰事結束後，何子衿等人方知曉的，余太太特意叫孫女回家說：「你們家大姑爺是正經探花郎出身，平日裡瞧著再斯文不過的，竟是頗通軍略。」

余幸還不知何事，待祖母說明才曉得，大姊夫在沙河縣打了勝仗，剿匪首上百。

余幸連忙問事情的經過，余太太笑道：「沙河縣遭遇匪事，江同知斬首上百，這可是正經軍功。」說著，嘖嘖稱奇，再次道：「先時江同知就曾與府兵一起剿滅山匪，如今與流匪相遇，又立了戰功。虧得他是探花郎出身，不想武略上竟也有這等才幹。」

余幸問：「大姊夫沒受傷吧？」

「沒有。」余太太道：「眼瞅著國喪就要過了，江同知回來，朝廷定有封賞。把這消息同妳婆家一說，妳婆家定然歡喜。」

余幸點頭，又道：「大姊夫這人既有本事，又不缺時運。」

「可不是嗎？」余太太想到江念那身世，更是深以為然。只是，一想到凌娘娘有這麼兩個兒子，眼下凌娘娘自爭不過皇后娘娘，可以後呢？過個十幾年、二十幾年，新君成長為一代帝王，朝中再有江念這樣能幹的兒子引以為援，屆時凌娘娘母以子貴，皇后娘娘將何去何從呢？余太太不禁憂心，卻以不能叫孫女知曉。

余幸向來存不住事，晚上回婆家就說了大姊夫立軍功的事。何子衿聽說沙河縣遇匪，還真是嚇一跳，不過聽說都打完了，江念也沒受傷，又打聽了一回江仁和胡文等人。

余幸道：「有大姊夫在，斷不能叫自家人有事的。」

何老娘深以為然，何家人都不是那種遇事先大公無私的人，肯定有事先護自己人。

沈氏晚上同丈夫說了一回，何恭道：「我也聽說了。沙河縣離府城近，原本匪患不多，是那起流匪搶了好幾個村子，膽子足了，竟想劫掠縣城，遇上阿念，叫阿念給收拾了。」

沈氏念佛，「只盼著孩子們沒事方好，要知道有這等事，當初真該叫三丫頭和阿仁他們早些過來府城。就是阿念，也不能叫他去的。」

何恭寬慰妻子：「妳只管放心，這要不去，哪裡來的這等軍功？再說，用人之際，端看誰合適不合適呢。咱得說虧得阿念去了，不然沙河縣沒有縣令，群龍無首又遇著匪患，咱們外孫外孫女、阿文和阿仁兩大家子都在沙河縣呢。阿念去了能主持大局，他要是不在，才會出大事的。」一席話說得沈氏慶幸不已，就聽丈夫又道：「阿念立此戰功，朝廷必有封賞。」

沈氏道：「這剛升了官，還能有什麼封賞？」

「妳不曉得，國朝軍功最重。」何恭道：「阿念在沙河縣為縣令時乃正七品，同知為正六品，他這是連升兩級，在官場並不常見。阿念能順利升遷，一則是兩任縣令吏部考核皆是上等，二則就是先時有剿匪之功，方能連升兩級，做了同知，不然哪裡有這般快的升遷？」

沈氏打聽：「難不成還要升官？」

何恭笑道：「不論是升官，還是給別的賞賜，便是將來考評，都是有益處的。」

沈氏雖擔心女婿，不過想到女婿這般能幹，也很是高興，唯有俊哥兒知道此事時很是扼腕，嘆息當初他在學裡上學，不知道姊夫回縣城之事，不然他定要跟著去。

沈氏沒好氣道：「趕緊念你的書去吧！」

俊哥兒無精打采道：「念也沒用，今年趕上國喪，秀才試取消，要考案首得明年了。」

沈氏訓他：「就是考了案首，還有舉人有進士要考，你才念幾年書，就這般散漫？」

俊哥兒去纏他姊問姊夫何時回來，何子衿笑道：「過了國喪就回了。你還是好生念書，去歲就把案首的話吹了出去，今年沒考，再念一年，倘明年得不了案首，可就丟臉了。」

俊哥兒道：「我心裡有數呢。」

沈氏道：「生你們姊弟四個，沒哪個比你更會吹牛。」

俊哥兒道：「祖母早跟我說過了，說我這愛吹牛，就像我姊。」逗得大家都樂了。

何冽打發人喊俊哥兒過去念書，甭看俊哥兒在母親姊姊面前吹個沒完。這人啊，一物降一物，俊哥兒最怕他大哥，何冽說話他不敢不聽。小時候還敢跟他哥叫板，自從大些後，約莫是被何冽收拾服貼了，很是聽何冽的話。

俊哥兒不敢再磨蹭，忙聽話去念書了。

沈氏笑，「虧得他還有個怕處。」

何子衿到底牽掛江念，自己偷偷在屋裡起了一卦，見是平安卦，方稍稍放下心來，但她胡文兩家的住處，何冽一向是個好熱鬧的，同妻子商量後，都安排到了自家花園子裡，如此兄弟姊妹們處起來也方便。另則，何子衿與聞法就在朝雲道長的宅子裡等著朝雲道長，江念一路送了朝雲道長過來。見著朝雲道長與雙胞胎，何子衿才算徹底放下心來。

阿曦奔到她娘懷裡撒嬌，阿曄也想第一個跟他娘撒嬌，奈何自小就因挑食，體質不及他妹，以致於死跑活跑跑不過他妹。當然，哪怕跑得過，人家阿曄也不跑，那般沒有風度影響形象的事，他五歲之後就不大幹了，遂踱著加速且能保持風度的小步子朝他娘走去。

何子衿待兒子踱到跟前，也將兒子攬在懷裡，一人親一口，問：「想不想娘？」

阿曦拉著小奶音大聲喊：「想……」

阿曄矜持地點點頭，「想。」還伴隨捏小帕子擦臉的動作，讓他娘看得額角青筋直跳。

何子衿起身問候朝雲道長，挑眉笑問：「師傅一路可好？」

穿著一襲玄色大氅的朝雲道長，頷首道：「都好。」

「很叫人擔心呢。」何子衿抱怨。

朝雲道長微微一笑，何子衿轉頭看向江念，江念的眼神一直在子衿姊姊身上，此時終於彼此眼神交會，情意交融，他上前一步，握住子衿姊姊的手，感性地道：「自小到大，我從未與姊姊分開這麼久。」

「我也是。」即使是老夫老妻，何子衿也有些害羞，問：「你可安好？」

江念笑，「安好。」

眾人起了一身雞皮疙瘩，阿曦急不可待地道：「娘，我幫著抓壞人了！」

阿曄很謙虛地道：「只是力所能及的一點小忙。」

何子衿連忙問：「如何幫忙了？」

阿曦道：「幫著在箭上刷藥汁。」

阿曄生怕他娘不知道他的功績，連連點頭，想到祖父的優雅，覺得點頭的頻率過高，於是改為了一張肅容小臉補充道：「也是我與妹妹應當做的。」

何子衿立刻誇讚道：「好，做得好，都是娘的好寶寶！」

阿曦得意地將小腦袋揚得高高的，彷佛一隻得勝的小母雞。

阿曄心中喜悅，面上還是淡淡地道：「匪寇當前，自當出力。」

何子衿真想問問兒子：你這麼裝逼，累不累啊？

何子衿這些天沒有白擔心，五月中對於江同知戰功的嘉獎就下來了，除了田地賞賜，還有賞江同知太太六品誥命，以後江太太可以稱江安人了。

許多小書香之家，如秀才之母、舉人之母、進士之母，哪怕是沒有誥命的小官宦人家的老太太，像何老娘，在何恭考取秀才後，家鄉人恭維她，便會喚一聲老安人。就是現在，出於尊敬，也有人稱何老娘一聲老安人的，所以，老安人也是對於有德望的老太太的尊稱。

何子衿這裡的安人，則是朝廷正經六品誥命。何謂正經誥命，就是每年與江念一樣，都有俸祿可領的誥封，只是沒有實權罷了。

相對於沒品階的官宦人家的太太奶奶，何子衿這經過朝廷認證的誥命，自然是體面得多了。就是出門宴飲排序，她既是六品安人，也要排在沒品階的太太奶奶們之上的。

何老娘都說：「哎喲喂，我的丫頭，妳咋這麼大福哩？」她老人家打兒子當官那一日起就想做誥命了，如今她的願望還未成真，自家丫片子搶先一步了。

何老娘忍不住再次道：「妳這丫頭當真有福！」

突然成了誥命，何子衿難免有些小虛榮，假假謙道：「天生的吧。」

沈氏很替閨女高興，「打小妳就是個有福的。」

余幸笑道：「姊姊是咱們家裡頭一個誥命，可得好生擺幾桌酒請客來著。」

何子衿道：「一定請。正好安宅酒跟這喜事合一塊，咱們好生喝幾杯。」

余幸聽大姑子說要搬出去，不禁十分不捨。

何子衿道：「那宅子已是收拾妥了，正好過去，攢一攢人氣。」

何老娘先說：「我可沒有安宅禮送的。」

何子衿抿嘴笑道：「不把壓箱底的寶貝拿出兩樣來就不行。」

何老娘直樂，「都說一個閨女三個賊，妳這一個，頂六個賊了。」又開始幫自家丫頭盤算著，「皇帝老爺賞妳的莊子，先著人過去瞧瞧，管事什麼的，提前選人安排妥當。」

說到這個，何子衿就高興，「原我想著那一百畝地的出產不怎麼夠吃，想再置些田產，這倒是巧了，朝廷有所賞賜，省了一筆置產銀子。」

何老娘道：「阿念這趟總算沒白辛苦，知道縣裡打仗，我可是擔心了好幾日。」

蔣三妞道：「幸而阿念去了，不然縣裡沒個做主的，可就要出事了。」

大家賀了何子衿一回，何老娘私下又讓丫頭片子把皇帝老爺賞的東西拿出來瞧。這回除了賞賜了二十頃的田地，給何子衿加了誥命，另外還賞賜銀五百兩、時興宮錦二十匹。

何老娘瞧著那宮錦，摸了又摸，直道：「真是好東西啊！」說來，這料子不見得就比何子衿自朝雲道長那裡得的好，只是這是朝廷賞賜給自家丫頭與自家孫女婿的，體面著呢！

何子衿大方道：「祖母挑上五匹。」

「這哪能送人？皇帝老爺賞給妳跟阿念的，得好生供奉著才成。」何老娘嚴肅道。準備建議自家丫頭蓋所大屋子來放這二十匹錦，然後每天三炷香的供奉。

何子衿笑道：「宮裡賞賜的東西，倘是古玩器物是不能變賣送人的，這些料子什麼的，就是給人用的。這麼些錦我也用不了，正打算分一分呢。祖母您要不挑，我讓我娘先挑？」

一聽讓兒媳先挑，何老娘先不樂意，翻白眼道：「沒規矩的丫頭，妳娘可不是妳，她知道我還沒挑，哪裡會先挑呢？」心中琢磨著，現在存下幾匹好錦，將來給孫子做衣裳也好，以後二孫媳婦、三孫媳婦進門，也能給她們一些。何老娘又問：「有沒有阿冽媳婦的？」

「當然有了，各家都有份。」

既然有何冽媳婦的，何老娘就不打算再分給大孫媳婦了。何老娘叫了余嬤嬤一起挑，就挑了一匹顏色活潑的，餘下的都是穩重顏色。

何老娘挑完，何子衿又讓母親來挑了四匹，餘下的，余幸、蔣三妞、何琪一人兩匹，剩下的則入了她自己的庫裡。

倒是五百兩賞銀，江念道：「此次有些傷亡的兵士，這銀子不如給了他們？」

何子衿點頭，「我也這般想。」又問：「朝廷可有撫恤？」

江念道：「撫恤已經下來了。」只是，受傷的還好，似那些沒了性命的，多少銀錢能買回一條命？這個年頭真是人命賤若草。

何子衿道：「朝廷賞咱們的莊子還沒去看，讓四喜帶幾個小子過去瞧瞧。那些傷殘的，倘失了營生，也可安排到咱們莊子上去。」

江念想了想，道：「這個我來安排吧。」

何子衿此方細問沙河縣的戰事，江念道：「只是一幫趁火打劫的流寇，榷場那裡，既有當地商賈，還有遠道來的商賈，北涼以及再往北的紅髮碧眼的異族人，那裡人員複雜，如今正值國喪，北涼西蠻都蠢蠢欲動，那夥流寇說不得就是他們用來試水的。如今有來無回，聽說北靖關也有些動靜，只是未曾釀成大規模的戰事罷了。」

何子衿道：「那幾個遭匪患的村落如何了？」

「我在摺子裡都一一上稟，受災的村子會有三年免稅政策。」

在這個年代，也便是如此了。其實在什麼年代，都是如此。

何子衿沒再多說，轉而說起雙胞胎的趣事來，「你在家時每晚都跟他們說話，背書給他們聽，你不在了，晚上他們就左掃右看的，阿晏還哼哼唧唧要哭的樣子。」

江念笑問：「阿昀沒想我？」

「阿昀只要每天有人陪他玩就成。」

「阿昀這性子，有點沒心沒肺。」聽到三兒子竟然沒想自己，江念難免鬱悶。

何子衿不滿，「阿昀這是生來心胸寬闊。你再不回來，他們還得不認識你了呢。」

如今雙胞胎都能坐得很穩了，江念在炕上靠著引枕，把雙胎胞一腿放一個逗他們玩，又與子衿姊姊商量阿曄正式念書的事，何子衿道：「成，明天讓三喜去學裡打聽學裡的情況。羅大儒學問雖好，孩子們也得入人群，重陽、大寶他們也需要轉到府學來呢。」

小夫妻把五百兩銀子補貼了傷亡士兵，這事並沒有大張旗鼓地辦，江念令三喜悄悄辦，他不圖名，圖個心安罷了。

阿曄正式入學念書，很是高興，覺得自己已是大人，一言一行越發講究起來，以致於他娘見他就牙疼。阿曦見哥哥念書，也想跟一起去，得知學裡只收男孩不收女孩，阿曦傷心極了，還哭了一場，最後恨恨道：「這種沒見識的書院，請我我都不去！」她覺得文武雙全的自己被人家小瞧了。

朝雲道長道：「去書院，不過人教妳，在這裡，妳教人。」

阿曦抽噎道：「我教誰呀？」大家都去念書了，哪裡有人讓她教？

朝雲道長拿著帕子幫阿曦拭去眼淚，道：「阿昀和阿晏啊！」

寶寶們大了，可以過來接受祖父的栽培了。

阿曦看不上兩個小奶娃子做學生，「他倆還吃奶呢，話都不會說，教他們也聽不懂。」

「哪裡聽不懂，妳也是那麼小就跟著祖父的。」

阿曦想了想，道：「想不起來了。」

朝雲道長：妳要能想起六七個月的事才有鬼哩！

朝雲道長非常會掐時間，阿曄和阿曦就是在六七個月的時候，他們娘奶水不足，就開始

阿曦心情剛好，她哥就開始拆臺，氣得大喊：「沒有才辦的，你是傻瓜蛋嗎？」

總之，要辦女學，阿曦心情大好，還廣而告之，在家就替她娘宣傳了一回，然後到祖父家也喜孜孜地跟祖父說了這個好消息。

阿曦道：「我得趕緊把書包做出來，不然以後上學沒書包怎麼辦呢？」

如果她娘在這裡，肯定會說，這都是跟朝雲道長耳濡目染的緣故，她閨女這天生實在的人都學會有話不實說了。

阿曦那點炫耀的小心機，朝雲道長自然瞧得出來，但笑不語。

聞道就問：「前兒不是為不能上學的事哭嗎？今兒怎麼又要做書包啦？」

阿曦立刻道：「我娘要辦女學了。聞道叔，你知道什麼是女學不？」

聞道道：「招女學生的書院吧？」

阿曦道：「聞道叔，您就是比我哥聰明，我哥還說從沒見過有只招女學生的書院。要是從來沒有過，聞道叔是怎麼曉得的？分明是他笨，沒見識！」

因為有學可上，阿曦心情雀躍，又說：「我得寫封信，把這件事同珍舅舅說一聲。」今年珍舅舅沒過來，但從正月就開始一個月十封信往北昌府送，不止送信，還送東西。不過，東西的話，雖然紀珍的小夥伴們都有份，但借用阿曄的一句話說：「我們得的就是個芝麻，胖曦得的是西瓜。」可見差距之大。

阿曦才不理這個，她從來就跟珍舅舅關係好，珍舅舅寫信給她，她也會回信給珍舅舅，只是沒有珍舅舅會寫，一個月能寫十封，阿曦一個月大概能寫三封。她每次有什麼憂愁的事或是開心的事，都會即興寫在紙上記錄下來，到阿珍舅舅著人給她送信過來時，她便把自己的這些信也裝起來，令人帶去給阿珍舅舅。

想到自己馬上就能上學了，阿曦又跑到自己的小書房去寫信。

一會兒寫好信出來，見祖父在逗兩個弟弟玩，阿曦就背著小胖手過去，板著小臉道：「臭昀、臭晏，叫姊姊。」

阿昀和阿晏已是會爬了，阿昀見著他姊過來，嘴裡不會說，也咿咿啞啞爬過去，拽著他姊的小裙子還要繼續往上爬。阿曦一指頭戳在阿昀的小肚皮上，阿昀笑著倒回毯子上去。阿晏一見，立刻爬到姊姊這裡來，挺著小肚子讓戳。阿曦便也戳阿晏一下，阿晏也跟著笑倒。雙胞胎抱成一團，開始滾來滾去。

玩一會兒弟弟，阿曦吃過午飯就回家去了。她家裡要辦酒宴，請親戚們過來吃飯，她娘特意請她幫忙來著。阿曦覺得自己能幫家裡的忙了，很是高興。何子衿讓她幫著寫帖子，一天是做誥命擺酒，請的是親戚；一天是安宅酒，請的是江念同知衙門的同僚。同僚這裡，何子衿跟江念要了名單，親戚那裡，讓阿曦按著帖子的格式一家家的寫。阿曦寫帖子的時候就覺得，以後她設宴，也這樣給小夥伴們下帖子。

因阿曦搶了寫帖子的差使，阿曄知道後還不樂，同他娘道：「我自來就比胖曦念書好，字也寫得比她好，娘，您有這樣的事，怎麼只想著她不想著我？」阿曄拿著他妹寫的帖子東挑西揀的挑了一堆毛病，什麼字寫得不好，什麼格式錯誤，哎喲，還有錯別字。

何子衿道：「哪個不好，你再重寫一回。」

阿曄就沒意見了，阿曦舉起拳頭晃啊晃，她哥就喊：「娘，胖曦又要對我不敬！」

何子衿道：「阿曦，妳哥說的對不對？」

「對什麼呀，我沒有格式不對，就是有個錯別字。」阿曦道：「我也沒捶他。」

阿曄使喚他妹：「還不幫我磨墨，我另給妳寫個對的，妳也學著點兒。妳本來就不聰明，還不好好學，以後就更笨了，哎喲……」挨他妹一拳，阿曄這臭嘴終於閉上了。

阿曄把錯的帖子修正，拿他的跟他妹的對比，很是得意，覺得自己的字比妹妹強多了。

阿曦喘氣，跟她爹道：「每回我哥一開口，我就想捶他個半死。」

她爹表示：你們龍鳳胎不應該相親相愛的嗎？

江念洗漱後換了家常衫子同子衿姊姊說話：「姊姊想辦女學嗎？」

「嗯，阿曦一直想上學來著。」何子衿道：「書院不收女孩子，我想著，要不咱們尋些女先生，看有沒有女孩子願意過來一道學，也是幫阿曦找幾個朋友。」

「要尋先生，也要尋地方……」江念問：「束脩怎麼說呢？姊姊打算什麼時候開張？」

何子衿道：「剛起這麼個念頭，地方還好說，附近的宅子尋一處就是。開始人並不多，小宅子即可，就是先生得仔細尋一尋。」

江念笑，「阿曦已經開始做小書包了。」

何子衿也笑，「阿曦知道要開女學，高興壞了。」

何子衿對女孩子的教育還真有些心得，何子衿道：「孩子們，男孩女孩都一樣，學問深不深的，端看各自鑽研，心性比學問重要。課程就按著君子六藝來就是，除此之外，就是畫畫、棋道和繡花之類的，再加一門舞蹈或是擊劍，暫時就這些吧。」

江念道：「姊姊先準備著，我想著，來人必不會少。」

「剛開始沒什麼名聲，能有幾個就不錯了。我想，來的多半是看你同知大人的面子，想著巴結咱家才送孩子過來。」

江念笑，「這方面的原因自是有的，可妳管人家為什麼來呢，只要有學生就好。咱們的孩子要說念書，守著羅大儒比去書院肯定好，只是孩子得合群，這才叫他們出去念幾年書。女孩兒也一樣，阿曦也該結交不同家世不同性情的朋友。妳這書院別建得太小，起碼也得四進院子才夠。既是要往好裡辦，束脩亦不要太低，不必像府學啟蒙書院一個月二兩銀子，捨得叫女孩子出來讀書的，都是有些家資的，一年起碼一百兩銀子。更不要什麼學生都收，學生入學得有個考試，考不過便不要。」

江念道：「書院要把好兩關，一則是先生要好，二則是門檻要高。」

何子衿笑說：「不愧是探花大人，說得頭頭是道呢。」

江念假假謙道：「安人過獎，安人過獎。」

夫妻倆說一回女學的事，江念又問起家裡宴會的事。

何子衿笑道：「我想著，這個休沐請家裡人，下個休沐請你衙門的同僚。」

江念點頭，「衙門裡的接風酒已吃過，他們的女眷趁此機會妳認一認也好。」

江念笑咪咪地道：「若我所料未差，過些天岳父必有喜事。」

「什麼喜事？」

「李學政約莫是要調回帝都國子監任職的。」

何子衿問：「咱爹要升官了？」

「論理該是岳父。岳父兩任學差並無錯漏，再有巡撫大人那裡舉賢不避親，多半是岳父沒差的。」江念說：「暫莫要與岳母說，不然倒露了形跡。」

要是壞事嘛，何子衿還能憋得住，這樣的好事如何存得住，她第二天回娘家說話就悄悄同她娘說了，然後同她娘說：「阿念還說，讓我先不要同母親說呢，畢竟李學政還在，這事還沒確定，不過，我想著八九不離十，就先來跟娘說一聲。娘，您莫要與祖母說，祖母一向存不住事兒的。」

沈氏當下就應了，雖然聽閨女的憋著沒說，但人有了喜事，哪裡是能憋得住的。何老娘見兒媳婦這麼神采飛揚，都有些納悶，還問：「可是家裡有什麼喜事？」

沈氏笑，「過些天老太太就知道了。」

何老娘哪裡等得住，死活要問，沈氏還是屏退了余嬤嬤悄悄同婆婆講，然後事實證明，婆婆那個嘴啊，真是比棉褲腰帶還鬆呢。

何老娘知道就等於全家都知道了，於是，在何子衿家的安宅酒時，大家就說起何恭將要升官的事兒。幸好李學政真的調走，何恭真的做了學政，不然何家這老臉，得灰成啥樣啊。

何老娘不覺得有啥丟臉，升官兒本就是喜事，她關心的是，兒子這升了官兒，能不能給她弄身誥命服來穿穿。雖然晚了自家丫頭片子一步，她也還是很想當誥命的。

然而，何老娘的野望沒成功，把自家丫頭叫到家裡來嘮叨：「妳說朝廷這規矩也怪，明明七品官的太太就能有誥命的，怎麼妳爹這升了從六品還沒呢？」

何子衿只能說朝廷實在太精明了，誥命雖然不管事，完全是夫榮妻貴、子榮母貴的體面，但誥命可是拿俸祿的，且誥命並不是男人做了官，家裡女人便能做誥命的。誥命得申請，男人寫摺子幫家裡女人請封誥命，朝廷准了，家裡女人才能做誥命。

可朝廷有條不成文的規定，五品及五品以上官員可申請誥命。五品以下的，一般申請了也是壓著不批，非有極特殊情況，像江念這樣的，多半是他立了戰功之故，因為他本是剛連升兩階，不好再升，可又實實在在有戰功，便不升官，賞了家裡媳婦誥命。

如何恭這般，正常升遷，從六品職，就得再等一等才能為家裡妻母請封誥命。何子衿覺得，朝廷是為了省下誥命俸祿，方有這不成文的規定，以致於何老娘失望至極。

沈氏寬慰婆婆道：「相公這般勤勉，以後又不是不升官了，我就不信他熬不出個正五品。老太太只管安心，您的大福氣在後頭呢。」

何老娘自然也知道這個理，只是不患寡而患不均，要不是家裡有了個安人，她也不至於這般眼饞，與媳婦道：「妳說，這丫頭片子咋這般命好呢？」

沈氏瞅著自家閨女，與婆婆笑道：「人家命裡有這福唄。」

做父母的都這樣，孩子有出息，比自家有出息高興。

何老娘哼一聲，酸溜溜道：「這人跟人的命就是不一樣啊！」

何子衿拉著余幸的手道：「現在您老人家也就酸酸我，今年阿冽中舉人，明年中進士，過一兩年阿幸也做了誥命，怕您就酸不過來了。」

余幸笑道：「姊姊莫拿我打趣。」

何老娘想著，以後要是真排到孫媳婦屁股後頭去，那可太沒面子，不禁有些著急。余幸知道太婆婆有些虛榮心，便道：「老太太放心吧，自來做官請封誥命，都是先為祖母、母親請封，媳婦得排最後。」

何老娘一聽這話就放下心來，暗自盤算著，自己雖不比自家丫頭有時運，可孫子考出功名來就能做官，到時兒子孫子一起努力，她還怕成不了誥命嗎？

何老娘仍是酸溜溜一嘆，「萬般皆是命，哪裡有公正哩。」

何子衿拍手，「真不愧是學政大人他老娘，我爹剛升學政，祖母您就會做打油詩啦！」

啥打油詩，她老太太是感慨誥命問題！

何子衿私下都跟她娘說：「險些被祖母酸死。」

沈氏笑道：「老人家就好個面子，這不是看妳做誥命眼饞嗎？」

「其實就是有些俸祿，別的上頭也沒啥，誥命又不管事，就是個名頭。」

「這真是飽漢子不知餓漢子飢，咱家現在雖不富，也不是缺錢的人家，這不是就缺個體面嗎？」沈氏也想做誥命啊，她摸著自家閨女的小肥手道：「妳祖母雖有些酸，話是不錯的，妳就是個有福的。」深覺得自家閨女有福，又道：「也旺夫。」

「這也是趕得巧，阿念去沙河縣，沒料到真會遇到山匪流寇。」何子衿道：「聽說先時北靖關也有些動靜，不知阿涵哥和阿節有沒有立下戰功來。」

以前沈氏對武將不大了解，自從來了北昌府，更兼何涵和姚節都是武官，她對武官一道頗有些感慨：「說來這打仗升官，可比文官按資歷升官來得快。」

何子衿笑，「武官打仗是把腦袋繫褲腰帶上，升官是快，可死在戰場上的也多。」

何子衿又跟她娘說了想辦女學的事，沈氏道：「前兒倒是聽阿曦過來說了好半日，也沒聽太明白，咱們在帝都也沒聽說過有女學，這女學到底是個什麼說法？」

何子衿就大致解釋了一回，道：「宅子我已請楊經紀幫著找，就是女先生不好尋。」

沈氏笑道：「北昌府的事我比妳熟，尋女先生經紀不成，問一問牙婆，她們定曉得的。」

沈氏給閨女介紹了個口碑不錯的梅牙婆。

牙婆在這個年代並不是指人販子，當然，牙婆也司奴婢買賣，但這種買賣是要官府登記的，是在合法情況下的買賣。牙婆手裡的奴婢得是來歷清白的，像那種偷人家孩子拐人家婦女的，那是人販子，與牙婆是兩碼事。牙婆一般還兼著介紹工作、牽橋搭線，反正做牙婆的，消息靈通勝於常人。

沈氏擔心她閨女請一堆人來，萬一女學辦不起來，豈不是白花銀子也沒面子嗎？

何子衿道：「咱家有阿曦，要是沒人來，我就留著女先生教導阿曦了。」說著，忍不住又道：「咱家裡女孩子太少了。」

沈氏道：「是啊，淨是生兒子的，每回吃飯都是一堆小子，只阿曦一個丫頭，所以我說阿幸這胎生個小閨女才好。」

「他們是頭一胎，生什麼都好。要是生閨女，咱家正缺閨女；要是生兒子，長子以後早些頂門定居亦是好的。」何子衿又問弟妹近來吃食上可好，沈氏笑，「就是剛診出有身子鬧了那一個多月，如今沒事了。這有了身子，她吃葷吃的倒比以前多了些。」悄悄同閨女道：「就是肉皮不如以前細緻，看阿幸的模樣，很有些擔心呢。」

何子衿笑，「等生了孩子就好了。我先時懷雙胞胎時也是，臉上起了好些斑。」

「是啊，我也跟她說過，只是她頭一回有身子，心裡沒底罷了。」沈氏笑道：「年輕的小媳婦都這樣，多生幾個就知道了。」

何子衿在娘家吃過午飯方回自家，打發人去尋梅牙婆。梅牙婆來得飛快，一聽說同知太太找，當即就跟著過來了。

丫鬟上了茶，梅牙婆雙手接了茶，笑道：「早聽說安人到了府城，我們這樣的人，就是有心過來向安人請安，也不敢冒昧過來。安人有事，只管吩咐。」一句話就可知這梅牙婆消息靈通，何子衿這做安人才沒幾天，這位牙婆就曉得了。

何子衿道把想尋幾個女先生的話同梅牙婆說了，「教書通史的，懂琴棋書畫的，教習規矩的，會算學的，再有，如果有會功夫的女先生，也幫我找幾個來。我要最好的，介紹成了一個，十兩銀子的辛苦錢，如何？」

梅牙婆聽前頭，就知道這活兒不太好幹，可聽到後頭，有十兩銀子的辛苦錢，不禁歡喜地道：「安人看得上我梅婆子，我豈敢不盡力？」

梅牙婆想了想，又道：「我心裡已是有幾個人選，只是暫不知她們的意思，待我去問一問她們，再來回過安人。」

何子衿道：「還有一樣，妳也知道我是找來教女孩兒的，務必人品要好，身家清白。」

梅牙婆連聲稱是，「安人只管放心，倘有半點不妥，我必不敢將人往安人這裡帶的。」

過了幾日，楊經紀過來請何子衿去看宅子。

何子衿對於找現成的家用住宅來做學校有些不滿意，她這回沒買那上等好宅子，而是選了個破破爛爛的四進宅子，楊經紀道：「要是尋常四進宅子，最便宜也得六百兩，這宅子就剩下房框子了，不瞞安人，也就是個地皮還值些銀子。」幫著談下來，二百兩就買下來了。誠如楊經紀所說，也就是地段值錢。

何子衿又請楊經紀介紹蓋房匠人，打算重蓋新的。

於是，阿曦又去幫她娘宣傳了，先到朝雲道長那裡說：「祖父、聞道叔、大儒先生，我娘要蓋學堂了。」又到外公家、重陽哥家、大寶哥家分別廣播了一遍。

阿曦這孩子為了能有學上，決定每天給她娘幫半天忙，幫她娘管帳。蓋房可不是簡單的事，先要請懂行的先生畫圖紙，何子衿就跟閨女解釋要開設什麼課堂，要有讀書的教室、學琴的地方、先生教授禮儀的地方，甚至還要有繡花的地方、用飯的地方，以及強身健體的地方。再者，書院也得有先生們住的屋子。別說阿曦關心自己上學的事聽得認真，阿曄也在一旁跟著出主意，還說：「娘，您可以去我們學裡看看，就知道怎麼建書院了。」

何子衿道：「也好，明兒我帶著你妹妹去瞧瞧。」

阿曄道：「那我早上上學，妳們同我一道去吧。」

阿曦掰著手指暗想，等看了她哥上學的書院，定要叫她娘建個比她哥的書院更好的。

到了書院，何子衿就讓江念先去同知衙門。她不過是到書院看一看，結果這一看，頗是乏善可陳。阿曄帶著她娘她妹參觀的，首先是他們小班的教室，接著是中級班、高級班，君子六藝，也就是書法為時人所重，無他，科舉時很看書法好壞的。你便是錦繡文章，一筆爛字，可能就有閱卷官說你字如其人，黜落不取。其他五藝因科舉不考，除了禮與數是日常所用，另三藝，學裡根本沒有這些科目。書院很務實，四書五經是主要課程。

至於書院的屋子，在何子衿看來也比較簡陋，除了先生們休息的地方，就是幾間讀書的教室，另則有個不大不小的院子，供學生們課間玩耍，連個食堂都沒有。據阿曄說，如果中午不帶飯的話，可以到旁邊的府學裡去吃，只是那學裡的飯菜有些貴，又不好吃。

重陽悄悄問：「姨媽，您真要辦女學啊？」

「是啊，先過來看看你們書院是咋回事，取一取經。」何子衿笑咪咪地道。

阿曦在一旁補充：「重陽哥，我娘辦的女學一準兒比你們這書院好，我以後學的課程比你們也多很多的。」

「妳學有什麼用啊，妳又不能考功名。」重陽拉了阿曦說悄悄話，「妳咋這麼笨，上學累死了，還要天天挨揍，要我是妳，不上學才輕鬆哩，妳咋還主動找學上，有妳哭的時候。」

阿曦鼓著嘴巴道：「你們都有學上，憑什麼我就沒學上？」

重陽一臉可惜地感慨：「妳是身在福中不知福啊！」

重陽與阿曄有幾個關係不錯的同窗，見到阿曦紛紛來問：「阿曄，這是你弟弟嗎？跟你生得好像。」再一看面帶笑容的何子衿，又問道：「阿曄，這是令姊嗎？」

事實證明，孩子也不眼瞎，不是穿身男裝就不分男女的。

阿曄道：「這是我娘和我妹。」

阿曄為他娘他妹介紹：「這是阿磊，就坐我旁邊。」

何子衿笑著打招呼：「阿磊同窗好。」

阿曦也很有禮貌，「阿磊哥哥好。」

阿磊連忙一揖，有些不好意思道：「何嬸嬸好。」又對阿曦作揖，「妹妹好。」

阿曦有模有樣地福身還一禮。

何子衿摸摸小朋友的頭，笑道：「以後去我家裡玩啊！」

阿磊道：「一定去向嬸嬸請安。」

何子衿看過了小書院，自己順道去找先生問了阿曄的學習情況，阿曄及重陽便都回教室念書了。阿磊進了教室還跟阿曄說：「阿曄，你妹妹跟你長得真像，就是比你略高些。」

阿曄特不愛聽後頭那句，道：「我們是龍鳳胎，能不像嗎？」

阿磊如同聽到什麼稀罕事，直說：「龍鳳胎啊？我還是頭一回見呢！」

阿曄心說，這有啥稀奇，他家還有一對雙胞胎弟弟哩。

面對同窗的羨慕，阿曄面上很淡定地驕傲了一回。

何子衿看了一回府學的書院，心裡就有譜了，完全不必按這寒酸的府學書院來辦。她先請了有名的畫圖先生來畫書院設計稿。這人是余幸介紹的，余幸那園子就是這位周先生給畫余太太笑，「妳等著看就曉得了。倘有妳力所能及的，莫要袖手。」

「祖母也太小看我了，我豈是那樣的人？」余幸道：「我就是覺得婆婆有些偏心。大姑妹待我是極好的，相公還說了，要是我這胎是女兒，以後跟大姑妹家做親呢。」

余太太笑道：「姑舅親，輩輩親。妳大姑妹是個會過日子的，這親事結得好。」

「我喜歡阿昀那樣子的，長得好，招人疼，又很乖巧。」

余太太想了想，道：「阿昀是次子，倘妳這胎是女兒，年歲上倒是相仿。」

「是啊！」余幸對於生男生女沒啥壓力，又同祖母打聽：「祖母，皇后娘娘還好吧？」

余太太有些訝異，笑道：「妳怎麼想問這個來了？還有，現在得說是太后娘娘了。」

「也沒什麼，我就是挺記掛太后娘娘的。娘娘與先帝那等情分，先帝這一去，娘娘不知要如何傷心呢。」然後，壓低聲音道：「我是替娘娘擔心凌娘娘。」

余太太微微一笑，「這不必擔心，先帝一去，凌娘娘便奉先帝遺旨殉了先帝。」

余幸那臉上的神色，不是吃驚，簡直是震驚了，萬沒想到先帝竟有遺旨留下。接著，就聽祖母道：「非但凌娘娘，就是先太皇貴太妃也去了。」

余幸對帝都權貴與宮裡娘娘也算認識，只不曉得太皇貴太妃是哪個，「難道是太宗時的趙娘娘和謝娘娘？」這兩位是太宗時的貴妃，很得太宗皇帝寵愛。

余太太道：「是太宗皇帝之母。」

余幸的眼珠子險些從眼眶裡掉出來，這位說起來應該是謝太后的太婆婆，先胡氏太皇太后。這位老人家與謝太后多年不睦，謝太后做皇后時，這位老人家因為傷心兒子太宗皇帝之死，悲傷過度中風了。只是，不管是中風還是死了，太宗皇帝活著時，扶親娘做了太后，先帝登基時，這是先帝嫡親的祖母，便是太皇太后，這怎麼成了太皇貴太妃了呢？

這……妃子的位分有跌的嗎？從沒聽說太皇太后的位分有跌的呀！

這事叫余太太說來也感慨，她道：「是妳爹寫信來說的，太祖皇帝之母程太后臨終前留有親筆遺詔，說胡氏太皇貴太妃出身卑微，不堪太后位，斷不可為正室。」

太祖皇帝乃太宗皇帝之親爹，所以程太后就是胡氏的婆婆。這位程太后甚至在兒子太祖皇帝駕崩後，攝政直至過世。程太后過世時，太宗皇代年僅八歲，之後是程太后之女輔聖公主掌政，一直到太宗皇帝成年。而這位輔聖公主，便是朝雲道長之母，也是謝太后嫡親的外祖母。由此可見，朝雲道長於皇室中的地位，東穆開國太祖皇帝是他嫡親的舅舅。朝雲道長的母親、外祖母都是曾經權掌之人，故而要論皇戚，朝雲道長絕對是皇戚中的皇戚。

然而，便是朝雲道長這位皇戚中的皇戚，恐也猜不透帝都當是何等的風起雲湧，方能令新君生母殉葬，令太宗生母由太皇太后之位降至太皇貴太妃之位。

余幸在祖母這裡聽了一肚子皇室八卦，回去同丈夫叨叨了一回。何洌現在一門心思備考秋闈，只是嗯嗯啊啊聽媳婦說了一通，很不捧場。余幸沒說過癮，又不想跟婆婆和太婆婆說，就想起大姑姊來，於是就在大姑姊過來時，私下與大姑姊說了。

何子衿對於胡氏太皇太后降格為太皇貴太妃之事唯有一嘆，她記得那位老人家，她賞了自己一個極璀璨的瓔珞，胡氏太皇太后一看就是個苦出身，奈何自己到底不懂皇室紛爭。倒是聽到凌娘娘殉了先帝，她當下是連辦女學的心都沒了。

貳之章 夫人外交門道深

何子衿琢磨了三天，才將江蘭殉葬的事同江念說了。

江念沉默良久，方道：「好在國喪期間，只當是一塊穿孝吧。」然後擇日帶著媳婦去廟裡做了回道場。何子衿見江念把親爹的靈牌都做出來了，不禁道：「徐先生還在世吧？」

江念把生母的牌位擦了擦，道：「她原是個有大野心的人，我未料到先帝竟令她殉葬。她大野心未能成就，先時舊恨自然要報的。若我所料未差，徐先生當已不在人世了。」

江念添了百兩香油錢，請了廟裡和尚為生父與生母念了一回往生經。

何子衿不曉得如何安慰江念，或者，江念也不需安慰。

回程時，江念輕聲道：「我真慶幸沒活成他們那樣。」

夫妻倆從廟裡出來，就去朝雲道長那裡接阿曦和雙胞胎，阿曦正在跟雙胞胎玩，一見爹娘來了，扔下雙胞胎就跑過去，把雙胞胎急得咿咿呀呀喊個不停。

阿曦跟爹娘撒過嬌，又跑回去抱雙胞胎，她自小力氣大，抄起阿昀往肩上擱著。阿昀被姊姊折騰慣了，兩隻小手拽緊了姊姊的衣裳，然後阿晏自發坐到姊姊腳面上。阿曦腳往上一送，腿微屈，阿晏就坐姊姊膝上了，然後，阿曦伸手一抓，就把阿晏夾到手臂下。

阿曦就這麼一扛一夾，把雙胞胎送到她爹娘跟前。

江念夫妻一人抱了一個，何子衿道：「難怪聞道師兄說妳根骨好。」

看她閨女扛抱雙胞胎的手法，多麼乾脆俐落啊！

江念剛把頭上冷汗擦乾，同閨女道：「阿曦啊，以後可不能這樣抱弟弟。抱完一個，然後再抱一個。弟弟還小呢，摔著了怎麼辦？」

阿曦道：「怎麼可能摔著，我小心著呢，是不是，臭昀、臭晏？」曲指撓弟弟們的小白腳丫，把阿昀與阿晏逗得咯咯直笑。

做了一回法事之後，江念終生未再提及生父和生母半句。

好吧，何子衿也不想再提自己公婆之事，死都死了，燒幾炷香盡盡心就是。

何子衿姊姊繼續自己的女學招生工作。

原是約了周太太見面，因有了凌娘娘殉葬之事，只得推遲到了今日。

何子衿笑道：「先時相約，奈何家中突然有事，以至今時方與太太相見。」

周太太是位年約四旬的女子，一身青裙，通身並無金珠玉寶之物，只是髮間一支玉色尋常的翠玉簪子，但其人收拾得極為清爽，相貌猶可見年輕時的清秀，她微微一笑道：「可見我與太太的緣法在今日。」

何子衿並未先說女學之事，而是與周太太說起北昌府的風土人情以至歷史淵源來。周太太是知曉何子衿要辦女學，她既是想應聘女先生，便提前做了些準備。她以前也曾受聘於大戶人家，女誡什麼的，也是教過的。不想這位同知太太並不問教習之事，反是說起北昌府。周太太自幼在北昌府長大，自然熟悉，再加上她通曉詩書，對於北昌府的歷史亦知之頗深。

何子衿來北昌府好幾年了，說起北昌府的歷史典故，倒是頗能同周太太說到一處去。

周太太笑道：「北昌府雖地處邊關，氣候苦寒，農人播種，只得一季，不比江南一年可收兩季稻穀，不過，這裡土地肥沃，物產豐富。我少時曾與家父隨著商隊去過北涼，也曾與家父下過江南，後來成親嫁人，便再未出過北昌府了。」

何子衿攤攤手道：「被師傅看穿了，那我就直接說了。師傅，您能不能把紀嬤嬤借給我幾天，我想請紀嬤嬤幫我把把關。」

說到紀嬤嬤，就得先說朝雲道長。朝雲道長很喜歡孩子，但他也就僅限於逗孩子玩，或者是教孩子一些功課。其他的，照料孩子們的事自然不是朝雲道長能做的。聞道這些人都是侍衛，照料孩子他們亦是生手。這位紀嬤嬤，不曉得朝雲道長從哪裡找來的，那氣質簡直沒得說，不止會照顧孩子，還十分有學識，還有那舉手投足間的優雅，一看就能讓人明白，時光賦予女人的，絕對不止是蒼老。

是的，紀嬤嬤年歲不小，多半同何老娘差不多，但何老娘跟人家那氣質根本沒法比。

阿曄阿曦小時候在朝雲道長這裡，便都是由這位紀嬤嬤照料。以前過年過節的，但凡給朝雲道長這裡送東西，何子衿也會給紀嬤嬤備一份。

如今何子衿要招聘女先生，還想請紀嬤嬤幫著把關，因為接下來不止要聘女先生，還要聘一些用於書院管理的嬤嬤，這就需要紀嬤嬤幫著掌掌眼了。

女弟子開口相求，朝雲道長便請紀嬤嬤出來了。

待何子衿說明來意，紀嬤嬤道：「太太容我三日功夫，阿昀阿晏的一些事情，得交代給阿溫才成。」自阿曦阿曄大些，阿昀阿晏過來後，就是紀嬤嬤帶著侍女們照顧這兩個小傢伙。而紀嬤嬤嘴裡的阿溫，則是紀嬤嬤身邊的一位較紀嬤嬤年輕些的嬤嬤，也是極可靠的人。

何子衿連忙道：「嬤嬤只管交接，我這裡不急，就是我身邊沒個既老成又穩重，再如嬤嬤這般有見識的人了，所以，才冒昧請嬤嬤過去幫忙幾日。」

紀嬤嬤笑道：「能幫到太太，亦是我的榮幸。」

何子衿總算是厚著臉皮把這位紀嬤嬤請到了家裡，阿曦阿曄見到紀嬤嬤都很是歡喜，他們自幼就受紀嬤嬤的照顧，頗有孺慕之情。

阿曦道：「嬤嬤，您的院子是我收拾的，您看了沒？喜歡不？」

紀嬤嬤笑道：「見了，非常好，嬤嬤很喜歡，那白玉瓶裡供的荷花很相宜。」

阿曦美滋滋地道：「被褥也是我挑的，沒熏香，曬得蓬鬆鬆又暖暖的。」

阿曄看他妹說個沒完，忙插嘴道：「嬤嬤屋裡的蘭草是我選的。」

阿曦道：「我原想給嬤嬤放牡丹的，可惜現在牡丹花期過了，就放了蘭草。」

阿曄對他妹道：「嬤嬤又不喜歡牡丹。」

阿曦道：「誰說的，嬤嬤都說我像小牡丹花一樣。我把牡丹放在嬤嬤屋裡，就像我在嬤嬤屋裡一般。」阿曦無師自通用了象徵手法，險些把她哥噁心壞了。

阿曄道：「妳除了長得胖，哪裡像牡丹花了？」

阿曦黑著臉瞪她哥，哼一聲，「今天嬤嬤剛來，我不與你一般見識。」

紀嬤嬤笑道：「阿曦姑娘並不胖，阿曄少爺應該再胖一點才好。」

阿曄道：「嬤嬤，我每天吃很多，主要是上學課業重，所以不論吃多少也胖不起來。那會胖的，都是閒著的沒事的人，還成天吃很多。嬤嬤您說，這樣的人，她不胖誰胖？」

阿曦立刻道：「嬤嬤，您知道為什麼一樣的年紀，有人個子高有人個子矮嗎？」她也深知如何打擊她哥的信心，笑嘻嘻瞥他哥一眼，道：「那個子矮的都是嘴壞的，成天說人壞話，吃的飯都用到說人壞話上了，當然不長個子了。」

這回輪到阿曄黑臉了。

紀嬤嬤道：「你們是龍鳳胎，怎麼總是拌嘴呀？」

阿曄道：「多半是在娘胎裡就總打架的緣故吧。」

阿曦道：「八字不合。」

阿曄道：「咱倆一個時辰，八字當然一樣，怎麼會不合？妳笨死了！」

紀嬤嬤來家裡，兩人還是很開心的，阿曦讓廚下燒了紀嬤嬤愛喝的湯，阿曄就請紀嬤嬤看自己近來的課業本子。

紀嬤嬤年紀大了，身邊有兩位侍女服侍，這兩位侍女，一位叫檀香，一位叫芸香。芸香活潑些，晚上服侍著紀嬤嬤洗漱後都說：「江太太家裡可真是熱鬧。」

紀嬤嬤笑道：「是啊！」

何子衿請到了紀嬤嬤，不想余幸竟認得紀嬤嬤。有一回余幸過來說話，見著紀嬤嬤都驚訝得說不出話，還問：「嬤嬤，是您嗎？」

紀嬤嬤笑，「自然是奴婢，余姑娘還記得奴婢？」

余幸忙扶紀嬤嬤坐下，「哪裡能不記得？小時候我去向娘娘請安，時常與嬤嬤相見。我竟不知嬤嬤在北昌府，不然早就能相見了。」

何子衿道：「我也不知道妹妹竟與紀嬤嬤相識，不然早請妹妹過來說話了。」

余幸暗想大姑姊真是有運道，這會兒話說到這分上，也沒什麼不能說的了，便道：「姊姊怕是不曉得，嬤嬤原是太后娘娘在娘家時的女先生，後來教導過端寧長公主。我少時去王府向娘娘請安，常與嬤嬤相見。姊姊妳真是好運，竟請了嬤嬤到妳府上。」

何子衿有些驚訝，卻也沒有太過訝異，笑道：「我運氣一向不錯。這次辦女學，因要聘的女先生和管事嬤嬤有些多，就請紀嬤嬤過來幫我把把關。」

余幸道：「那是再穩妥不過的。待我這閨女生了，便先預定下姊姊書院的名額。」

余幸這存不住事的，去祖母家的時候，難免說一回紀嬤嬤的事，直道：「我看大姑姊的模樣，竟完全不知紀嬤嬤的來歷，大姑姊運氣真是好。」

余太太一尋思便猜了個七七八八，「紀嬤嬤約莫是同方先生一道過來的，妳大姑姊應是從方先生那裡請她來的。」

余幸笑，「不管從哪兒請的，有紀嬤嬤這身分，大姑姊這書院就成了一半。」

「是啊，只是此事妳知道便好，莫要往外處多嘴。」

余幸想了想，道：「祖母說的是，方先生是個喜清靜之人，倘是從紀嬤嬤這裡叫人知曉方先生，就不大好了。」

紀嬤嬤這把年紀，這個閱歷，已不將身分放在心上。她在宮裡時本就是五品女官，品階比何子衿這位安人還要高一些，但她早不看重這些了，倒是看何子衿並不因知曉她的身分而手足無措，仍待她如前，她反是多了幾分讚賞，想著這位江太太不愧是方先生的高徒，接人待物自有過人之處。

紀嬤嬤給了何子衿很大的幫助，因為紀嬤嬤委實是見過大世面之人，年輕時是太宗皇帝宮裡的宮人，出宮後被謝尚書府聘到家為女先生，做了彼時還是謝姑娘的謝太后少時的女先生。後來，跟著謝太后到了皇子府，今端寧長公主少時得紀嬤嬤教導，一直到先帝登基，紀嬤嬤就一路進了宮，做了正五品女官，管的就是宮中禮儀。直到朝雲道長想要尋個穩妥的嬤嬤，那時謝太后還是謝皇后，便將紀嬤嬤一干人給了自己的舅舅，紀嬤嬤等人就專職照顧龍鳳胎，如今是照顧雙胞胎，可見龍鳳胎、雙胞胎的幼年教育之高尚了。

更重要的是，紀嬤嬤既在宮裡做過女官，就知曉宮裡公主郡主的學習科目，何子衿特意打聽了一回，並對女學的設立科目加以刪減修改。

紀嬤嬤很滿意何子衿選出的周先生，這位周先生極是幹練。因著要忙女學籌建這事，周先生乾脆把家搬過來了。她也沒什麼好搬的，除了幾車書，就是一個貼身侍女。搬過來後，周先生就託牙行把自己的小宅子租了出去，一心一意幫著籌備女學之事。

紀嬤嬤有了年歲，就需要有這麼個人打下手。周先生也是有幾分傲氣之人，不過，縱不知曉紀嬤嬤的身分，叫她給紀嬤嬤打下手，她也是願意的。

何子衿一方面聘女先生，一方面開始制定女學的學規，另外，上課用的桌椅板凳、食堂用的鍋碗瓢盆，以及女先生、嬤嬤們住處的床榻案几，樣樣都得準備，一時忙得不可開交。

何子衿出去應酬，時常聽到有人打聽女學之事，譬如新到任的柳知府家的太太就說：「我隨著我們家老爺到許多地方去過，各州縣都有書院，卻是沒聽說哪裡有女學的。」

柳太太已過了不惑之年，娘家姓孔，出身魯地孔家，乃孔聖人後代，據說最是遵禮守法的一個人，平日裡最看不慣的就是……怎麼說呢，最看不慣的就是北昌府這些晴天白日隨便出門逛的當地女子。柳太太隨柳知府到任後第一次設宴時就說：「再未見過這等不開化的野蠻之所，女子不戴帷帽，竟可上街，全不知禮法為何物！」

叫這位柳太太一說，簡直沒幾個知禮法的了。

柳知府新就任，柳太太設宴，請的是知府衙門裡的各官員太太。怎麼說呢，就是大家品階都不如她，所以，任她怎麼說唄，大家聽著就是。

聽柳太太提女學之事，何子衿笑道：「是啊，不過我想著，朝廷既讓各州縣開辦書院，想來這辦書院是件積功德的好事。我女兒時常羨慕哥哥們能去書院念書，我便想著不若辦一所女學，倘有願意一道念書的女孩子，也可做個伴。」

柳太太語重心長道：「江太太這話就錯了，女兒家即便念書，在家裡念一念女誡女訓也就夠了。重要的還是針線女紅。」

何子衿道：「這些課程我那書院都有。」

柳太太嘆道：「這女學出出入入的可得安排好，莫進閒人才是。」

「這個您盡可放心，我那女學裡都是嬤嬤先生，不見半個男子。」

周通判的太太最與這位柳太太不睦，主要是周太太是個颯爽性子，出門向來都是騎馬，有一回柳太太見著，說了周太太一回。周太太私下與何子衿道：「我看，就是孔聖人在世，也沒咱們這位知府太太規矩大。」

何子衿笑道：「這有什麼法子，誰叫咱們不是聖人後代呢。」

周太太一笑，打聽起何子衿書院都開什麼課程來，道：「我家裡小閨女，哥哥姊姊娶的娶嫁的嫁，侄子侄女又都小，她一個人念書很無趣，請先生嘛，也沒有那樣樣都全面的先生。要是妳書院辦好了，與我說一聲，乾脆叫她去書院念書，還能結識些朋友。」

何子衿笑道：「那可好，我還怕招不到學生呢。」

周太太道：「只要妳書院夠好，種上梧桐樹，還怕引不來鳳凰嗎？」

何子衿道：「周姊姊真是妙人，把咱們孩子誇得像一朵花似的。」

周太太一笑，「我不比妳是個斯文人，但就是這個意思，再說，孩子都是自家的好。」

何子衿與江念說起知府太太的性子，「柳太太這般講規矩禮法，不知道柳大人性子如何，好不好相處？」

江念道：「柳大人剛到，眼下三把火還沒燒呢。」

何子衿打聽：「這位柳大人是個什麼來歷？」

江念道：「聽說他是帝都靖南公府旁支子弟。」

何子衿是知道靖南公的，帝都一等一的權貴，不禁道：「眼下靖南公大權在握，這位柳大人怕是來者不善。」

江念道：「柳太太先落周太太面子，再落姊姊面子，柳大人怕是要壓壓我與周通判。」

何子衿還真未多想，她道：「我以為柳太太就是古板些，難不成她是故意的？沒有這樣一上來就得罪人的吧？不都是拉攏人的嗎？」

「等等看就知道了。」

何子衿對於柳太太的判斷沒有江念敏銳，主要是何子衿很少遇到柳太太這樣的人，一言一行無不合乎規矩，一舉一動都在詮釋禮法，她覺得哪怕是自己女學裡聘的掌規矩的嬤嬤，在這上頭也不一定比柳太太更出色。

然而，在何子衿細心的觀察之下，她發現除了她與周太太，那些曲意奉承的官階低的太太奶奶們，只要拍柳太太的馬屁，柳太太便待她們很和氣。這一發現，令何子衿鬱悶非常，她終於確定，柳太太不是刻板，完全是順之者昌，逆之者亡。

柳太太都這般了，就不知柳知府是何等嘴臉。

何子衿生怕她家阿念吃虧，又仔細觀察了江念幾日，看他心情如何。

江念一向敏銳，笑道：「柳知府畢竟剛來，雖霸道些，卻哪裡會真與我與周通判生隙？我看，柳知府與柳太太，倒似一個唱白臉，一個唱黑臉。」

「甭管什麼臉，我們婦道人家說好就好，說惱就惱都是有的。你要是受到為難，大概柳知府真的是來者不善了。」

「柳知府眼下只是事必躬親，較先時張知府無為而治，不可同日而語。」

何子衿明白江念的意思，前任張知府說白了不過是個擺設，當然，這樣說也不合適，但北昌府大小細務皆是余巡撫做主是事實，如先時的周通判、文同知，其實都是余巡撫的人。江念這個何家的女婿，更是同余巡撫扯不開關係，何況江念能順利升任同知之位，一則是江念自己做官用心，二則也與余巡撫的提攜分不開。如今余巡撫致仕在即，柳知府剛到就事必躬親，顯然是要把住知府大權的。

何子衿問：「田參政呢？」大家都說余巡撫致仕後，就是田參政接掌巡撫之位。田參政在北昌府也有些年頭了，難道會坐視柳知府坐大？

「巡撫大人上了年紀，現在巡撫府的事，都是田參政幫著處置。」

「那柳知府再如何事必躬親，到巡撫衙門怕也要跟田參政報備的。」

江念道：「如今田參政還未正式接任巡撫之位，眼下到底還安穩，我看，待余巡撫致仕，他二人還有一爭呢。」

何子衿就道：「這有什麼好爭的，巡撫有巡撫的事，知府有知府的事，田參政於北昌府久矣，柳知府家族顯赫，兩相和平共處，豈不是好？」

江念笑，「哪裡有姊姊說得這般容易？不說別個，先時咱們在沙河縣，剛去時誰又將你我放在眼裡？便是商賈之家的太太，都敢私下笑話姊姊。待得後來馬閻二人獲罪，那些人在姊姊面前又是何等恭敬。一縣猶如此，何況一府一州？再從公心而論，不論是貪鄙的，還是想為百姓辦點實事的，掌不了權，說句話誰肯聽呢？」

何子衿嘆道：「這也是，只盼兩位大人都是為了百姓好吧。」

柳知府與柳太太一來北昌府便有先聲奪人之態，田參政自然也不是好相與的，以前有余太太在，田太太不常設宴邀請各家太太，如今不同，柳家一來，田太太也開了兩場賞花宴。

何子衿等人應邀赴宴，田太太是在北昌府最有名的荷花湖旁設宴，這也是北昌府有名的景點，難得的是，這湖景致極佳，碧波萬頃，荷葉亭亭，亦有漁夫於湖上捕魚以作營生，更可見白色水鳥不時飛掠水面，當然，此際最好的景致是這碧波上的萬頃荷花，當地百姓便稱此湖為荷花湖。北昌府百姓多有在夏天過來賞一賞荷花美景的，今田太太於湖旁私宅設宴，雖是六月天，卻是無半分暑意，這也是北昌府獨有的氣候了。北昌府冬季冷而漫長，夏天則不似別的地方那般悶熱，室外設宴，極是得宜。不過，因有幾位年歲較大的太太奶奶，田太太便令人在廊下圍了蜀錦，以免在風裡吃酒身體不適。

柳太太見這蜀錦便道：「太奢侈了。」夾一筷子糖藕，又道：「這樣的蜀錦，百兩銀子怕也買不到一匹，這樣的貴重物，尋常人穿都只怕沒銀子買，用來給咱們擋風，太奢侈了。」

柳太太拂一拂衣裙，又道：「不瞞妳們，我身上這衣裳，也沒這擋風的蜀錦精貴呢。」

田太太饒是多年歷練，也有些不自在了，好在她有多年經驗，淡淡一笑道：「這是我思量不周了，往日只見老夫人設宴亦常如此，我便學了來。」

柳太太面色有些僵，她要掃一掃田太太的面子，卻並不準備掃余太太的面子，畢竟余太太是巡撫太太，何況余巡撫眼瞅就要致仕了，此次田太太設宴，余太太都藉著年邁的由頭沒來。倘這般柳太太都要拿余太太作筏子，那就是自己找不自在了，余家可不是吃素的。

柳太太忙道：「老夫人出身名門，豈是我等可比的？」

田太太一笑，「要說名門，我們這些人哪個也不如柳太太的娘家衍聖公孔家。聽說當年輔聖公主攝政之時，便是衍聖公上索古書千餘冊，親自尋來千餘能工巧匠，耗萬金織就兩件五色羽衣為輔聖公主賀壽。柳太太娘家出身衍聖公門第，這樣的寶物都見識過，怪道一眼就認出這蜀錦呢。我想著，區區蜀錦，怕還不放在柳太太眼中呢。」

田太太果然是有備而來，何子衿輕抿盞中甜酒，想到自己壓箱底的兩件朝雲道長送的特耀眼特稀罕的衣裳。就因著太耀眼，何子衿是小市民出身，慣是個藏富的，一直擱家裡就沒穿過。此時聽田太太提及，她決定這衣裳就留著當傳家寶，再不能穿的。不過，聽田太太說衍聖公府孔家舊事，她覺得這孔家挺會拍輔聖公主的馬屁。朝雲道長離開帝都多少年了，公主府多少奇珍異寶都未帶，倒是這兩件衣裳一直留在身邊，可見這兩件衣裳之不凡。

再者，衍聖公府這般有錢，柳太太處處節儉，叫人聽來就有些作態了。妳要出身寒門，真沒銀子，穿得尋常些倒也沒什麼，就柳太太這裡，娘家大富，硬說自己身上穿的衣裙不如擋風的蜀錦貴，這可真是……做作啊！

柳太太面上很快恢復正氣凜然之態，道：「輔聖公主與國有功，孔家為輔聖公主賀壽，便是傾了家也情願的。只是，我等平日間一言一行，皆被百姓們看在眼裡，不說百姓，便是下頭的官吏們，倘上頭人奢華無度，他們未免有樣學樣。要說好衣裳，我也有幾件，只是我家老爺身為一府之長，為以身作則，我也不好成天綾羅綢緞的。」說著，還點名道：「如江太太這般雅致就很好，既不寒酸，亦不華麗，恰到好處。」

何子衿鬼精鬼精的，哪裡肯被柳太太當槍使，當下笑道：「您過獎了，我娘家出身尋常。不怕諸位笑話，我家就是個暴發戶，哪裡懂什麼雅致不雅致的。」

田太太微微一笑，望向何子衿身上的輕紫衣裙，「江太太真是愛說笑，咱們幾個身上這衣裳都不若江太太，江太太這裙子瞧著尋常，卻是今年織造局上貢的新品。」

田太太娘家是管著織造局的，官職不高，委實肥差，田太太於衣料上的眼力是極佳的。現在北昌府榷場上最大的綢緞莊，就是田太太的生意。田太太有幾匹與何子衿身上的料子相仿，但也只是相仿罷了。

周通判太太正坐何子衿身邊，傾過身子去瞧，道：「這上頭我不如田太太，說來江太太這衣裳，尋常要看，只看出好看來，要說好看在哪，我卻是說不上來的。」

何子衿做過六年的縣尊太太，深知人不能太慫，你要是慫了，人人都覺你好欺，便輕描淡寫道：「我也不懂什麼衣料子，長輩所賜，我又見正合時令，就裁了兩身衣裳穿了，倒不曉得是這般好料子。在這料子上頭，我們都不如田太太。」這話頭便又轉到了田太太那裡。

田太太笑，「自來是賣油的娘子水梳頭，懂不懂的，有得穿的才是福氣。說來，我們上了年歲，這樣鮮亮輕盈的料子，也就是江太太穿出來正好看。」就何子衿這一身衣裳，田太太也不會拿捏她什麼的，反是順著這話讚了何子衿一句。

何子衿道：「我這年輕的，也就剩個年輕了，我倒是羨慕諸位前輩，這樣的閱歷，才有這樣的睿智。今天就借田太太的美酒，我敬前輩們一杯，以後還得妳們多指點照顧我些。」說著舉杯，自己先喝了。

何子衿是剛來北昌府沒多久的，與諸人無甚利益紛爭，如今柳太太、田太太都拿何子衿說事兒，何子衿也不是個好拿捏的，不然就她那衣料，說是長輩所賜，可見這位江太太起碼是有個了不得的好長輩的。於是，紛紛給她這面子，大家一道喝了一盞。

杜提學太太道：「今日天氣晴好，只吃酒未免乏味。」

田太太不再與柳太太做口舌之爭，遂道：「我正叫了一班小戲，咱們一起聽聽。」

待得酒宴散去，何子衿與沈氏同坐一車回家，沈氏在車上就說：「我看，這柳太太與田太太似是不大和睦。」

何恭屬於府學部門，最大的上司並不是柳知府，而是杜提學，故此，柳太太設宴，並未請沈氏，沈氏也就與柳太太這人知之不深。今日田太太設宴，沈氏在受邀之列，也就看出了一二。何子衿輕聲道：「還不是大家都說余大人之後田大人要上位嗎？」

沈氏道：「田參政已是從三品，柳知府不過從五品，這還能爭？」官階差四級好不好？在沈氏看來，這四級不亞於天差地別了。

何子衿道：「柳知府出身帝都柳氏，柳氏族長現居靖南公之位，這位靖南公身上還有伯爵爵位，權柄赫赫。柳知府未嘗不是要把田參政弄倒，不過，他絕不會如前任張知府一般。」

沈氏聞言有些明悟，又擔心閨女，「今天田太太柳太太都拿妳這衣裳說事兒，這樣以後妳豈不是不好做人？」女婿官居正六品，既不若柳知府，更比不得田參政，兩家都惹不起。沈氏不禁有些惱怒田太太柳太太，妳們較勁兒，拉扯我閨女做什麼？

沈氏道：「她們都不是個好的！」

何子衿笑道：「咱們不出頭就是，待得田參政與柳知府爭出高下來，就好做人了。」

沈氏嘆道：「這做了官，事情就是多。」

不再說煩心事，何子衿打聽起余幸的身子來，沈氏笑道：「來北昌府倒是有一樣好處，倘要是在帝都，這會兒正是大暑天，身子沉了就受罪。咱們北昌府正是不冷不熱的，阿幸現在懶怠出門，除了去親家那裡，要不就是去妳那裡說話。她算著是八月的日子，產婆已是請好了的，我想著，到七月就接產婆到咱家住著，這頭一胎得提前準備。」

今日一席酒，何子衿倒還好，倒是兩位當事人，田柳二位太太，回家都不大清靜。田太太說柳太太：「怪會裝腔作勢，只恨不得學了街上的乞兒穿了破爛衫在身上才好！」

柳太太恨聲罵道：「真個暴發戶，成天就是這個衣裳那個料子，恨不得別人不知曉她娘家是紡紗織布的死暴發戶！」

待得家裡男人回來，自是又有兩篇話要說。

田太太與田參政道：「真真個好笑，這柳太太但凡說話必以聖人後人自居，我用個蜀錦，她就說我奢侈，誰不知衍聖公孔家當年為了給輔聖公主賀壽獻的五彩羽衣價值何止萬金？真個丈八的燈檯，還說我奢侈！」。

田參政能做到從三品參政，於官場舊聞頗有些見識，聞言道：「可不就因著這個嗎？當初輔聖公主過世，孔家怕太宗皇帝計較先時輔聖公主之事，孔家立刻就換了臉，可是沒少落井下石。太宗皇帝時便因孔家反覆，不再待見他家。」

田太太哼一聲，遞上一盞溫茶給丈夫，道：「老爺可是不曉得，現在柳太太可不說她娘家反覆，人家說公主功高，便是傾家孝敬也不為過呢，我呸！」

田參政譏誚一笑，「妳當柳太太為何現在又說輔聖公主功高，還不是因著太后娘娘？」

謝太后畢竟是輔聖公主嫡親的外孫女。

田太太自是看不上柳太太這等裝腔作勢之人，她眉梢輕皺道：「我早就想同老爺說了，江同知太太到底有什麼關係，以往她在縣裡也沒來往過。如今她這隨江同知來了府城，好幾回宴會見她身上那衣裳都是宮裡上等所貢衣料。這樣的好料子，也就是太后、皇后、公主們才有，略低階的嬪妃都不一定有呢。」

田參政眉心一動，「有這樣的事？」

「可不是嗎？先時我都不大敢確認，想著聽江同知雖是探花出身，但聽說他自小無父無母，寄居何家。何學政不過蜀中寒門出身，又沒什麼背景。後來，江同知中了探花，娶了何家長女，就是這位江太太。江太太倒是極會做生意，現在城裡最有名的紅參白玉膏，就是這位江太太的生意。可她就是再有錢，也買不到貢品。以前我不確認，今兒趁著吃酒時我就問一問她，她只說是長輩所賜。」

何家這樣的寒門，倘能有隨隨便便拿出貢品衣料的親戚，也就不稱他們是寒門了。田太太畢竟隨丈夫在北昌府時間久了，道：「先時巡撫大人與何學政家結親，我就覺得稀奇。何學政家的長子，便是再出挑，聽說巡撫大人家的大孫女在帝都時都能到太后娘娘面前奉承的，巡撫大人的長子在帝都都是三品侍郎了，如何把個閨女嫁到何家去？你說，這裡頭是不是有什麼咱們不知道的事？」

田參政悄與妻子道：「此事妳暫莫與他人說。」

「我曉得。」田太太想到一事，又是一笑，道：「可笑那柳太太，還說江太太衣著簡樸，真個沒見識的，她也就認得那些舊花樣的蜀錦罷了，哪裡曉得江太太身上那是今年最新上貢的好料子。還自詡什麼名門出身？哼，就這點見識，還稱名門？」

田參政摸摸頷下鬍鬚，想著當好生查一查這位江同知才是。

此時柳太太也在與自家丈夫抱怨，她道：「再未見過這樣的婦人，未來北昌府之前，總聽人說北昌府如何苦寒，我看是咱們誤會了北昌府。那田太太身上珠光寶氣不說，便是用來擋風的料子都是上等蜀錦。我略說一句，她便攀扯到巡撫太太。我等豈能與巡撫太太相比？余太太出身名門，又是這樣的年紀這樣的輩分，再如何精細些也不為過的。倒是她，只怕別人不曉得她娘家是賣布的呢。」

柳知府聽了妻子這一通話，很是道：「不必與這等無知婦人一般見識。」

柳太太於言語上貶斥了田太太一番，也與丈夫說起江太太來，「這位江太太年紀不大，竟弄些異樣事，聽說在折騰什麼女學。平日裡我看她衣飾不顯，不想倒是我沒認出來，聽說江太太的衣裳是上貢的新料子，便是有錢也沒處買去。這位江同知什麼來歷，老爺可知曉？想他官階不高，江太太如何有這樣的好料子？」連田太太那等暴發戶都說好，想是真好的。

柳知府不愧帝都柳氏出身，柳氏一等一的豪門，於帝都的消息也是極通靈的。再者，謀此北昌府外任，柳知府自然也是做過一番調查準備的。

柳知府道：「要說別人，我不曉得，這位江同知與江太太，我還真知道一些。」他呷口茶，方道：「十二三年前，帝都極有名的綠菊，就是這位江太太種出來的。」

柳太太「哦」了一聲，她是知道這綠菊的名聲的，「對，這位江太太就是蜀人。」

「不止如此，聽說太宗皇帝生前極喜歡這綠菊。江太太娘家何家在蜀地以務農為生，那時她年歲不大，時蜀中總督李終南，因知太宗皇帝最喜此花，便想將這何氏獻入宮中侍奉。何家不願讓女進宮，李家百般逼迫，最後李終南因此丟了總督之位。」

柳太太到底出身衍聖公一族，雖是個愛裝的，也有些個有見識，聞此言道：「這倒奇了，何家不是寒門種田的的，如何能讓一地總督丟了官？」

「當時先帝還未被立太子，今上幼齡代父就藩蜀地。李終南有一女，是晉王側妃，這裡頭的事就不只是何家的事了。」具體如何，柳知府其實也不大清楚，他道：「後來何家去帝都春闈，何家是舉家去的帝都。太宗皇帝不曉得因何緣故，竟認得了這位何氏。那時何氏還未成親，聽說曾被太宗皇帝宣入宮中。」

柳太太倒吸一口涼氣，若何氏曾侍奉過太宗皇帝，如今有上貢的料子倒不足為奇了。

柳知府擺擺手，「反正那會兒的事不少，但到底如何，怕就是族長叔父也不能完全曉得。這位江太太，不遠不近也就罷了。自先太皇胡貴太妃一去，胡家的承恩公爵已削，今天下皆知，太后娘娘是不喜胡氏的。江太太這裡，雖看在太宗皇帝的面子上有些個稀罕的衣料子，怕也就是如此了。」

柳知府出身大族，知道帝都謝太后是如何收拾太宗皇帝母族胡家的。謝太后對胡家都這個態度，對太宗皇帝也親近不到哪兒去。太宗皇帝活著時，對這位兒媳的態度一直很微妙，都說倘不是仁宗皇帝對髮妻今謝太后前謝皇后情分極深，如今的這位太后娘娘當初做太子妃都難的。江太太與太宗皇帝的關係不清不楚，柳知府寧可敬而遠之。

於是，在何子衿不知道的地方，就這麼平白無故多了一樁莫須有的桃色事件。

何子衿完全不知道自己被人在腦子裡齷齪了一回，她回家後還同江念說了田太太賞花宴上的熱鬧呢。她的重點不是說田柳二位太太的口舌官司，而是顯擺了一回自家的傳家寶：

「當初就是看著五彩輝煌的，不曉得這般金貴，聽田太太說，那時織的時候就不下萬金。」

江念摸一摸，入手溫暖，便道：「看著就是不凡，不想卻是有此來歷。」

夫妻倆晚上對燈欣賞了一回傳家寶，還偷偷穿著互相臭美了一番，才仔細放回了箱中，留待傳給後人。江念還發愁道：「阿曄他們兄弟三個，衣裳只有兩件，到時傳給哪個？」

「那就給阿曦唄。」何子衿爽快道。

江念道：「我覺得再過個三四年，姊姊沒準兒會再生一對雙生女呢。」

何子衿道：「那到時就讓孩子們抓鬮，誰抓到就是誰的。」

江念顯然另有想法，「等咱們百年後隨葬也行啊！」他覺得這衣裳也就他跟子衿姊姊穿著最好看。他家寶貝們當然生得也不錯，但是孩子們比起他和子衿姊姊來還是差一些的。

何子衿一聽江念竟要拿這麼金貴的東西隨葬，立刻道：「這怎麼成？我早想好了，死的時候什麼值錢的都不放，就把咱倆埋了就成。你看那自古至今厚葬祕殮的，多招盜墓賊的眼，以後被人挖出來，何其倒楣。將來咱倆老了死了，也得告訴子孫，定要薄葬才好。」

江念對子衿姊姊向來沒啥原則，是個棉花耳朵，她這般一說，江念便改了口風道：「姊姊說的有理。」子衿姊姊一提子孫，江念心裡就甜蜜蜜的，委實不曉得在柳知府夫妻眼裡，打今日起，自己頭上已是換了另一種顏色。

不論田太太和柳太太如何相爭，何子衿除了一意籌備自己的書院，社交活動就是回娘家或者到余太太那裡說話。余巡撫說是要致仕，摺子上了兩回，朝廷也沒批，但余大人年紀在這兒擺著，顯然也幹不了多久了。朝廷多半是新君登基，朝中千頭萬緒的事情太多，一直沒

人了，田太太自不會與姊姊為難。那柳家，倚仗的無非是靖南公府的勢。他不過姓柳，又不是靖南公本人。柳氏族人，嫡支旁支加起來，人數何止上千，誰知道柳知府是哪個犄角旮旯的族人？他也就在北昌府打出靖南公的旗號來，誰曉得靖南公知不知道有他這麼位族人。」

何子衿笑道：「妹妹這話雖詼諧了些，卻是大實話。」

余幸道：「本就是。其實就是帝都那些豪門大族也一樣，哪裡就像許多人想的那般，出來個旁支旁系就能代表家族？不要說柳知府這樣的旁支，就是靖南公嫡親的兒子在外頭吃虧，靖南公都不一定去幫他找補回來。」

「難不成就看著自家孩子吃虧不成？」

「吃虧說明本事不夠，那是活該。」余幸道：「聽說靖南公一向如此。」

何子衿對這位靖南公深為佩服，「果然非同凡人。」

姑嫂二人念叨了一回八卦，余幸拿出自己幫孩子做的小衣裳小裙子給大姑姊看。何子衿看都是紅色粉色的，用料講究，細看卻不是上等針線，就知是余幸自己做的。

何子衿道：「妳大著肚子，每天在園子裡走一走則罷了，待生產時容易些，倒不必做這些細緻活計，累不說，也傷眼睛。」

余幸撫摸著自己做的小衣裳，「以前我也不是個愛針線的，自從有了身子，不知因何，時不時就愛翻箱尋料子給孩子做衣裳。」

何子衿笑道：「做母親大約都如此的。」

余幸道：「我聽說剛出生的小孩子穿兄姊的衣裳會比較好，阿曦這孩子，我看著長大的，又活潑又懂事，姊姊，妳家裡還有沒有阿曦小時候的衣裳？」

「有呢，今兒回去我叫人收拾了，明兒我送來給妳。」

余幸的月份已經很大了，腰後靠著引枕，一手不自覺就放在肚子上，「那可好，以後這丫頭像阿曦這樣結實健康，我就知足了。」

大姑姊家孩子，別個不說，結實是真的。雖然外甥女阿曦在余幸這個舅媽看來有些太過活潑，還有些太過圓潤，但結實是真的，一年到頭都不怎麼生病。除非是阿曄不舒坦時，連累到阿曦。龍鳳胎極有意思的一點是，阿曄生病，阿曦縱沒什麼事，也是懨懨的模樣。

余幸本是八月的日子，約莫是頭一胎的緣故，七月二十就發動了。半宿便不舒坦，何洌連忙命人請了產婆過來。產婆是老手，一看就知是要生了，當下與丫鬟們一起攙了余幸去產房。何洌又著小丫頭去二房傳話，著人過去通知他娘。大半宿的，何老娘住在後一進，也沒聽見動靜。待得天明，才曉得孫媳婦在生孩子。

沈氏在余幸發動時就去了兒子那裡，就在屋裡守著余幸。何老娘連忙問何時發動的，知道是夜裡，她瞅瞅天時，道：「這一頭胎多是慢的。」讓孫子不要著急。

何洌哪裡能不急，就是俊哥兒和興哥兒也跟著在嫂子屋子外頭轉悠。

何老娘好笑道：「你們轉悠個啥？回去吃飯，還得上學呢。」

俊哥兒道：「這不是急嫂子怎麼還不生嗎？祖母，我記得大姊生阿曄阿曦時，一個時辰就生好了。嫂子這半宿就開始生了，怎麼還沒生好？」

殊不知，他哥也是急這個呢，就怕媳婦出事，何洌在院子裡轉得人都頭暈了。

何老娘老神在在道：「你姊姊那樣的少。當初你們娘生你姊時，可是足足折騰了一個白天半個晚上才生出來了。」她想帶著孫子們去吃早飯，何洌哪裡有吃飯的心，讓俊哥兒興哥兒陪著祖母去，他還在外頭守著。

直至巳時末，余幸掙扎著生下了一子。

產婆出來報喜時，何洌都愣住了，問：「不是閨女？」

產婆滿面是笑道：「大爺，是兒子，母子平安！」然後，那吉祥話不要錢似的冒了出來。

何洌一直盼閨女，結果媳婦生了兒子，一時沒反應過來。何老娘可是一直盼重孫的，不過大家都說孫媳婦肚子裡是重孫女，她老人家很是遺憾了不少日子。如今真是祖宗保佑，孫媳婦竟生的是重孫，何老娘如何不歡喜，連聲道：「阿余啊，拿大紅包，兩個！」賞了產婆兩個大紅包，把產婆高興得不得了。

何老娘迫不及待要進去看重孫子，何洌連忙扶著祖母。祖孫二人進去時，孩子已是洗過包好了，就放在余幸枕旁。

何洌是見過自己小外甥小外甥女們小時候的，到自己兒子時，那種巨大的喜悅又是另一番滋味。何洌大步上前，握住媳婦的手，幫媳婦擦了擦額上的汗。余幸累極，臉是蒼白的，嘴唇亦無血色，整個人卻是透出極大的喜悅與滿足，她道：「是兒子。」

何洌以前覺得剛出生的小孩子醜得不得了，但到了自己兒子這裡，就是怎麼看怎麼俊，看一眼就拔不出來了，直道：「咱兒子生得可真俊。」

初為人母的余幸，顯然也是進入了與丈夫同等的審美狀態，道：「眉心像你。」

何冽道：「眼睛像妳。」
余幸道：「鼻樑像你。」
何冽道：「嘴巴像妳。」
聽這兩人說話，沈氏都要忍不住要笑場了，何老娘則湊過去看曾孫，道：「阿冽，你看看就行了，老親家也惦記著呢，趕緊去給老親家報喜。」
其實家裡有許多下人，打發下人去一樣能報喜，但添丁這樣的大喜事，自然是何冽親自去的好。何冽輕輕握一握妻子的手，道：「我去去就回。」起身就要去太岳丈家報喜。
沈氏叮囑一句：「別忘了也去你姊姊家說一聲。」
何冽道：「娘放心，我曉得。」
何冽兩處報了喜，何子衿與余太太都是聞信立刻趕過來。見余幸平安生產，眾人喜悅自不必言，尤其是余太太，雖然何家一向寬厚，不重男輕女，但孫女這頭一胎，特別是余巡撫眼瞅要致仕，余太太自然是更盼著孫女生兒子。俗氣一點說，有了兒子，孫女在婆家才算是真正站穩腳跟了。
余太太看過孩子，喜得不得了。余幸吃過東西就睡了，余太太又見過服侍小哥兒的兩位奶娘，一眾人便去了何老娘屋裡說話。余太太笑道：「阿幸這是頭一胎，算著是八月初的日子，我想著頭一胎多有早的，估量著也就是這幾天。我正在家裡算日子呢，阿冽就來了。」又問是什麼時辰發動的，聽說是半宿發動，她算一算孩子出生的時辰，當下笑道：「雖是頭一胎，生的倒是順遂。」

何洌道：「大家都說順遂，我在外頭卻是等得渾身冒汗。」

余太太看孫女婿的眼神極欣慰，「這頭一回當爹，難免著急。阿幸這個就是順遂的了，多有頭一胎要掙扎個一天一夜才能生的。」

何老娘也說：「有些人是提前兩三天就不舒坦，待破了水又生不下來，那才叫人急。」

沈氏道：「這孩子重五斤，正是不大不小的模樣。阿幸有了身子也經常在園子裡轉轉，身子強壯不說，生孩子也有氣力。」

余太太稱是，笑道：「原本以為是閨女呢，不想生下來卻是個兒子。」

何老娘連忙道：「先時他們都說是閨女，我瞧著就是兒子。不說別個，這懷相就不一樣。懷閨女啥樣？懷閨女一般皮肉都是光滑細緻的，阿幸有了身子倒是開始長斑，皮肉也粗了，就是吃食上，她以前最不耐煩吃大魚大肉的口味，自不再吐之後，就愛吃個魚啊肉的，通常只有懷兒子時才這般呢。」完全是一副先知口吻。

何子衿笑道：「祖母，您不正盼著重孫嗎？這可是遂了您的心願了。」

何老娘由於有個刁鑽的丫頭片子做孫女，這些年都不大敢說那些重男輕女的話了，今得了重孫，一時難免忘形，哈哈笑道：「重孫子好，重孫女也好，這頭一胎，什麼都好。」

沈氏笑，「只是眼下做不得親了。」

何老娘道：「阿幸還年輕，下胎生個閨女，一樣做親。」

何子衿問：「什麼做親？」

何老娘瞥自家丫頭一眼，道：「妳這做婆婆的怎麼還不曉得？就是阿念與阿洌說的，以後姑舅做親啊。本想著妳弟妹生個閨女，以後不許給阿昀就許給阿晏，這生的是兒子，只得等下一回生閨女再說啦。」

何子衿當下彷彿被一道雷劈中，僵了一下，方笑道：「阿念竟沒與我說過。」

何洌對他兒子喜歡到心坎上，不過，眼下也很遺憾道：「說了也沒用，眼下還做不得。待以後有了年紀合適的孩子，再說不遲。」

何子衿看她弟一副篤定要做親的模樣，更不知要說什麼好了。

何老娘還道：「當初就是妳姑媽他們在外頭做官，今兒個在東明兒個在西的，離得遠，不然說不得妳就不是與阿念做親，而是許給阿翼呢。」

何子衿無語，「翼表哥大我好幾歲呢，我們小時候淨拌嘴了。」

沈氏笑道：「都什麼歲數了，還記得小時候那點事？」

何子衿也是一笑。

蔣三妞和何琪連帶江太太、江老太太都過來了，屋裡另有一番熱鬧。

余太太看過孫女與重外孫，就要告辭回家去。何家再三留余太太用飯，余太太笑道：「家裡老頭子也等著我回去說一說重外孫的事呢，待洗三禮我再過來是一樣的。」

蔣三妞與何琪等也知道余幸頭一天生產，何家必然事多，都沒留下用飯。知道孩子大人都平安，也都辭了去，反正離得近，蔣三妞、何琪都說：「明兒再過來。」

何子衿留在娘家吃飯，何洌眼下得了兒子，念書的心也沒了，吃過飯就又去瞧兒子了，沈氏頗覺好笑道：「以前也看不出來，阿洌原來是個兒子迷。」

何老娘道：「男人家沒哪個不喜歡兒子的。」怕被丫頭片子挑剔，還補充一句：「兒子是用來挑大樑的，做爹的，一般疼是疼閨女的多。」

何子衿忍俊不禁。

傍晚江念回來，方知道小舅子做爹的事。阿曄阿曦聽說有了小表弟，也很高興，不過聽說比雙胞胎還小，兩人就沒興趣了，倒是江念有些遺憾，「不是說是閨女嗎？怎麼是兒子啊？哎喲，這可怎麼做親？」

說到做親的事，何子衿恨不得敲江念兩下，何子衿道：「做親的事，你怎麼也沒與我先商量呢？」她這裡還懵著呢，人家郎舅二人卻是早就商量好了，這叫什麼事兒啊？

江念很是理所當然地道：「咱們跟阿冽又不是外人，再說，多有姑舅做親的，世人都管公婆叫舅姑，就是說的是姑舅做親，妳沒聽說過嗎？姑舅親，輩輩親。」雖有些遺憾小舅子生的是兒子，仍是道：「這也不急，以後阿冽生了閨女再論親事也是一樣的。」

何子衿看江念這般熱心，不曉得要怎麼說了，最後比較委婉地說血親太近不利子嗣，江念道：「姊姊想多了，人家都說親上加親，哪裡就不利子嗣了？不說別人，名動天下的南薛北江中的江大儒，聽說其父母就是姑舅做親。江大儒是什麼身分地位，難道不好了？」

何子衿無言以對，道：「我這不是不怕一萬，就怕萬一嗎？」

江念道：「我與阿冽早商量好了，以後必要做一門親家的，姊姊就放心吧。」

何子衿：……

何子衿有此煩惱，江念這探花腦袋是說不通的，索性去朝雲道長那裡排遣一二。朝雲道長也有些不解，與女弟子道：「妳想多了吧？文康大長公主之子，尚的就是長泰長公主。長泰駙馬與長公主，兩人說來也是姑表親，膝下三子，沒聽說哪個不好。」

何子衿：好吧，這是在古代。

哪怕是在古代，何子衿也得為子孫後代考慮啊。阿念都與阿冽說好了，而且，如果她以不利子嗣的理由退親，別說娘家會不高興，就是阿念這裡也說不通。可何子衿又很擔心後代血脈不佳，於是乎，愁悶之下，何小仙起了一卦。

起完這卦，何子衿就完全放心了。

因為卦上顯示，何冽沒閨女的命。

為這一卦，何子衿特意給三清神仙上了幾炷高香。

何家得了長孫，喜悅自不消說，洗三更是將親戚們都請了去，何子衿也給自家侄子備了一份厚厚的洗三禮。江仁、胡文兩家都過來了，余巡撫余太太亦都到了，這洗三多是請親戚的，待滿月酒方是親戚朋友一塊請。余幸還在月子裡，較剛生產那日氣色好了許多，眉宇間淨是喜氣，靠在床頭說話。

余太太看過重外孫，笑道：「這才兩天沒見，孩子就又是另一個模樣了。」

余幸有子萬事足，望向兒子，眼裡的溫柔就似要融化了，「我天天守著倒看不出來。」

何老娘坐在臨窗的小炕上，道：「小孩子都是一天一個樣。」

蔣三妞和何琪都誇這孩子長得好。阿曦慣是個愛熱鬧的人，今天聽說是洗三，也跟爹娘一起來了，湊過去看小表弟，看一眼就說了實話：「好看啥，好醜啊！」

何子衿道：「莫說別人，妳生下來還不如小表弟呢。」

阿曦揚著小腦袋，乾脆地說：「我不信！」

「有什麼不信的，我們都見過的，妳生下來也就差不多這樣。」何老娘道。

阿曦半張著嘴巴，好半晌才說：「怪道說女大十八變啊！」逗得滿屋子女人都笑了起來，連余幸這先時聽阿曦說她兒子醜有些不樂意的都笑得不行。

沈氏與外孫女道：「待滿月時妳再過來，就知道小弟弟漂不漂亮了。」

阿曦點點頭，問：「外祖母，表弟有名字不？」

沈氏道：「取好了，大名叫何燦。」

何子衿抿嘴一笑，「這是我爹取的名字？」

沈氏笑，「是啊，妳爹提前半年就把名字取好了。」

何老娘道：「阿恭也知道是孫子呢，這不，提早就把名字取好了。」

沈氏道：「這倒是老太太說錯了，老爺早取好了兩篇的名字，男孩女孩的都有，我看啊，他是一口氣把重孫輩的名字都取好了。」她也是看過丈夫提前給孫輩取的兩篇名字的。

何子衿道：「燦有燦爛之意，咱家日子越過越好，取這名字正相宜。」

蔣三妞也說：「叔叔這名字取得好。」

誰也不能否認何家現在氣運正好，雖不是那等一飛沖天的人家，但何家委實是興旺起來了。不說別個，單從子嗣上說，原是數代單傳的，到何冽這一代，兄弟就有三個，何冽身為長子，第一胎生的又是兒子。當然，第一胎不論兒女，自家孩子都是疼的，但大家還是對兒子的期盼更多些。其實不止是何家，江仁、胡文兩人，一個是單傳，一個是庶出，都沒個同胞兄弟，如今家裡子嗣亦是興旺。

何琪道：「姑丈就是讀書人有學問，提前就給阿燦取了大名兒出來，我們家大寶、二寶和三寶，這好幾年還沒個大名兒呢，真真急死個人。」

江太太連忙道：「回頭就叫阿仁取去。」

何琪笑，「再不把大寶幾個的名兒取出來，晚飯不叫他吃了。」

何老娘得了重孫，看啥都好，順嘴誇道：「大寶這名字就挺好，本就是個寶。」

何琪道：「看人家阿燦這名字，取其燦爛輝煌之意。重陽大名阿曜，也是光輝的意思。曦曄二字，皆是象徵光明。就我家那幾個，大寶二寶三寶，忒通俗了些。」

大家聽得又是一樂，何老娘此方恍然，心說，原來重孫重外孫的名字都有這諸多奧義，果然不愧是進士老爺們取的名兒呢。

孩子哼哼唧唧哭起來，余幸忙抱起來，伸手一摸，並沒有尿，便道：「許是餓了。」不是許是餓了，而是一定餓了。小傢伙閉著眼睛聞著味兒就往他娘胸前拱啊拱，余幸忙叫丫鬟放下帳子，她餵孩子。余太太還說：「不是預備下奶娘了嗎？」

余幸一面餵兒子吃奶，一面在帳中道：「也不知怎麼這麼嘴兒高，第一天我沒奶，吃奶娘的奶也挺好的。第二天有奶了，我覺得漲，就餵了一回，從此再不肯吃奶娘的奶水了。」

沈氏與余太太笑道：「為這個，昨兒把一家子急得不行，快吃中午飯的時候就開始鬧騰，奶娘怎麼哄都哄不下來，餵奶也不行。阿幸一抱就不哭了，在阿幸懷裡一拱一拱的，阿幸想著，早上餵了一回，看孩子這般，就又餵一回。這孩子也奇，吃飽就去睡了。待下午餓了，又是這般，真真個磨人的。」

何老娘道：「這親娘自是不一樣，有血脈管著呢。」

余太太看孫女餵得高興，便也笑道：「親家這話是。」

余幸把孩子餵飽，小傢伙就又合上眼睡去了。

丫鬟攏起帳子，余幸輕戳孩子鼻樑，小聲道：「以後定是個挑剔的。」

何老娘忙道：「可別戳鼻樑，會戳矮的。」

余幸忙又給她兒子捏了捏，似要把鼻樑捏高似的，讓諸人忍俊不禁。

洗三宴極是豐盛，何老娘這得了重孫的，險吃多了酒。待親戚們告辭而去，何子衿扶著祖母去屋裡休息，何老娘還一個勁兒拉著兒子的手說：「跟你爹說一聲，有重孫啦。這可是咱們老何家的大喜事，告訴列祖列宗，我把咱們老何家給興旺起來啦。」

何恭雖酒也吃得不少，到底還沒醉，握著老娘的手，聽老娘囉嗦這些話，卻是沒有半分不耐，仍是耐著性子連聲應道：「是，我這就去跟爹說，也跟祖父祖母說一聲。娘就放心吧，咱們家都是靠著您的福氣才旺起來的。」還很知道老娘愛聽什麼話。

果然，何老娘一聽這話就咧嘴笑了，由著兒子孫女扶自己到炕上，嘴裡還道：「雖然你們知道上進，但也是因我時時沒忘了到菩薩前給你們燒香呢。」

何子衿拉開被子幫老太太蓋上。

何老娘拉著兒子的手，悄悄說出個大機密來：「阿幸這胎，我在佛前添足了二十兩的香油錢，請佛祖保佑得一重孫，可見佛祖是靈的。」

何子衿覺得老太太醉了好玩，在一旁湊趣：「祖母，您這可真是捨近求遠。您有二十兩，幹嘛不請我來幫您卜一卦，我卜一卦只要十兩。」

「我這不是想著佛祖威能大，比妳靈驗嗎？」怕自家丫頭片子不高興，何老娘道：「下回吧，下回有難事兒再找妳卜。只一樣，不准收我銀子。」

她老人家也不曉得是真醉還是裝醉，反正涉及銀子的事兒還是很清楚的。

何子衿回家都同江念說：「虧得阿冽這得了兒子，不然還不曉得祖母如何失望呢。」

江念笑道：「第一個重孫輩，祖母心切也是難免的。」

阿曦聽著爹娘說話，跟著道：「曾外祖母的嘴巴都要笑到耳朵根啦。」

江念笑斥：「說長輩不能用這樣的話，這話只有在平輩開玩笑時才能用。」

阿曦懵懂地點點頭，問：「阿燦那麼醜，怎麼曾外祖母還那樣高興啊？」

何子衿道：「妳也是念過書的人，聖人都說，以貌取人，失之子羽。剛生下的孩子都差不多，雙胞胎剛生下來的時候，妳還說人家醜呢，現在雙胞胎還醜嗎？」

阿曦道：「要看跟誰比啦，跟我比是差得多，跟阿燦比就好看多啦。」

「就妳好看。」何子衿真不曉得她閨女怎麼長成了個顏控，教導她閨女道：「看人得看品行，長得好有什麼用？長得好，沒本事，那叫繡花枕頭。」

「我枕頭又沒繡花。」阿曦道：「大寶哥的枕頭有繡花，大寶哥是不是繡花枕頭？」

何子衿自從做了母親後就生出無限耐心，道：「妳怎麼知道大寶枕頭有繡花啊？」

「重陽哥笑話大寶哥來著，說大寶哥是繡花枕頭，我們就偷偷去瞧了，果然大寶哥睡的是繡了花的枕頭。」阿曦強調：「我從來沒睡過有繡花的枕頭，我覺得有繡花的枕頭磨得慌，臉上還會壓出印子來。我枕頭沒繡花，我不是繡花枕頭。」

何子衿道：「繡花枕頭是一個比喻，意思就是說這人中看不中用。妳大寶哥長得好，念書也好，還會存錢過日子，所以說，中看又中用，不是繡花枕頭。」

阿曦連忙道：「我也一樣啊，長得好，會念書，也會存錢過日子。」

何子衿哭笑不得，跟阿曦打聽：「妳現在存多少錢了？」

自孩子五歲時起，何子衿就會每人發一個月一兩零用錢。這錢在大戶人家不多，但於小戶人家不算少了。零用錢發下去，隨孩子們怎麼花用。阿曄喜歡買紙筆，不曉得這是什麼愛好，家裡什麼樣的紙筆都有，他還是要拿錢去鋪子買回一堆。阿曦原是喜歡買絹花，後來審美有所提高，外頭鋪子的絹花就不大看得上了，但每個月有了零用錢，也會用個精光的。可以說，一兒一女皆是月光貨。何子衿也是聽阿曦自誇，這才想起來問她存款來。

阿曦有些臭美又有些神祕，「現在不能說。」

「有什麼不能說的，我知道妳早花用盡了的。」

「誰說的？我……」阿曦是個存不住事的性子，這回卻硬是憋住不說，可是把她娘好奇得緊。閨女越是不說，何子衿越是想問，終於阿曦受不了她娘的百般打聽，丟下一句：「我去祖父那裡接雙胞胎啦！」乾脆遁走。

何子衿自言自語：「什麼神祕兮兮的事兒，我還不想知道呢。」轉眼見江念悶笑樣，便問道：「你是不是知道了？」

江念笑，「一點點。」

「到底什麼事啊？」

「阿曦的銀子拿去入股了。」

「什麼股啊？」就她閨女這樣的月光貨，知道什麼是入股嗎？

「重陽盤下了一家鋪子，手頭銀子不夠，又不敢跟三姊姊說，就找他們幾個籌銀子唄。阿曦平日裡月銀是花得一乾二淨的，不過，過年的壓歲錢有好幾十兩呢。再加上阿曄的，大寶和二寶、二郎的，湊了有三百兩，就把鋪子盤了下來。重陽說了，等著年下分紅就是。」

何子衿道：「哎喲，重陽這孩子膽子可真足，這才多大就敢弄三百兩去盤鋪子，叫三姊姊知道，非收拾他不可。」

江念道：「重陽念書尋常，這做生意上倒有阿文哥的機靈。」

「他現在到底還小，不若多念兩年書的好。」何子衿甭看是個穿來的，在教育問題上相當傳統。江念這本土探花反倒是思維更寬闊，道：「念書也得看人，實在沒這天分，死乞白賴的要念，孩子的心不在這上頭，也是無用。」

「這事兒阿文哥知道不？」

「阿文哥睜隻眼閉隻眼裝不知道罷了，妳知道就成了，別叫三姊姊曉得，三姊姊要是曉得，非揍重陽不可。」

何子衿覺得好笑，又問：「哪裡的鋪面，重陽年紀小，可別叫人坑了。」

們，治下清明，百姓安居，饒是有些心大的，說起這位老大人，也得說這是一位好官。

衙門該交接的，已是交接得差不多了。在上致仕摺子的那一刻起，這知府衙門的事，余巡撫就是掌個關要，其他細緻的事都交給田參政了。余太太那裡也早就開始收拾東西，今日旨意已下，無非就是正式辦了交接手續。

再者，朝廷因余巡撫勞苦功高，還賞了一千兩銀子。這銀子不多，卻是難得的體面。余巡撫不差銀子，當下就拿出來用在府學裡，與杜提學道：「今年秋闈之年，明年春闈之年，這銀子不多，待有學子去督學衙門辦春闈的考憑，每人分上幾兩，也是我的心意。」

杜提學感動不已，道：「老大人對他們這般關愛，他們明年春闈若不能有所斬獲，便是對不住老大人的一片心。」

余巡撫致仕的旨意，當天何家就知道了。

余幸在月子裡動彈不得，卻是難免心焦，剛得了兒子的歡喜都去了一半，與丈夫道：「原想著祖父能過了今年的。這麼大冷的天兒，又是兩位老人家，如何動身呢？」

何洌道：「妳莫急，我過去瞧瞧祖母。這朝廷雖允了致仕，祖父畢竟是一地巡撫，起碼手裡的事得交代好才能離任。這麼天寒地凍的，不若請兩位老人家到咱家裡來住著，待明年開春再走也不遲。」

余幸聽了這話方笑了，「你趕緊去吧，祖父祖母那裡有什麼要收拾的幫著打理打理。」

「我曉得，妳好生看著兒子，莫要急。祖父致仕摺子都上兩回了，老人家這把年紀，致仕也是應有之意。眼下有些冷，咱們留祖父祖母在家裡過了年，老人家閒了就看看阿燦。」

何冽這般說，余幸越發歡喜，又讓丫鬟尋衣裳給丈夫換，何冽道：「我這身挺好的。」

余幸畢竟婦道人家，天生心細，道：「在自家是無妨，祖父這一致仕，家裡來訪的人定是不少，祖父得忙衙門裡的事，你這一去，定要幫著應酬一二。」

何冽不耐煩丫鬟服侍，自己套上袍子就出門去了。

佛手還說：「大爺真個急脾氣，每次那衣裳都拽不好就出門，要叫外人瞧了，豈不說奶奶沒打理好大爺的衣裳？」

自生了兒子，小夫妻情分更濃，聽這話，余幸只是一笑，「相公就是個急性子。」

阿田覺得佛手這話誇張，哪裡就衣裳沒收拾好，無非是大爺習慣自己穿戴罷了。阿田與忠哥兒的親事已是定了，雖是自家姑娘的貼身大丫頭，在這上頭也很是留意，並不常近姑爺面前。聽佛手這般說，她笑道：「這也得看人，往時都是奶奶親自給大爺收拾，大爺哪回不耐煩了？大爺不耐煩也是不耐煩我們，像咱們大爺這樣自重的，極是少見。」

佛手忙道：「可不是嗎？我聽說晉寧伯家的王姑娘，不是以前常同姑娘較勁兒嗎？王姑娘嫁的是兵部侍郎李家的二公子，說是不過一個月，那位二公子就納了通房，哪裡真就將王家姑娘放在眼裡了。」

余幸問：「什麼時候的事，我怎麼不曉得？」

佛手道：「就是去年我爹娘回帝都送年禮，我娘回來時跟我說的。那會兒姑娘剛查出有了身子，我就給忙忘了。」

余幸假假嘆道：「她素來是個心高的，因著家裡姑媽嫁了靖南公，她便非名門不許。那李家說來是永安侯府近支，只是誰不曉得李太太是個嬌慣兒子的。她呀，就是圖個面兒，這也算求仁得仁了。」

其實余幸與這位王姑娘閨中時就有些不睦，不然佛手不會說王姑娘的笑話給余幸聽。余幸彼時嫁的是何家，拍馬也趕上不王姑娘嫁侍郎公子，如今聽得王姑娘嫁了這麼個花心貨，而自己已是平安誕下長子，心裡甭提多熨貼了。

參之章 闔家上陣備科考

何洌過去看望太岳丈和太岳母，著實幫了不少忙，就像余幸說的，定有不少人會過去拜訪。余巡撫現在要與田參政交接，余太太是女眷，這些外頭應酬的事有何洌就方便多了。

何洌一直到傍晚才回家，余太太要留他用晚飯，何洌看余太太面有倦色，便道：「祖父在衙門忙一天，也累了，家裡的事都是祖母操持，我什麼時候過來吃飯不行，今天您二老好生歇一歇，我明兒再過來。」

余太太雖高興孫女婿過來幫著操持，卻也記掛著孫女婿的前程，道：「這眼瞅著秋闈也近了，你在家溫書吧，別耽擱了。」

何洌笑道：「讀書從來都是多年積累，這麼一日兩日的，哪裡就耽擱了？」

余太太同余巡撫說起來，都覺得這個孫女婿體貼。

何洌不止體貼，他還到姊姊家去了一趟，與姊姊道：「媳婦正坐月子出不了門，咱娘還得料理家事，也離不得。祖母年紀又大了，我看著太岳母實在勞累，咱們不是外人，姊，妳要是有空，明日後日也過去，幫著招待那些人，過去說說話，叫太岳母歇一歇，不然我真怕她老人家這還沒走，就先累病了。」

何子衿笑道：「這容易，明兒我就去，我也記掛著她老人家。」

自何家同余家結了親，何子衿也就知道了些大戶人家的規矩。其實大戶人家的主母，瞧著是金尊玉貴，手底下婆子媳婦丫鬟有的，但說到底也是一樁體力活，尤其家裡事務多的，時常有人家打發人過來問安、遞帖子、說話什麼的，家裡就得有個人支應。無關緊要的，打發個管事媳婦則罷，倘是差不多的人家，就不能是奴婢出面了，不然就是打人家的臉。

兩家原就是姻親，別說余幸現在已是好了，就是還如先時那般昏頭，何子衿能幫的也不會不幫。何子衿一口應下，何冽笑道：「成，那我明兒過來順路接姊姊過去。」

何子衿原說自己過去就好，轉念一想，既然是何冽叫她去的，還是把這人情落在何冽身上，叫余家知何冽的好才是，便道：「你早些來，我料著眼下親家老太太那裡事多，我得早些去，先同親家老太太通通氣才好。」

這人做事吧，不見得弄出多麼威風的排場來，就像那句話，善戰者無赫赫之功。平平順順地把事情做好，雖不顯山不露水，卻更見本事。

何子衿與何冽這對姊弟便是如此，兩人都不是高調的性子，卻都是細緻人。就是何冽這向來實誠的，心一樣細，不然不能去把他姊請過來幫襯太岳母。余太太見孫女婿把親家大姑奶奶叫來幫忙，很是有些過意不去，何子衿笑道：「昨兒下午我才知道朝廷的旨意下了，就想著過來看看，只是看天色晚了，想著您這裡定然事多，就沒貿貿然過來。老太太平日裡拿我當個孫女一般看待，眼下您這裡事忙，可千萬莫外道才好。」

余太太自己一人的確支應不過來，倘不是孫女在月子裡，定是要叫孫女過來幫忙的。如今何子衿都來了，余太太更不是個彆扭人，挽著何子衿的手道：「我沒料到昨兒聖旨就到了，自年初太爺上了摺子，我就想著約莫三四月朝廷也就批了。今年朝中事情多，就到了這個時候。就是妳不來，我也得讓人請妳去呢。」

「不必請不必請，我這不就來了？」何子衿笑咪咪地同余太太說了會兒話，就打聽起余太太這裡要忙的事來。如何子衿想的那般，這幾天都是支應來往的帖子，兼著陪客的事。

何子衿笑，「我畢竟年輕，還得您派給我一個妥貼人提點著我些才好。」

余太太便將家裡的一位管事媳婦叫丹參的派給了何子衿。何子衿一來，余太太頓時壓力大減，何子衿這裡也是順順當當的，丹參嫂子原是余太太身邊的大丫鬟，後來到了年紀，許給了家裡大管家的兒子，做了管事媳婦。要見的這些人，何子衿有些知道的，有些不知道的，都會問丹參幾句，丹參自會提醒何子衿一二。招待人說說話什麼的，何子衿做得頗是俐落，待到了時辰，還會讓丹參去瞧瞧老太太、太爺的飯食。這越是忙的時候，飲食上尤其得要注意，特別是年邁之人，吃些滋補潤燥的才好。余家人有早上吃燕窩的傳統，燕窩便是極好的溫補之物，何子衿便讓廚下下半晌的時候給余太太添盅秋梨潤嗓膏。

余太太覺得何子衿這一來，她這裡委實輕鬆許多。

余太太乾脆把家裡這些招待茶飯上的事也交給了何子衿，何子衿覺得尚有餘力，便也接了手。她不必大張旗鼓，只要將幾個管著這幾處的管事媳婦叫來，各司其職罷了。眼下無非就是事情多，且正是離任的時候，就怕有些沒見識的下人偷盜，或是偷懶對客人不用心，失禮於人。

就是灶上也分清楚，招待客飯的，做下人飯食的，還有余太太、余太爺小灶上的，都弄得清清爽爽。提前一天將採買上的事算清楚，心裡有個數，也不怕被人矇騙了去。

事實上，還真有人來矇騙的。大約是有些個下人覺得何子衿小戶人家出身，沒見過好東西，打了兩個官窯的茶碗，過來請罪。余家規矩甚嚴，就是打碎了東西，也得拿著碎瓷片過來，以免受下人欺瞞。這個下人也捧了碎瓷過來，何子衿一看就樂了，碎瓷都能作假？何子衿看一眼就令丹參收了這碎瓷，革此人半個月銀米，令那媳婦下去當差了。何子衿當時沒聲張，待那媳婦下去了，才同丹參說：「妳細看看，這民窯燒出的瓷什麼樣，官窯燒出的又是什麼樣。那待客用的茶碗，可是清一水的官窯瓷盞。」

丹參細看才看出貓膩來，不禁惱道：「真個鬼迷心竅的，上上下下都忙成這樣，這混帳婆子倒還想從官中撈好處！」很是不好意思地同何子衿賠了不是，何子衿笑道：「這不關姊姊的事，有甚好惱的？混水摸魚的事，哪家沒有？我看那兩個茶碗她定還藏著，姊姊安排兩個可靠的人捉賊拿贓。只是，莫要鬧大，不然你們臉上也不好看。這樣的人莫要再用了。悄悄同老太太說一聲便罷，這個時候，妳也勸著老太太些，為這麼個人不值當生氣。」

這事如何處置的，何子衿第二天才曉得，余太太親自同何子衿說：「我就料著事情忙，必要有人鬧鬼。妳這樣就很好，莫因著是我就縱了他們。」

何子衿道：「這樣的人哪家都有，不說咱們小家小戶，就是朝廷也有貪官汙吏呢。」

余太太拍拍何子衿的手，眼神柔和，「真好，妳娘會教女兒，把妳教得這樣好。倘妳還有個妹妹，我非替家裡小孫子聘了來不可。」

余太太是第二遭說這話了，可見是真喜歡她。

余太太見何子衿精明能幹，索性家裡辦酒席的事也讓她幫著操持。何子衿深覺長了不少見識，她在家裡辦過宴席，在沙河縣做縣尊太太也請過縣衙各頭目的太太奶奶，還有當地的鄉紳太太們，到了北昌府，還設宴款待同知衙門的一干下屬女眷，這些宴會何子衿並不陌生，但不論規格還是檔次，都無法與知府衙門的宴會相比。

余太太就喜歡看何子衿精神抖擻的模樣，與身邊的老嬤嬤道：「真是個機靈丫頭。」

老嬤嬤笑道：「江太太心裡知道太太這是教她呢，自然用心。」

「有人啊，妳略一點撥，事情就幫妳辦得妥妥當當。有些人怎麼教都教不會，這可是天生的。」余太太笑道。其實還有話未盡，這世上機靈人余太太見的多了，何子衿非但機靈，人也厚道，故而，余太太才想著趁這機會教一教她。不止讓她學著預備宴席，連帶請的各家的人，余太太在北昌府幾十年的光陰，認識的人多了去。余太太打發了丫鬟嬤嬤，單叫何子衿拿了帖子念給她聽，一家一戶的，余太太都會點評一二，或者這家和那家是什麼親戚，有什麼來歷，但也不會說太多，不為別個，而是各人有各人的處事法子，她自己來往的這些關係，不見得適用於何子衿。何子衿的關係網得靠自己，這事誰也替不了誰。

何子衿白天在余家幫忙，晚上同江念帶著孩子們去娘家吃飯。阿曦最是喜歡外公，每次只要來外祖母家，晚上必要住一宿的。以前小時候就跟外公外婆住一處，現在大些了，沈氏就專為她收拾了屋子。阿曄跟小舅舅要好，兩人吃過飯就去嘀嘀咕咕說話去了。

何子衿過去瞧余幸和小侄子阿燦，余幸就惦記娘家祖父母，見著大姑子過來就忙不迭問起娘家事來。何子衿一一與她說了，余幸很是感激，「虧得有大姊姊，祖母這把年歲，我偏生趕上坐月子，一點忙都幫不上。家裡管事媳婦再多，大事也不能全靠她們。」

何子衿笑道：「咱們本就不是外人，原也應當過去的。妳莫在家裡著急，安安穩穩把月子坐好，待過了滿月，妳抱著阿燦歡歡喜喜過去，豈不好？」

余幸道：「我心裡明白是這個理，就是放心不下。」

「這也是人之常情，老太太也惦記著妳呢。」何子衿見阿燦睜著眼睛，拿個撥浪鼓去逗他，他立刻高興地伸手去抓，何子衿笑，「這孩子真乖巧，一點都不鬧。」

「這是順心了，不順心的時候脾氣大著呢。」余幸道：「以前是不吃奶娘的奶，現在連抱都不要奶娘抱。白請了兩個奶娘，總這麼著在咱家也不是個事兒，乾脆一人賞了十兩銀子，讓她們回家去了。就愛跟著我，睡醒了見不著人便要鬧，真真是個愁人的。」

何子衿笑道：「奶娘雖好，到底比不得親娘，咱們阿燦自小就是個明白的。」又問余幸奶水可夠吃。

余幸道：「盡夠的，這會兒都吃不完。」點著兒子的額角，「就是個小饞貓。」說著，余幸又笑，「姊姊，妳說也怪，阿燦這麼小還會做夢來著。有一回見他哼哼唧唧地哭，我以為是要尿呢，摸了摸，也沒尿，過一時又自己笑起來。田嬤嬤說是做夢呢，這麼小的孩子，做夢能夢到什麼？」

何子衿已是四個孩子的母親了，在這上頭自是經驗豐富，道：「有說是夢神娘娘在教孩子本事呢，學得好了，夢神娘娘稱讚他，他就會笑。學得不好，就會罰他，孩子便會哭了。」問余幸：「阿燦是哭的時候多，還是笑的時候多？」

余幸忙道：「不怎麼哭，常笑的，笑的時候多。」

「可見咱們阿燦聰明伶俐。」何子衿笑咪咪地摸摸阿燦的頭，阿燦捉住姑媽的手指，何子衿勾勾阿燦的小胖脖子，逗得阿燦又笑起來。

待得八月初，余家人便到了。

來的是余幸的大哥余峻，余太太見了長孫自然高興，外頭正下雪呢，又是驚又是喜，起身扶住長孫的手臂，道：「這麼大冷的天，怎麼這個時候來了？」

余峻解了身上的狐皮大氅，笑道：「朝廷有了允祖父致仕的信兒，我就跟衙門請了假，打點了行裝往北昌府趕。到底比不得朝廷的快馬，足走了半個多月。」

「朝廷快馬都是五百里加急的，一路上換馬不換人，這哪是能比得？」余太太忙讓長孫坐下，問長孫可冷。丫鬟捧上手腳爐來，端來紅棗桂圓茶，余峻笑著接了，只是沒用手爐，喝了半盞茶道：「不冷。北昌府雖冷些，先時也是來過的，我身上穿了厚衣裳。」

余峻問候祖父祖母的身體，還問：「祖父致仕，家裡定是忙的，怎麼阿幸不在？」

余太太笑道：「阿冽早就來了，你不曉得，你做舅舅了，阿幸正在月子裡，她就是要來，我也不能叫她動彈的。」

初時沒見妹妹，余峻還有些惱，一聽得妹妹在坐月子，喜得不得了，「我竟不曉得？」又問何時生的，是兒是女。聽到是個小外甥，更是歡喜道：「妹夫是家中長子，第一胎生兒子才好，兒子頂門定居，以後也可護著下頭的弟妹。」

「是啊，親家也歡喜得不得了。這月二十六就是滿月酒，你這做大舅的正好趕上。」

祖孫倆說著話，何子衿聞了信兒過來，彼此見了禮。

何子衿道：「我想著不是余大哥就是余小弟必要過來的。」又問余峻一路可好。

余峻笑，「都好，有勞大妹妹這些日子幫著操持了。」

何子衿道：「原就是應當的。跟著老太太，我也長了些見識，學了些本領。」

侍女端上湯羹，何子衿又道：「廚下原就預備著的，余大哥吃一盅吧。我們都有的，老太太吃的是燉出來的秋梨膏，我吃的是桂圓湯，大哥這盞是雞湯。」

余太太暗道何子衿周全，問：「光顧著跟阿峻說話了，帶來的人可安置好了？」

何子衿道：「已是讓丹參下去安排了，茶飯也都預備了。」

余峻一碗雞湯下去，渾身都暖和起來，「我吃著這裡頭似鮮香蕈，眼下如何有這個？」

余太太指著何子衿道：「你這妹妹種出來的，咱們北昌府獨一份。」

「哎喲，妹妹不僅會種綠菊，還會種香蕈，實在是了不得。」余峻道：「以前我只曉得是山上採的，竟還能種出來？」深覺何子衿在種植一事上頗具天分。

何子衿笑，「其實說簡單也簡單，無非是多試幾次罷了。」

大家說著話，何冽也過來了，郎舅二人說話，自然更添一層親熱。余峻恭喜何冽得了長子，何冽笑得見牙不見眼，與大舅兄道：「同喜同喜，大哥還沒見過阿燦，長得可俊了。一點都不淘氣，特愛跟人說話。」

余峻大驚，「阿燦這會兒就會說話了？」

「會，如何不會？成天咿咿呀呀跟人說話呢。」

余峻：……

余太太何子衿俱偷笑，兩人都已見慣了何冽這誇兒子成癖的樣兒了。

余峻過來，何冽便可回家念書了。

何冽也沒矯情，眼下秋闈在即，太岳父這裡忙不過來，他自然當過來幫襯一二。既然舅何洌道：「祖母這輩子頗是不易，祖父過世時，咱爹還小，就是祖母撫養著咱爹和姑媽長大，就像祖母說的，那時候哪裡敢想現在呢。」

余幸如今也不覺得婆婆土鱉了，而是道：「所以老人家有後福嘛。祖母每天過來好幾趟看阿燦，見著阿燦那笑就停不下來，這虧得沒生閨女，這要生閨女，祖母一準兒沒這麼稀罕。我還聽說祖母為了保佑我生兒子，偷偷去廟裡捐了二十兩香油錢。」

何洌笑，「哪裡，祖母多喜歡姊姊啊。以前家裡還窮的時候，姊姊那會兒也小，祖母過日子精細，卻很捨得拿銀子給姊姊買點心吃呢。不信到時咱們試試，再給祖母生個重孫女，她老人家一準兒喜歡。」說著握住媳婦的小手。

余幸嗔道：「少不正經。」到底沒把手抽出來。

「哪裡有不正經來著？」何洌幫媳婦算著，「二十六就出月子了啊！」

余幸笑，「是啊，那天你正好從貢院出來，也是咱兒子的滿月酒。」

何子衿回家也翻了一回書，江念端了盞燭臺過來，道：「姊姊要看書，再添一盞燭臺，別傷了眼睛。」

何子衿道：「沒事兒，我就是看看這及第粥怎麼做，好久沒做，有點忘了。」

江念一想便知曉，道：「阿洌入場，祖母這是要姊姊過去做及第粥呢。」

「嗯，我做的比較靈驗。」何子衿在燈下熟悉了回及第粥的做法，與江念道：「屆時咱們提前一天住過去，我起早做這粥才好。」

「好。」江念忍笑，還給子衿姊姊提個醒：「阿洌這科要是中了，必得參加明年春闈，到時這春闈及第粥的事兒，姊姊妳提前想好法子啊！」

何子衿笑，「放心吧，我心裡有數呢。」

何洌秋闈，何老娘帶著沈氏把北昌府的廟啊寺啊庵啊觀啊的都燒了個遍，還特捨得花香油錢。非但何老娘沈氏捨得，余幸自己動彈不得，心卻是與婆婆、太婆婆一般無二的，且她又是個大手筆的，讓丫鬟拿了一百兩銀子交給婆婆，請婆婆幫她布施出去，給丈夫積功德。

沈氏與閨女說起此事時還道：「阿幸很是心疼阿洌呢。」經過幾年婆媳相處，沈氏同余幸現在關係很不錯了。沈氏對兒媳要求一向不高，何家也不是那等要媳婦一天到晚在婆婆身邊立規矩的人家。用沈氏的話說，日子是夫妻倆一起過的，又不是媳婦婆婆一起過的，只要小夫妻過得好，沈氏就很滿意。

何子衿笑道：「是啊，別看阿幸坐月子，每天都是親自安排阿洌的飯食，就晚上那夜宵，十天不帶重樣的。」

沈氏抿嘴笑，「阿洌也知道心疼媳婦，這坐月子，我還說，阿幸既要帶孩子還要養身子，另給阿洌安排個屋子才是，也不曉得兩人怎麼這般好，阿洌就在他們屋裡那小炕上睡。」

何子衿道：「娘，您別說別人，您當時坐月子，我爹也沒去別個屋睡啊！」

沈氏一樂，說閨女：「妳倒打趣起妳娘來了。」又道：「咱們家的男人，都是拿媳婦當回事兒的。不似有些人家，娶的媳婦不似媳婦，倒似娶回個老媽子一般。」

「這人家跟人家也不一樣，要我說，既娶進門來，拿媳婦當自家人一樣就是了。」

沈氏道：「原本人家的家事，不當咱們管，只是我委實瞧不上鄭太太這搓磨媳婦的樣兒，我就與她說一說。」

何子衿道：「娘，咱家還有沒有祖母的書，眼瞅秋闈近了，我也拿幾本去送人。」

沈氏道：「還有五六套，得留下兩套，不然妳祖母做人情時沒有，會不高興的。」

何子衿打發人送給周通判太太一套，周通判家三子也要下場，又送給田太太一套，田太太家長孫要下場。另一套，何子衿就收自己那裡了。

周太太也過來問及第粥的做法，周太太是個爽利人，帶著廚娘來的，道：「我白天過來，妳不在家，就晚上來了。這是我家廚娘，快與我說一說這及第粥怎麼做，她做了兩回，腥得要命。我家老三說，一聞那味兒就要厥過去了，哪裡還能及第？他聽何冽說過，說那及第粥好吃得不得了，絕不是這個味兒，說我家裡做得不道地。」

何冽與周三郎同在北昌府，年紀較周三郎小上幾歲，關係還不錯。

何子衿乾脆讓丸子帶了那廚娘到廚下去學，何子衿與周太太道：「也是我兄弟下場，我想起這及第粥的事兒來。靈不靈驗的，就是這麼個意思，討個吉利。」

「都是這樣，我一向不拜神佛的人，為著三郎這秋闈，跟我婆婆把這大小寺廟都給拜遍了。我婆婆三個月前就開始吃齋，每天早中晚給菩薩上三炷清香。」周太太道：「要不是看那小子讀書不算笨，乾脆就跟他哥哥一般，捐個官兒算了，雖不是正經科班出身，一樣也能弄個實缺。」當然，這種捐來的實缺，跟正經三榜進士，絕對是不一樣的。

何子衿道：「入場那天，我要回娘家給阿冽做及第粥，乾脆讓妳家三郎去我家吃。」

周太太是個乾脆人，道：「這也好，各家手藝不一樣，我家廚娘就是學了，怕一時也練不好的。眼瞅就要入場的日子，我就不與妳客氣了。」

「客氣什麼？」說著，何子衿令丫鬟取出個金光閃閃一寸大小的金符來，上頭穿了孔，繫了紅繩，「這是我在三清面前求的金符，加持運勢的。」

周太太謝過何子衿，眼下只要是家裡有考生的，都是一片忙碌，周家亦是如此。周太太把這符拿回家，讓兒子戴脖子上，周三郎道：「祖母給我求的符，沒有十個也有八個，要個個都得戴，得有多少啊？這不是去作文章，而是去比誰戴的符多了。」

「這如何一樣？」周太太道：「你哪曉得江太太的本事，大家都說她是天上菊仙投的胎，這考場不許帶進隻字片紙，你祖母給你求的符都是紙做的，上頭還有字，是不能帶的。江太太給我的這個可是金的，最是靈驗不過。也不是保你必中的，這是加持運勢的金符。」

周三郎看這符果然是金燦燦的，上面刻了個極繁奧的圖記，覺得這符做得委實不醜，就聽他娘的話戴上了。周太太又說了入場那天去何家吃及第粥的事，周三郎嘆道：「一定要我吃及第粥的話，還真得去阿冽家吃。」他家廚子做的，他怕吃了這條命立刻就得交代了。

入場那日，何子衿還去了一趟余家，余太太忙道：「我這兒也不忙，妳且回去吧，不是要給阿冽做及第粥嗎？」

何子衿說道：「明兒早上做就成。」

余太太堅持要她回去，道：「回家靜修，把那粥做得靈驗些。」

何子衿只得回去了。

這般排場，何洌怪不自在的，直道：「你們都不必去，也就幾步路的事兒。」

江仁笑道：「這不是為你，主要是讓孩子們感受一下秋闈氣氛。」

何洌道：「這倒是，我看過幾年就輪到重陽、大寶他們啦。」

重陽道：「阿洌叔，好好考，這回你一定得考中，不然以後跟大寶做伴就沒面子了。」

何恭咳一聲，「我以前跟阿念一起考中，人家都說是美談來著。」

重陽一縮脖子，「姑祖父，我可不是那意思。」

「那你是啥意思？」自做了祖父，何恭也開始莊嚴起來啦。

重陽嗯嗯哼哼說不上來了，大家一樂，何洌與周三郎便排隊去了。何恭摸摸重陽的頭，重陽拽著阿曄跑了。這麼黑燈瞎火的，胡文和江念見兩人的小廝跟上去，這才沒說什麼。

看著何洌入了場，一大家子這才回家去。

周太太正說道：「我們家沒人送，憑他自己吧。家裡老太太倒是想來送，可老太太一把年紀了，三郎說了，老太太要來送，他就不考了。」

何老娘道：「老的不必去，該叫小的們去送送。孩子一撥一撥長得飛快，要不是今年皇帝老爺去了，秀才試沒考，不然俊哥兒今年正考秀才。倘是趕得巧，說不得同他哥一屆去考舉子。下頭興哥兒、重陽、大寶、二寶、二郎、阿曄，年紀都差不多，孩子們說起就起來了。叫孩子們看看，哥哥叔叔是怎麼不容易考功名的，他們也就知道用功了。」

周太太道：「我倒是擔心去的人太多倒叫孩子有壓力，分心反考得不好。老太太不曉得，我婆家妯娌也有個小子，那孩子自幼聰明伶俐，念書也是極好的。小時候人便說，這孩子大了必有出息，不知怎地，念再好的書，一考就不成。這總是考不成，孩子心裡就憋悶，唉，年紀輕輕的硬給憋悶出病來。後來我也看透了，這功名隨他去吧。我家老大不是讀書的料，家裡花銀子給尋了個缺，兩口子出去做官了，雖是小官兒，衣食上也能周全。」

何老娘道：「妳說的這種平時挺好，考試不成的，也是有的。這就得叫孩子知道，這考試算什麼事兒啊，要是連考試都這般心重，以後比這考試要緊的事多著呢。這科考就是個門檻兒，連門檻兒都不敢邁，還能想什麼以後？這就是心太窄，當多叫他寬心，先別念書了，下田幹活去，把身子骨兒鍛煉結實了，再往外頭走一走，經些事兒就好了。哪裡能由著孩子就往這科舉上死磕，這就鑽牛角尖去了，怪道悶壞了身子。」

不說別個，何老娘在這科舉一道絕對是經驗豐富，聽得周太太連連點頭。

何老娘拿自家舉例：「我們丫頭她爹也是時運不濟，其實文章火候早就到了，偏生就是運道不至，秋闈上蹉跎了十年。那怎麼了？要叫心窄的，就覺得日子過不下去了。我家一點事都沒有，媳婦給我生了一個孫女兩個孫子，家裡種花種菜的，日子越過越興旺，待得時運一到，立刻就中了。一去帝都，帝都風水自是不同，我又得一孫子不說，我們丫頭她爹跟她女婿，一起中的進士，後來雙雙入了翰林，也沒耽擱下一代婚嫁。阿冽這讀書，雖不是我們孫女婿那樣文曲星下凡的，也知勤勉。這過日子，事情多了，也不止科舉這一件，把日子過好了，運道一來，自然就中了。倘一家子的日子都吊在這科舉上頭，莫怪孩子壓力大。其實過日子是一大家子的事，不是這一人科舉的事，先把日子過好，日子好了，人心開闊。」

周太太直說：「怪道老太太您能寫書呢，果然是有大見識的人。」

何老娘假謙謙道：「哪裡是大見識，無非是活得久了，有些小小心得罷了。」

周太太道：「這就了不得，怪道說，家有一老，如有一寶，這話再不錯了。要不您家日子就興旺哩，有您這樣的老人家，日子不興旺都難。」

何老娘笑，「主要是家裡孩子們知道過日子，沒啥閒人，日子就好過。」

待得一時，男人們回來，聽說孩子們都順利入場了，大家都放下心來，周太太也起身告辭了，沈氏與何子衿出去送周太太，何老娘就打算回去補一覺。

何洌這一入場，余巡撫這裡收拾停當，酒席擺過，辭了在北昌府的同僚朋友們，也打算回帝都去了。余幸仍在月子裡，如今天冷，不敢出門。余老太太和余太爺連同余峻，過來說話，都去瞧了一回余幸，看過阿燦，余太爺就帶著余峻去同何恭說話去了。余老太太在孫女這裡跟孫女說些私房話，余幸一聽祖父母要走，眼淚就下來了。

余老太太為她拭淚，道：「這有什麼好哭的，眼下孫女婿下場，要是順遂，這一科得中，我看他必要去帝都以備明年春闈的。咱們祖孫，說不得明年便能再見。」

余幸道：「我還沒離開過祖母呢，我總覺得你們一走，就沒個娘家近處走動了。」

余老太太覺得好笑，「真個孩子話，我當初嫁給妳祖父，隨他回鄉守孝十幾年，也就是年下才有娘家人過去。離得遠，有什麼法子，一年一年的見不著娘家人，日子也好好的。」

「這日子好賴端看自己，還是說，孫女婿待妳不好了？」余老太太笑問。

「我們好著呢。」余幸撒嬌，「我就是捨不得祖父祖母。」

「明年就能再見了。」余老太太笑道。

「不如祖父祖母再等幾日，都說相公這科把握挺大的，要是相公中了，你們一道去帝都才好。」余幸也是有自己小算盤的，想著丈夫隨祖父母一起去帝都，路上皆有人安排，不受罪，還叫家裡放心。

余老太太道：「正因阿冽這科把握大，我們才要早些回帝都的好，不然妳祖父到底是在這北昌府當政多年，他這接了朝廷致仕旨意，還等著孫女婿秋闈，遲遲不能回帝都，一旦孫女婿中了，難免有小人說閒話。我們這一走沒什麼，孫女婿正是考功名的時候，聽這話豈不生氣？倒不如就此先走。妳先提前悄悄給孫女婿預備行裝，妳祖父也說，只要把平時的水準考出來，問題不大。屆時秋闈放榜，傍孫女婿中了，立刻就打發他來帝都，家裡給預備好他讀書的院子，待孫女婿去了帝都，只管一意攻讀，好待明年春闈。」

余幸一想，還是祖母想得周全，道：「祖母說的是。」

余老太太道：「妳就好生帶著阿燦，把孩子帶好，家裡的事都管好，孫女婿一門心思奔前程，過個幾年，給妳掙下誥命來，也是一輩子的體面。」

余幸笑，「我也盼著呢。」

余幸日子過得順遂，何家雖不是大戶人家，但一家人寬厚和氣，余家對這門親家也是很滿意的，余家人就在何家用午飯。待得第二日舉家回帝都時，半城百姓相送，何家自然也全家都去了，還有百姓獻上萬民傘，鬧得余太爺幾番淚濕眼眶。北昌府官員也在田巡撫的帶領下，一送再送，一直送到十里長亭，余太爺再三相攔，大家方不送了。就此，余太爺正式退出北昌府的政治舞臺，榮歸故里。

而北昌府，則進入了田柳相爭的政治局面。

余家人走後，何家便一門心思等著何洌科考的信兒了，當然，還得準備阿燦的滿月酒。近來阿曦有事沒事就過來外祖母家串門，順帶看看阿燦表弟。初時看人家剛生下來醜，阿曦看一回就再沒去過余舅媽的屋，舅舅秋闈時，阿曦過來，跟著她娘去舅媽那裡，驚覺燦表弟變好看了，她就喜歡上了這個表弟，時常要過來看看的。阿曦哄孩子是個好手，雙胞胎就很聽她的話，阿燦表弟年紀尚小，一時還教不了什麼，阿曦就時常摸摸人家小臉，撓人家癢，學青蛙叫什麼的，反正她一去，阿燦表弟就很高興，而且，阿曦現在長進頗多，來外祖家都不空著手，時常帶東西過來呢。

何恭喜歡這外孫女喜歡得要命，尤其阿曦現在針線已經可以看了，她就給外公做了雙襪子。這雙襪子，何老娘和沈氏都沒有，就外公有。

何恭喜得第二天就穿上了，還說：「外孫女做的襪子就是暖和。」

沈氏嘖嘖稱奇，「阿曦怎麼就同你這般投緣呢？」

「看妳說的這是什麼話，我親外孫不同我投緣同誰投緣？」何恭跺跺腳，越發覺得腳底舒適，道：「這孩子手巧。」

這一點沈氏倒是承認的，「阿曦做東西仔細，比子衿小時候要有耐心。」

阿曦也送了朝雲道長一雙襪子，還說：「免得你們互相吃醋。」

朝雲道長糾正：「吃醋不是這麼用的。」

阿曦道：「我娘常這麼用啊，給我們東西都是一人一份，就是不叫我們互相吃醋。」

「妳娘那是沒學問。」朝雲道長讓阿曦每天早上過來念書，下午就隨她了，問她：「妳娘那女學準備得如何了？」

「我娘說待秋闈結束就開張了。」阿曦道：「祖父，我不過來，您想我不？」

「這不是還有雙胞胎嗎？」

「那怎麼一樣，雙胞胎還是奶娃娃呢，他們懂啥事啊？」阿曦就同朝雲祖父叨咕起自己的好處來，生怕她不來，朝雲祖父就忘了她。

何子衿這裡在查看自家女學，小半年的操持，終於樣樣齊備了。何子衿想著，什麼時候辦個小宴，請親戚朋友過來坐一坐，就得準備招收學生的事兒了。

何子衿這裡琢磨女學呢，就有客到訪，說來還是熟人，正是沙河縣莊典史之妻莊太太，這算得上何子衿的熟人了。

莊太太如今也是一派富貴打扮了，一身的絳紫繭綢厚棉衣裙，領口衣襟都綴著狐皮，頭上簪二三金釵，手上也戴了兩個金戒子，腕間一對金鐲。莊太太先跟何子衿請安問好，何子衿笑，「莫要如此客氣。」請莊太太坐，命丫鬟上茶，方問：「嫂子怎麼有空來了？」

莊太太笑道：「我們當家跟著新縣尊大人過來給府裡各位大人送中秋節的節禮。我想著自老太太、太太來了北昌府，這大半年沒見了，心裡想得慌，就跟著我們當家過來了。」見是丸子給她端茶，忙道：「丸子姑娘可莫要如此多禮。」

丸子道：「我也許久沒見太太了，給太太盡盡心。」

莊太太是江家何家的大熟人，她又是個熱絡性子，此番見面自然親熱得緊。何子衿就問何子衿備了回禮，想著雞鴨肘肉的，莊太太家裡也不缺，乾脆收拾了兩筐鮮菜，讓莊太太帶回去吃。莊太太直道：「阿彌陀佛，這如何使得，忒貴重。」

「都是家裡自己種的，要是春夏，這不算啥，如今鮮菜少，帶回去吃個鮮。」

莊太太道：「這要是過節拿出來炒上一兩個，不得稀罕死個人。」

「也別留太久，不然也會壞的。」

「誒，待回去少不得送送親戚朋友。您有所不知，自您與大人走了，我們都想著你們。孫太太和林太太，我們都時不時在一處說起您呢。」莊太太很是歡喜，越發奉承起何子衿。

莊太太沒在府城多待，等沙河縣尊把禮送好，莊太太便同莊典史回沙河縣去了。

何子衿還同江念說：「莊典史在縣裡，怕是不大得意。」

江念道：「一朝天子一朝臣，縣裡何嘗不是如此。其實也沒什麼不得意的，縣令都是流水的官，做個一任兩任的，也就調走了，莊典史在縣裡才是長久的。」

何子衿點點頭，不再多提此事。

這各地縣令都過來述職送節禮，何子衿也把家裡要走動的節禮都提前預備了出來，娘家的、朝雲道長的、蔣三妞家的、江仁家的，這些都是何子衿去送的，主要是自從這知府衙門換了柳知府當家，要何子衿說，這柳知府不知道是不是腦子抽了，成天就在各司遛達，江念他們現在除非正經休沐，不然平日裡是一點空都沒有，便是衙門無事，也不敢提早回家。這不，連走節禮的事就得何子衿親自上陣了。至於鄰里街坊，就叫阿曄去。各同僚那裡，阿曄有空就阿曄去，阿曄沒空就他娘去，而下屬送的節禮，也要有回禮，這些就是家裡管事去。

何子衿還得同江念商量給知府大人與巡撫大人的節禮，何子衿道：「此番田巡撫、柳知府都是新上任的，他們兩家的禮我備下了，你看看禮單可還合適。」

江念見這禮單基本上就是沿用當初文同知在位時的例，不過，柳知府這裡明顯比當初張知府的禮要加厚了兩成，何子衿道：「我同周太太打聽過，田巡撫那裡還按當初余大人的例。柳知府這裡，倘按當初張知府的例，怕他要惱的，我們商量著就加了兩成。」

江念一撣禮單，道：「就這般備吧。」又道：「按參政的例，再多備一份，想來再幾日，新參政就要到了。」

何子衿挑眉，「新參政是哪個？」

江念道：「瑯琊人氏，姓李。」

何子衿道：「瑯琊？莫不是柳太太同鄉？」

江念笑，「正是。」

「柳太太到了北昌府，樣樣不習慣，常說北昌府禮法有失，不合規矩處極多。這來了同鄉，多半能尋個知音。」何子衿一想到來的是柳太太的老鄉，就不抱什麼期望了。江念也不大喜歡柳家，但他現在只是個小小的同知，府城的事很難說得上話，卻還是道：「也不見得個個就那般酸文假醋的樣兒。」

何子衿問：「李家有這樣的高官，想來在瑯琊也是大戶人家？」

江念道：「看邸報上寫的，只是尋常書香門第。這位李參政年紀不算大，四十幾歲，尚不到知天命的歲數。」

李夫人喜道：「這可好，我在娘家時，待臘月寒天，也曾在冰上遊戲。」

田夫人道：「這可真真是投緣了，咱們這裡，我如今年紀大了，只能坐坐冰扒犁過乾癮，她們年輕的，江同知太太、周通判太太、何學政太太，都是愛在冰上耍的。」

田夫人都點名了，何子衿雖然較周太太年少，更是她娘的親閨女，按理她不該先開口，只是田夫人先說她也自有其道理，那就是，雖然周通判與江同知品階相同，但何子衿是有誥命的，而周太太是沒誥命的，故此，田夫人要將何子衿放在前頭說的。

何子衿便附和道：「是啊，每年冬天，河裡冰凍得牢了，我們一大家子都要去冰面上玩。以前我在沙河縣，只聽說過府城的冰舞節，無緣一見，如今可是能過過癮了。」

「這可是咱們北昌府的盛事。」周太太笑，「那會兒冰舞節連著廟會，熱鬧得不行。」

沈氏道：「待得年下，適逢佳節，又有些盛事，正當樂上一樂。」

杜提學杜太太亦道：「尤其那會兒，衙門出銀子請來百戲，與民同樂。」

大家便說起這冰舞節來，把柳太太鬱悶壞了，她是以孔聖人後代自居的，一言一行無不合乎禮法，出門都要戴帷帽，不要說滑冰、冰扒犁什麼的根本不能入柳太太的眼，就是那冰舞節是個啥東西，柳太太這剛來的，還不曉得呢。

好在柳夫人有別的招，她與李夫人是閨中舊識，不過，柳夫人略略年長些罷了，道：「記得閨中時，歐陽妹妹還是文靜的性子，許久未見，妹妹較先時活潑不少。」

原來李夫人娘家複姓歐陽。

何子衿心中一動，舀一勺甜羹吃了。這歐陽氏，可是魯地大姓。

李夫人唇角噙著一抹笑意，與柳太太道：「不說我，咱們這些人，在閨中時哪個不文靜來著，就是不文靜，在外時也得裝個文靜的。如今都成親嫁人做婆婆了，還那般文靜做啥，又沒人來相看我，以後就剩我相看人了。」

李夫人犀利，逗得滿堂人都笑了，田夫人指了周太太道：「以前我說，論爽利，妳要居第一，無人居第二，如今李夫人一來，妳可被比下去了。」

周太太舉杯，對李夫人道：「我當敬李夫人。」

李夫人舉杯飲盡，端的是豪氣干雲。

大家說說笑笑，氣氛極是融洽。

待得散會，沈氏與閨女都說：「雖是一個地方的人，李夫人瞧著倒比柳太太要好。」

何子衿笑道：「一樣米還養百樣人呢。這也稀奇，按理怎麼也算同鄉，倒看不出李夫人與柳太太如何親近來。」

沈氏道：「這兩人的性子委實不一樣。這樣南轅北轍的兩個性子，可不似好友。」

何子衿回家後，問起江念參政大人如何來。江念坐在臨窗小炕上，呷一口茶，方道：「說來也是有緣法，這位李大人當年也是探花出身，只是比我早幾科罷了。」

何子衿神祕兮兮道：「你知道李夫人娘家姓什麼不？」

「姓什麼？」

「歐陽，聽柳太太叫李夫人作歐陽妹妹。我曾聽弟妹說過，先帝有一位妹妹封號為壽宜大長公主的那位，先時嫁的是秦家，後來這位秦駙馬篤信佛祖，最終看破紅塵出了家。先帝余幸今天正好坐滿了月子，連阿燦都包裹嚴實帶到了太婆婆這裡，聞言便起身道：「我服侍相公去梳洗。」

阿燦有沈氏抱著，何冽過去捏捏阿燦的小臉，阿燦別開臉去，何冽納悶，「這是怎麼了，難道不認識爹了？」

余幸拉他去梳洗，道：「嫌你臭呢。」

何冽再不能信的就被媳婦拽走了。

余幸在路上便笑道：「原我說阿曦是個只看臉的，你不曉得阿曦，洗三時她跟著姊姊來，嫌咱們阿燦醜，就是來了咱家，也不來看阿燦。後來又隨姊姊來了一回，瞧見阿燦變好看，就成天的來，還買玩具給阿燦，別提多稀罕了，一來就把阿燦逗得樂呵樂呵的。我就說，阿曦就稀罕好看的。如今看來，阿燦也比阿曦強不到哪兒去，非但愛找漂亮的人，就是身上味兒不對也不成。以前佛手身上時常灑些薔薇香露，阿燦就聞不得這味，佛手抱他他就不喜，先時我還納悶，佛手論相貌還比阿田出挑些，到底因著什麼呢，後來才知道是這薔薇香的緣故。還有隔壁的鄭太太，更是連抱都不讓抱，鄭大奶奶抱，他就不鬧。現在的孩子，都是小人精。還以為我糊弄你呢，你這剛從貢院出來，好些天沒梳洗，他願意讓你抱才有鬼。」

何冽笑，「這臭小子！」

余幸早命人備著水，服侍著丈夫沐浴過，連頭髮都洗了一遍，收拾妥當後，方又一起去了何老娘屋裡說話。何冽完全沒有九天貢院後累得要死只剩半條命的感覺，何老娘想叫孫子歇歇，何洌卻說晚上再歇無妨。倒是他這換洗一新後，再抱阿燦，阿燦就乖乖讓他抱了。

何洌親兒子一口，笑道：「這臭小子，真個瞎講究。」

何老娘不愛聽這話，「我們哪兒臭了，我們香著呢。」

曾祖母剛說完，阿燦就拉了。幸而墊著尿片，可就這著，也臭得很。何洌趕緊把他兒子拎起來，捏著鼻子，別開臉去，「看吧，這不明擺著不給曾祖母面子嗎？」

余幸看丈夫拎兒子的姿勢就來火，忙接過了兒子，說丈夫：「你那是什麼樣兒？小孩子拉屎臭什麼，我們屎一點都不臭。」丫鬟端來溫水，給阿燦洗了小屁股，換了乾淨尿片。

何子衿瞧著，暗道母親當真是世間最偉大的職業，如余幸這樣有潔癖的雅人，如今竟能面不改色幫兒子換尿片洗屁屁了。何洌見兒子洗乾淨了，又拎了兒子到懷裡稀罕著。阿燦穩穩坐親爹懷裡，完全不曉得剛剛被親爹嫌棄了一回。

何老娘此方問何洌考得如何。

何洌道：「我覺得比平日裡作的文章略好些，該答的都答上了，別的就看運道吧。」

何老娘一擊掌，鐵口直斷：「看來問題不大。」

何洌連忙道：「祖母，現在可不能這麼說。」

「我就在家裡說說。」何老娘道：「放心吧，不外頭說去，外頭我都謙虛得很。」

何洌想起一事，「打發人去鄭老爺家看看吧，鄭大爺出貢院就倒下了，怕是病了。」

沈氏道：「鄭大爺這個身子骨兒，可真成問題。」說話間，打發翠兒過去問候。

何老娘道：「我看鄭大爺實在是用心太過，平日裡都不見他出門，總在家裡悶著，書讀女人有關，要是學問夠，到哪兒都成，學問不夠，就是媳婦剋的？怎麼不說是他娘剋的？」

「要是有一個明白的，也不能這樣。」

「這鄭大奶奶也是柔順太過，要擱個潑辣的，早在說她命裡剋文昌的時候就鬧起來了。」

沈氏雖為鄭大奶奶抱不平，也管不到鄭家的事，只得跟著婆婆一嘆，「誰說不是？」說一回鄭家閒事，轉眼便到了桂榜張榜的日子。

何洌的文章早就默了出來，江念和何恭看過，羅大儒也瞧過，都說寫得不錯。所以，這一次秋闈，何家可以說得上信心滿滿。

一大早，何琪和蔣三妞就到了，江太太與江老太太亦是一起過來何家等著聽信兒。何老娘早早打發何家大管家小福子與忠哥兒父子看榜去，小福子與忠哥兒早飯都沒吃，就為了早些去，在貢院外貼榜的地方站個好位置，方便看榜。一直等到卯正，就見忠哥兒奔回家裡，都不必說，只看忠哥兒那神色，就知道定是喜訊。

果然，忠哥兒一進宅子就大喊：「中了！大爺中了！」

一路直奔何老娘屋裡，一屋子人沒一個聾的，此時俱已面露喜色，尤其何老娘，直接就從炕上站起身來，連聲問：「多少名？」

忠哥兒喘口氣，因跑得急，一張口就覺得氣息刮得喉嚨疼，話幾乎是用喊出來的：「桂榜第十名！」這才向主家道喜。此時，眾人皆是喜動顏色。何老娘哈哈大笑三聲，然後往外奔去，何子衿拉都拉不住，拽起置衣架上的大氅就追出去了，生怕祖母喜過頭，痰迷了心竅啥的。何老娘步子極快，拐個彎就去了供祖宗牌位的屋子，給老頭子上了三炷香，高興道：「老頭子，你也知道了吧，咱家阿冽中了，從今以後就是舉人老爺啦！」

何子衿幫祖母披上大氅，笑道：「祖父在地下沒有不曉得的，要不是祖父在地下保佑著咱們一大家，哪裡有今日順遂呢？」

何老娘點頭，「說的對。」

何老娘突然大笑出屋，一屋子人都不曉得怎麼了，全追了出來，見何老娘是來給祖宗上香，沈氏不由眼眶微濕，主要也是被兒子中舉人這事喜的。哪怕先時人人都說何冽這科把握極大，但桂榜一日未出，她肚子裡這顆心一日不敢放下。

沈氏輕輕拭淚，笑道：「阿冽也給你祖父上炷香，叫老人家知道，地下也安心。」

何冽上前鄭重地上了香，磕了頭。何老娘瞧著長孫這英挺俊俏模樣，又這般會念書，有本領，心裡那個喜歡啊。何老娘直道：「咱們阿冽這人才，擱在帝都也是一等一的。」

何子衿打趣：「這一聽就是親祖母說的話，可見孩子是自家的好。」

何老娘斥道：「我說的都是實誠話。」她高高興興地挽著孫子的手回自己屋去了。

何老娘一回屋就交代沈氏：「趕緊幫阿冽預備去帝都的東西，衣裳用具自不消說，車馬也得齊備，還有炭火，路上斷不能冷著。」

沈氏笑道：「先時我就同阿幸預備好了，只是桂榜未出，不好與老太太說。如今既在桂榜之上，也該準備去帝都春闈的事了。」

余幸忙道：「我祖母走前說了，我娘家備了讀書的院子，叫相公去了只管專心讀書。」

何老娘與沈氏聽了這話都極是滿意，何老娘道：「阿冽去了別忘記去你舅舅那裡，讓你舅舅看看你哪裡需要補習。」與孫媳婦道：「阿冽他舅在春闈補習上，闔帝都有名的。」

余幸笑道：「我在帝都也聽說過沈舅舅的名聲。當初我哥考春闈，還去沈舅舅的進士堂聽課了呢。」眼下余幸自不說沈素那「死要錢」的外號，哪怕是「死要錢」，多少人擠破頭想去進士堂聽課補習呢。

何老娘深覺小舅爺有用，道：「阿素在這上頭，常人所不能及。」有這麼位會補習的小舅爺，何老娘覺得非但孫子沾光，說不得以後重孫子也能沾光。這般想著，何老娘很是喜孜孜瞧了阿燦一眼，道：「我看阿燦這面相比他爹還好，以後定也是個有福會念書的。」

正說著話，小福子也回來了，小福子先笑著請罪：「上了年紀，不若年輕人腿腳俐落。」說著自袖中取出秋闈榜單，何冽忙接了過去，「我正想看秋闈榜單呢，福子叔就尋了來。」

沈氏笑道：「孩子們年輕，跑跑腿兒，論周全還是得你。」

小福子行過禮就退下了，因著是報喜的大喜事，父子二人一人一個大紅包。

何冽看過榜單，笑道：「周家三哥也在榜上，比我還靠前呢，周三哥是第八名。」

何老娘問：「鄭大爺在不在榜？」

何冽搖頭，「鄭大爺文章也不差，只是身子不支，惜乎未能竟全功。」

榜單上這些人，何冽認識不少，道：「我想著定也有同窗一起去帝都，倒不若同行，人多不說，路上也能互相照顧。」

沈氏道：「桂榜之後就是鹿鳴宴，宴後倒可問一問，倘有同路的，一道去才好。」

外頭忽然響起鞭炮聲，何老娘一拍大腿，直道：「哎喲，忘了提前買鞭炮了！看，別人家都開始放了！」

蔣三妞道：「這麼近的音，絕不是別人家，定是咱們家放的。」

翠兒笑道：「我們當家早就提前預備了炮仗，想著大爺這科必中。」

何老娘道：「去跟小福子說，既是都放了，待明兒再買些，預備著春闈時用。」

何洌：壓力真大！

不多時，報喜的就來了，打賞啥的何家都是做慣了的，這些來報喜的差役每人兩個大紅包，余幸喜悅之下也包了大紅包，一人一個，分量很是不輕，那報喜的更是好話不斷。

何家是去貢院看的榜單，江念與何恭就是在衙門裡得的榜單。桂榜的榜單，不必交代就有人抄了來。江念一看，小舅子金榜題名，不由一笑。底下人哪個不是精明的，紛紛恭喜了上峰一番，還說江念當請客。有這等喜事，江念如何會小氣，中午就一塊去北昌府最有名的館子平安飯莊吃的席面。何恭那裡更不消說，何恭這位學政，還因兒子秋闈的避諱，沒有參加今年的秋闈工作。如今兒子得中，何恭也受了上上下下的一番賀喜。

何家熱鬧了一整日，何恭回家時，江仁與胡文兩家人還沒走呢。江仁和胡文是晚上來的，都說：「知道阿洌中了，鋪子裡不論掌櫃還是夥計，一人加一個月月錢。」

何洌亦是滿面喜色，「還是先生說的對，多準備這三年，心裡就有底。」

江念笑，「打實了基礎，春闈亦可一搏。」

何琪便道：「我想著，託子衿妹妹請竇大夫給咱們大寶把一把脈，看如何調理，趁著孩子還小，把身子骨調理好。不說以後考功名的事，就是成親娶妻，也得有好身子骨不是？我寧可孩子不念書，也不能叫孩子熬壞了身子。」

江仁道：「我去與子衿妹妹說，屆時請竇大夫開些藥膳，不論多名貴，能吃好就成。」

何子衿與江念這正經的姊姊、姊夫，自然也為何冽高興，一路回了家，兩人心情仍是大好。連阿曄阿曦都覺得，舅舅成了舉人，他們做外甥做外甥女的也是超級有面子的。

何子衿沒想到會收到周太太的厚禮，周太太道：「果然那金符和及第粥是極靈驗的。」

何子衿道：「這是妳家三郎書火候到了，倘他課業不通，再靈驗也沒用。」

總之，周太太是人逢喜事精神爽。

有得意人，就有失意人，如鄭家，看何冽中了，何家上下這般歡喜不盡，初時只是稍有妒意罷了，不料鄭家姨奶奶一席話，可是把鄭太太氣了個仰倒，鄭姨奶奶道：「虧得太太親自端著粥去何家問這及第粥可對味，妾身聽聞，那及第粥，咱家做的味兒根本就不對，不然咋能不靈驗呢？再者，味兒不對倒罷，興許人家這是不傳之祕，可話說回來，虧得咱們還是鄰居呢，平日裡走動，咱家何時不是客客氣氣的，偏生何家就請了周家公子去他家喝粥。咱們就住對門，何家就沒叫大爺過去喝粥。妾聽說，何家還有一種金符極靈驗的，何家只給了周公子，也沒給咱們大爺！」說著幽幽一嘆，「也是，誰叫人家周家是正六品通判家，咱們前老爺只是從七品司庫呢。」

這一嘆，直嘆得鄭太太心頭火起。

何家根本不曉得被鄭家記恨上了，何家現在一派熱鬧地操持著阿燦的滿月酒來著。阿燦是長孫，又逢何冽中舉的喜事，這滿月酒自是熱鬧得不得了。

余幸一大早就幫兒子穿戴好了，阿燦被他娘打扮得頗是華貴，一身小紅袍子自不消說，這樣的日子，孩子大都穿紅，但這身小紅袍子頗有講究，下襬是用金銀線繡的長壽花，聽沈氏說，倘不是她說金線分量重，不若絲線綿軟，余幸還打算衣領也要用金銀線給兒子繡一圈長壽花呢。阿燦脖子還掛著金項圈長命鎖，項圈上還綴著塊羊脂美玉。這玉是阿燦他大舅余峻送的，余峻不曉得妹妹生孩子，來前沒準備東西，就把自己常帶的一塊美玉給了外甥。再加上阿燦手上腳上的金鐲，連何老娘都說：「近了一看，咱阿燦倒似那菩薩前的善財童子一般。」一想著重孫子不愧阿燦這名兒啊，渾身金燦燦的。

至於余幸如今這金閃閃的品味問題，何子衿認為，余幸果然就是與何家有緣啊！

阿燦抱出來，人人都讚一聲俊俏。的確，爹媽都生得好，兒子如何會醜呢？不過，的確是外甥像舅，阿燦生得有幾分似大舅余峻。

今天是阿燦主場，難為阿曦強勢地做了第二主角，因為她一身大紅裙子跟在舅媽身邊，不停跟人介紹：「這是我弟阿燦，長得俊吧？」很是令人忍俊不禁。有不知道的，還以為阿燦是二胎，阿曦是阿燦的親姊呢。

余幸笑道：「阿曦就是跟阿燦投緣。」

何子衿道：「是啊，她成天念叨，說雙胞胎不如阿燦聽話。」

雙胞胎剛學會說話，對於大人的話不大明白，但也隱隱有些感覺，雙胞胎立刻扭頭看向就想抬舉二房叫她出來露一露臉，不想這剛進門就被何子衿母女這麼三言兩語打發了出去。喜鵲拖走了鄭姨奶奶，何子衿笑道：「鄭太太來了，您裡面坐。」

鄭太太心裡大是不快，道：「我這也不必坐了，賀一賀妳家，這就回吧。」

何子衿笑意不變，「那您走好。」

鄭太太一噎，壓著怒色轉身走了。

周太太拉著阿曦的手在與阿曦說話，問阿曦：「那是誰啊？」

「外祖母家的對門，鄭家太太。」阿曦皺著小眉毛，覺得鄭太太不大知禮。

周太太笑，「妳這姊姊第一次來，妳們一起玩吧。」把自家小閨女介紹給阿曦，阿曦與周姑娘互相見禮後，阿曦就帶著周姑娘去女孩子群裡玩了。

何家當機立斷請周姨奶奶走人，過來赴宴的太太奶奶們心裡很是痛快，想著，何家到底是明白人家，可惜遇著糊塗鄰居。

待得宴後，余幸說到此事猶是火大，道：「真個糊塗油蒙了心的，也就是今天大喜的日子不與她計較罷了，不然我早讓人一頓棍子打出去！」她自來最重身分不過，她兒子、她丈夫的好日子，鄭家竟然帶個姨奶奶來，豈不是打她的臉？

蔣三妞勸道：「妹妹何必與那等渾人一般見識？」

何琪也說：「這家人，正房大奶奶好好的，偏生帶姨奶奶出門，可見家中亂成啥樣。」

蔣三妞道：「這樣的人家，長久不了的。」

何子衿笑，「妳這氣出個好歹，反得了她們的意。」

余幸道：「就沒見過這般不知禮數的人家。」

「那是妳見的少。」何子衿道：「鄭太太不過是個糊塗人，好在心腸不算毒辣，多有人家外頭瞧著光鮮，裡頭小老婆通房姨娘的一屋子。要我說，還是兩口子過日子才好，事情少不說，家裡也清靜。」

何琪道：「是啊，我都不曉得那些弄滿屋子小老婆的人是如何想的。」

蔣三妞遺傳自何老娘的精神，平生最恨小老婆，道：「這些不正經的，都該橫死。」余幸道：「咱們家的門風，再沒有那樣的人。」余幸嫁進婆家，最滿意的就是婆家的家風了。不是說不准丈夫納小，是整個家裡都沒有納小的傳統，不管多少子孫都是正出，這般家裡事情便少，何其清靜。

幾人說一回鄭家這昏頭事，待送走幾位姊姊嫂子後，余幸同丈夫道：「你再不許與他家來往了！」她是徹底厭了鄭家人。

何洌聽聞此事也有些生氣，不為別個，自家大喜日子，要知禮的，鄭大奶奶沒空，鄭太太一人來又怎地？何家也不會挑鄭家這禮，偏生帶個姨奶奶來，這不是打何家的臉嗎？

倒是沈氏叫了何洌過去，道：「這事原是他鄭家沒理，只是那能攛掇著跟婆婆出來的姨娘又豈是個好的？要是咱家一聲不吭，還不曉得鄭太太那糊塗蟲回家怎麼說呢。有的沒的，都得把理說她自家頭上，美得她。這事你過去同鄭老爺說一聲，省得鄭老爺受了那婆子的矇騙，倒說咱家沒理了。」

鄭太太做出這等事，何洌的確不願與鄭家來往了，不過她娘說的也在理，不論以後來不還有些架橋撥火的意思，「這口氣不出出來，如何嚥得下？」

沈氏道：「那些話是妳悄悄打聽出來的，沒個緣故，不好與她對質。此事且不忙，她家現在正亂著呢。」

阿曦連忙問：「外祖母，這怎麼說？」

沈氏覺得好笑，「不曉得妳怎麼養成這麼個愛打聽的性子。」

「外祖母，快說快說。」

沈氏想著外孫女日漸長大，也當知曉一些事了，便說：「鄭大奶奶膝下無所出，鄭家孫輩都是這位姨奶奶生的，上遭把那位姨奶奶請出咱家後，她倒是會作妖，正攛掇著鄭太太與鄭大爺將她扶正呢。」鄭家私下說她家壞話，沈氏哪裡有不著人盯著鄭家的理。何況，妾室扶正原就不是小事，也瞞不住。

阿曦瞪大眼，「這怎麼可能，鄭大奶奶在，她怎麼能做正室？」

沈氏冷笑，「說是要兩頭大。」

「律法上根本不可能啦。」阿曦甭看年紀不大，律法都懂一些的，她道：「律法規定，一個男人只得一妻，餘下妾室數目不計，哪裡有平妻的理？」

「等著瞧吧，早晚會出事。」

沈氏這話極靈，沒幾日，阿曦就聽說鄭大奶奶竟然自鄭家和離出來了。阿曦知道此事，是因為鄭大奶奶自鄭家出來後就去了她三姨家的繡莊做活了。聽說鄭家倒也沒太虧待鄭大奶奶，給了鄭大奶奶五百兩銀子。何老娘聽說這事都覺得稀罕，倒不是鄭大奶奶自鄭家出來稀罕，是覺得鄭家肯給鄭大奶奶五百兩稀罕。

何老娘道：「不是我小瞧那鄭婆子，她要是有這手筆，當初就不會幹出給兒子納小的爛事兒。」依何老娘的想法，凡是給兒子納小的，都是腦子不清楚的。

沈氏笑道：「還是老太太明白。初時我也不曉得，還說鄭家不算太沒良心，後來著小福子打聽才曉得，這裡頭另有緣故。聽說鄭大奶奶跟鄭大爺這樁親事，是鄭老太爺在世時定的。這鄭老太爺活著時鄭家還是做買賣的，紅參生意做得不錯，鄭家的家私多是這位鄭老太爺掙下來的。原是說，鄭老太爺年輕時跑生意，遇著了山匪，商隊被山匪散了，他僥倖被山民所救，救鄭老太爺的這戶人家，就是鄭大奶奶的娘家黃家。黃家救了鄭老太爺的性命，兩家因此相識。鄭大奶奶的祖父原是山民頭領，後來余巡撫初來北昌府為官只是一地縣令，就是靠著黃老太爺這群山民監視山匪，之後出兵一舉將山匪給滅了，山民得此機緣下山成了良民。黃家還做過兩任里長，那時日子很是過得去，鄭老太爺因與黃老太爺交好，遂為長孫定了這親事。如今黃家日漸沒落，鄭老太爺一去，鄭太太就越發看不上這位兒媳婦了。只是，鄭大奶奶和離而出，鄭家便是為著臉皮，也不能太委屈了鄭大奶奶。鄭太太是捨不得五百兩的，原說只給五十兩，聽說鄭老爺翻了臉，鄭太太這才不敢多說，給了鄭大奶奶五百兩銀子，連帶當年鄭大奶奶的陪嫁，都讓鄭大奶奶帶走。」

何老娘道：「有這五百兩，只要不是窩囊到家的，也能支起一份營生來。」

原以為這事兒就完了，何老娘還同沈氏說：「倘那姨娘扶正，咱家也不與她往來，我就見不得這等狐狸精！」

沈氏道：「我曉得，我也不喜這等人。」

何家都做好與鄭家不再來往的打算了，畢竟那二房姨奶奶能把鄭大奶奶搞得掃地出門，自己還不得占了正室之位。結果，真是峰迴路轉，這位鄭老爺倒也不算糊塗到家，很快，鄭老爺就為兒子另說了一房正室。鄭大爺畢竟是秀才出身，年紀也不算很大，鄭老爺是從七品的司庫，這差使也是個有油水的差使，鄭家日子雖比不得何家，也是吃穿不愁的人家。鄭老爺幫兒子尋的這位正室，出身尋常，也是鄉下人家，但模樣極俊，關鍵是很有手段。

這位新奶奶進門沒幾日，就把那姨奶奶打成了爛羊頭，親自拎著這賤婢到何家賠不是。

這位新奶奶娘家姓趙，趙氏道：「這等下賤貨色，原也不配讓她登您家的門，只是這事不說出來，我自己都要憋死了。她真是個賤人，平日見我們老爺和氣，太太是個耳根子軟的，大爺是個不管事的，就不幹一點好事。我來的這些天，也聽人說起過您家，誰不說您家是一等一的知禮人家。咱們這些年的街坊，沒半點不好，竟生生叫這賤人壞了咱兩家的交情。我說我家太太平日裡瞧著也不算太昏聵，如何就辦出帶著姨奶奶來您家赴宴的糊塗事來？還不都是這賤人挑唆的。大爺的身子骨也都是叫她勾引壞的。先時熬及第粥，那粥的講究，我鄉下人家也曉得，必得心誠才靈，這賤人熬粥時心不誠，壞了大爺的前程，反而說您家的粥不對。您家要不是好心，老太太、太太何苦給我們那書，還不是因著咱兩家這些年的交情嗎？這賤人竟在背後挑撥離開。我不知道還罷，我既知道，斷不能這般善了。如今帶了她過來向老太太、太太賠個不是，您二位都是體面人，看在我家太太年邁失察的分上，莫要真生我家的氣。咱們兩家倘因個賤人挑撥便生分了，豈不可惜？人家都說，遠親還不如近鄰呢。」說著對著那姨奶奶怒喝：「還不磕頭，莫不是要我行家法？」

那姨奶奶身子一顫，就地磕了三個頭。

沈氏心說，這新媳婦好生厲害，忙道：「妳實在多慮了，咱們哪裡就生分了。這也就是妳過來，要不，我也不曉得裡頭還有這麼些緣故。」

「是您厚道，不與我們計較罷了。」趙氏嘆道：「這個家以前什麼樣就不說了，鄰里間只得請您家多擔待。我既進了這個門，我眼皮子底下便容不得賤人。」說完，起身親自向沈氏和何老娘賠了不是，就又拎著姨奶奶回去了。

聽說不多幾日，趙氏竟叫姨奶奶按了指印，賣身做了鄭家奴婢。

這事沈氏與何老娘沒啥感觸，她倆本身就不待見二房的人，余幸是覺得稀罕，與過來的大姑姊道：「時常聽說有奴婢出身的通房二房，倘生養了子女，為子女以後前程面子計，改成良民的，倒不曉得還有良民二房生養了子女後變作奴婢的。」

何子衿難得見此宅門大戲，道：「這位趙奶奶可真有手段。」

余幸唇角噙著一抹笑，「我還當那位姨奶奶如何有本事呢，原也不過如此。此契書一成，是打是罵，全憑主家了，她這也是活該。」想想前頭那位沉默少言的鄭大奶奶，便無人同情這位姨奶奶了。

何家沒空關心鄭家之事，眼瞅著何冽去帝都的日子要到了，親戚長輩姊弟們牽掛自不消說，最難捨的，當是余幸了。自從成了親，除了剛成親那段時間外，小倆口從未分開過。

肆之章　磨礪小輩激潛能

余幸捨不得讓丈夫獨自前去帝都，可阿燦剛滿月，她放不下兒子，而且兒子這般小，若跟著他們一起出行，夫妻倆都放心不下。

何洌道：「待春闈後，不管中與不中，我都會立刻回來。」

「莫說這不吉利的話，我等著你中進士後回來接我。那會兒阿燦也有八個月了，天氣也暖和，行遠路問題不大。」余幸低聲道。

看媳婦情緒不高，對自己這般難捨，何洌打起精神，小意安慰了一回。其實他也捨不得媳婦，捨不得家人。自小到大，他沒有離家這麼久過。

倒是俊哥兒，看他哥又要去帝都，心裡羨慕就甭提了，一直叨念著：「哥，明年我中了秀才，就去帝都尋你。」

何洌笑道：「你只管好生考，待明年我中了進士回來，就帶你一起去。」

「這可說定啦？」

何洌點頭，「說定了！」

何洌是與幾位同窗一塊走的，跟著江仁的商隊同行，來送別的人自然不少，余幸還掉了不少眼淚。何子衿私下都同自家娘親道：「當初阿幸與阿洌剛成親時，哪裡敢想他們小倆口有如今的情分呢？」

「這小夫妻過日子，哪裡沒個磕磕絆絆的？大家都這樣，過日子過日子，這日子都是靠過的。過得久了，情分自然就好了。」沈氏笑得眉眼彎彎的，「待明年俊哥兒中了秀才，就該張羅俊哥兒的親事了。」

何子衿問：「娘心裡可有成算了？」

沈氏道：「有什麼成算啊，我倒不敢奢求二媳婦有阿幸這樣的出身，只是也不能太委屈俊哥兒，妳說是不是？」接著，就跟閨女說起北昌府出眾的閨秀來。

如今沈氏的眼光可都在官宦人家出身的閨秀上頭來了，何子衿想著當初余幸剛入何家門鬧的那些彆扭，不由笑道：「當年娘您可是咬牙切齒地說，再不尋高門媳婦的。」

沈氏一笑，「我那不過是氣話，眼下我也想開了。咱家雖非大戶，如今家底也有些，俊哥兒不若阿冽穩重，一則他原就是個活潑性子，二則也是年紀小沒成親未定性的緣故。要是他明年能與阿冽當年那般早早中了秀才，說親時人家也高看一眼。我兒子我知道，俊哥兒也是個要強的脾氣，再者，咱家的家風，知道的人沒有不讚的。」

只不給孩子納小這一條，在官宦人家便是極難得的，有些心疼閨女的人家，就願意給閨女尋這樣的婆家。不過，沈氏也知道，如余幸這樣出身的媳婦是再難尋的了。

何子衿笑道：「娘，您慢慢尋摸著吧，只是也別忘了問問俊哥兒的意思。小夫妻過日子，還得他們和睦方好。」

沈氏道：「我自曉得，只是現在不能與他說，免得他念書分心。」

送走何冽，何子衿的女學便熱熱鬧鬧開張了。

何子衿的女學開張，是做過許多準備的，首先，女學收拾好後，給親戚朋友們下帖子，設宴請大家過來參觀。其次，參觀之後，一人送一份糕點做禮物，裡面還附帶女學的介紹，以及入學考試的種種章程，還有對招收學生的要求。是的，何子衿沒有對出身做過多限制，不論商戶女還是官家女都可以來念書，但是會有入學考試。也就是說，不是妳來個人出得起學費就會收的。另外，學費相當不得了，一年就要二百兩銀子。

許多人看到學費這欄時，就覺得是不是江太太銀錢不湊手，想出這收受賄賂的主意？當然，江太太的女學大家也都看了，建得很不錯，各項安排都很好，桌子椅子都是酸棗枝木打的，非常講究，與傳聞中江太太喜歡收購二手家具的傳言不符。

只是，這收費忒貴了吧？便是巡撫大人，一年也沒有二百兩薪俸。妳一個女學，一年學費就敢收二百兩，真是獅子大開口。柳太太私下都說：「平日瞧著江太太說話還算穩妥，不想是這麼個俗氣人，一門心思就想著那些阿堵物了。」

女學收費當然不便宜，不過，何子衿也說了，可以試讀。

第一個來報名的，並不是官宦人家的閨秀，而是當地的大鹽商宮家姑娘。宮家何子衿也不陌生，這就是余幸修園子修了一半銀子花沒了，後來修園子的那些事，就是宮家接手的。宮家既是鹽商，江念身為同知，正好管著。或許是因此緣故，宮家第一個捧場，第二個就是周家管事媳婦過來幫周姑娘報了名。

有第一、第二，就有第三、第四。

來報名的，商賈人家多於官宦人家。商賈人家有錢，他們缺的是各種關係，故而很樂意讓自家閨女過去結識官家千金。至於官宦人家，考量便多了，譬如有些江念的下屬，也很樂意叫閨女與上峰家的閨女拉關係，也就去幫閨女報名了。當然，這得是有錢的下屬才行，不是所有下屬都捨得一年拿出二百兩銀子來讓閨女上女學的，很多人家閨女出門也不過是陪嫁二百兩罷了。還有的比江念官階高的，考慮的事就更多些。另有些講究的，一聽說女學裡還招商戶女當學生，自視甚高的人家不願意讓自家女孩兒與商家女一起上學，怕給女孩兒造成不好的影響。還有一種人前人後說女學壞話的，就是自家閨女沒通過入學考試被刷下來的。

是的，大家都知道有入學考試，可沒想到江太太是來真的，她把鹽課提舉王家的閨女給刷下去了。鹽課提舉說來還是從五品的官，比江念高半品，何子衿沒給情面地刷了人，知道此事的都暗自咋舌，想著這江太太不是失心瘋，就是真要把這女學辦好。主要是雖何子衿來北昌府的時間不長，但她為人處事大家還是知道一些的，並不認為何子衿是個冒失人。

何子衿刷下去的也不止是王家姑娘，沒通過入學考的都刷下去了，最終只錄了十五名學生，出身最高的就是阿曦與周姑娘了。

蔣三妞和何琪都說：「只恨咱家就阿曦一個女孩兒。」兩人這話也不完全是面上的感慨，她們都是真心盼閨女啊，可就是生不出閨女來，有什麼法子呢？

連一向認為自家人丁單薄的江太太都說：「要是再有個小孫女就好了，同阿曦一道上學，小姊妹做個伴兒多好。」

何老娘這有孫女的人，聽這話便很有優越感地與江太太道：「最好第一個是女孩兒，女孩子懂事早，能幫著照顧下頭的弟弟妹妹。」

江太太道：「老太太說的這理誰不曉得，我也盼著呢，可這也不是盼就能盼來的。」

何老娘哈哈笑，揭江太太老底：「妳莫說這話，當初阿琪生重陽前，妳在咱們縣裡滿廟的跪菩薩求著阿琪給妳家添一長孫呢。」

的嬤嬤，亦是有三六九等，能修練到紀嬤嬤這般不卑不亢的，定不是尋常嬤嬤。

紀嬤嬤很溫和地問了兩位李姑娘一些平日裡的學習課程問題，之後就讓周先生帶著兩位李姑娘考試去了。紀嬤嬤陪李夫人說些話，李夫人並不擔心孫女的考試，她同紀嬤嬤說了兩個孫女的問題，道：「大丫頭呢，周全太過，對什麼事都極包容。二丫頭就有些尖頭的毛病，她大姊性子好，她就喜歡什麼事都拔尖。這兩人的性子，中和一下就好了。凡事太過包容，以後未免委屈自己，這尖頭的呢，小時候拔尖慣了，可這世上向來是人外有人天外有天的，現在不把這性子扳過來，我就擔心她們以後吃苦頭。如今學裡孩子多，讓她們入入閨秀群也好，就是嬤嬤，我也厚顏請託一句，勞嬤嬤幫我扳一扳這兩個丫頭的性子才好。」

紀嬤嬤道：「孩子的性子有先天的，也有後天的，像太太說的，入一入群是好的。女孩子在家都嬌生慣養，到了學裡，結識些不同性子的姑娘，對自己的性情也是一種磨練。夫人說的，我都記下了，會留意兩位姑娘的，我們學裡的女先生會著意引導，夫人在家也多留心。品行之要緊，猶勝學識。德容言功，德排第一。這個德字，依我之見，由各人性情而來。」

李夫人微微頷首，很是認同紀嬤嬤所言，「嬤嬤說的是。女兒家，性情為首要。性子好，心思正，人這輩子長著呢，學什麼都來得及。我就怕她們小小年紀，倒將些瑣碎之事擺在第一要緊的位置，捨本逐末。」

李夫人與紀嬤嬤很談得來，何子衿乾脆隨她們去說話，她去女學裡看一看。在學裡，午飯是大家一起吃的，她不鼓勵學生們自己帶飯。她一年收學生二百兩銀子的學費，自然也不是白收的。就是吃食這一項，便讓各人寫出不喜的食物來，儘量為她們各人避免。

待得中午，何子衿見李夫人還沒走，索性邀李夫人一塊去餐廳用餐。餐廳收拾得極是雅致，桌椅几案自是不必說，四周高矮錯落的花架上供著數盆紅梅，一進門便有梅香撲鼻。諸位姑娘只准帶一位侍女服侍，學生們吃什麼，何子衿就跟著吃什麼。餐廳有一位掌事嬤嬤，這裡的飯食，掌事嬤嬤先吃，學生們再用。

阿曦見著她娘還悄悄同她娘眨眨眼，問候她娘：「山長好。」

何子衿笑咪咪地道：「阿曦好。」

姑娘們見著何山長都過來問候，何子衿擺擺手，讓她們自便。

每日食單各有不同，其實這會兒諸位姑娘還真是樂意在學裡用飯，無他，她們山長是種植小能手，每餐皆有新鮮菜蔬，這寒冬臘月的時節，可不是誰家都有新鮮菜蔬吃的。

何子衿點了自己的午餐，李夫人也點好了，李夫人看基本上都是三菜一湯，當然，菜與湯都是隨各人點的，想吃素的就吃素，想吃葷的吃葷，倘不夠的還能再點，但第一次只能點三菜一湯，這也是避免浪費。因著姑娘們年紀都不大，餐具都是燒製的小而精緻的餐具。

李夫人嘗了午飯，覺得味道不錯。

用過午飯，李夫人方與何子衿告辭：「孩子我就交給妳了。」

何子衿笑道：「夫人只管放心。」

何子衿辦這女學，當真不是為了賺多少銀子，她就是想著給阿曦找些玩伴，還有就是想盡一盡自己的心。在這樣可以做點事的時候，她願意盡自己所能盡到的心力，設一所小小女學，讓那些敏銳的，有前瞻性的人傑們看到，女孩子也是可以上學念書的。

何子衿的女學不溫不火，基本上入學的女學生們自己可能覺不出來，但她們的家裡人是能發覺的，孩子的禮儀談吐在一點一點改變，還有就是，結識的閨秀多了，哪怕有一些是商賈人家的閨秀，只要不是那等酸文假醋眼皮子淺的，想來心中自也明白。商賈家的閨秀，縱是出身略低些，只要人品好，亦值得一交。再者，如今這不過是在學裡，難道以後誰家就能保證各家姑娘成親嫁人就不會與商賈人家打交道了？與不同等階身分的人打交道，亦是孩子們要學的功課之一。

何子衿這裡辦女學，重陽跑來跟姨媽取了一回經，這小子膽肥，還想進去參觀，何子衿拎著他的耳朵道：「趕緊給我熄了這念頭！」

重陽搶救回自己的耳朵，還為自己的妄想辯解道：「我這不是想跟姨媽學一學嗎？」

「學什麼？你當好生上學念書。為你這念書，你娘沒少著急。」何子衿板著臉孔，拿出姨媽的架勢訓了重陽兩句。

「我念書也用心得很，只是不曉得是何緣故，大寶和阿曄他們看幾遍就背下來了，我得看半宿才背得下來。我算帳算得快，大寶也不及我。」重陽湊過去，端茶遞水地服侍著子衿姨媽，「姨媽，我並不是要去唐突學裡的姊姊妹妹，姨媽不曉得我的心，我也是想為我的同窗們做些貢獻的。」不待何子衿問，重陽就說了，「自姨媽辦了女學，我雖沒親自去女學看過，但聽阿曦妹妹說，我也很是開了回眼。阿曦妹妹說她們光功課就設有十來門，姨媽，您可真是個能人，妳們女學開的功課，比我們學裡還多呢。阿曦說還有騎射，眼下騎馬課還未開，但射箭是有的，是不是？」

何子衿矜持地點了點頭，謙虛道：「這也不算啥。」

「哪裡不算啥啊，我們正經學裡還沒有騎射這一項呢。」重陽說著嘆了口氣，「我雖不是那讀書的料兒，可也想著，如今學裡的課程，無不是針對將來科舉所設，而當年孔聖人欽定的君子六藝，如今又有幾人重視呢？我為此很是憂心。」

何子衿看重陽裝模作樣，很是好笑，面上只作不知，「重陽，以往姨媽是小看了你啊，不想你竟有如此心胸。」想著莫不是重陽也想開個才藝班還是怎地？

重陽連忙道：「哪裡哪裡，以前我是沒這般想的，蓋因姨媽熏陶，我方悟及此道。」

何子衿不上重陽的鉤，笑道：「你這孩子有這心思便好，你年紀尚小，這些事有大人操心就成。明兒我打發個人同你叔外公說一聲，你叔外公正管著府學這塊，讓學裡將君子六藝的課程設齊全就是。」

重陽一聽這話，頓時張口結舌。哎呀，他怎麼沒想到叔外公那裡啊？姨媽太賊啦！重陽連忙道：「哪裡要麻煩叔外公，這麼點小事，不必驚動他。」

哎呀，學裡將君子六藝的課程設全，他還怎麼開班啊？

「麻煩什麼，你們是家族的未來，為著你們，再如何麻煩都不算什麼。」何子衿笑咪咪地呷口茶，問重陽：「你還有事不？」

重陽哪裡還有什麼事啊，他那事還沒說出口，就叫子衿姨媽截斷了，而且子衿姨媽這主意明顯比他的小算盤更是一勞永逸，周全妥貼。

重陽如霜打的茄子一般回了家，當然，回家前沒少與阿曄又嘀咕了一陣。

何子衿不稀罕知道他們這些小傢伙們的事，她把府學裡君子六藝的事親自到娘家同她爹說了一回，何子衿道：「雖說科舉要緊，現在只考四書五經，不考君子六藝，可孩子們略學一些也沒什麼不好，總不能只學四書五經，這樣未免太狹隘了。」

何恭想想也覺有理，思量幾日，便擬了篇文章上呈提學大人。其實任上這些大人，很少一味貪鄙的，杜提學還是余巡撫在任時的老人呢。何恭上了文書，杜提學親自去府學看了，回來召開部門會議。何恭這意見好，但是府學一家好說，下頭還有好幾個縣呢，再者，君子六藝，得各有先生吧？既有先生，就又是一筆開支，別個不說，銀子從哪兒來？

何恭現在可算有事忙了，重陽沒幾天又去找子衿姨媽，他同子衿姨媽商量著，他也想辦所學院。這話一出，江念這個探花都嚇一跳，直道：「我看錯了你，重陽你有大志向啊！」

古時辦書院，傳道授業的都是聖人一般的人物，就是如今，不說他家子衿姊姊素有賢良之名，當然，他家子衿姊姊辦的是女學，可以略去不計。就是現在，能做一書院山長的，無不是當地有名望之人。重陽這個年紀就想辦書院，其志向當真不小。

重陽連連擺手，他畢竟年紀小，臉皮雖有一定厚度，卻經不起長輩打趣，重陽道：「姨丈您莫要笑我，我不是要像姨媽辦這種書院，我是想要辦一所教人一技之長的書院。」

江念沒聽說過世間有這樣的書院，一時思量起來，倒是何子衿心中一跳，暗道，這不就是技校嗎？何子衿問：「重陽這主意怎麼來的？」

重陽老實地說：「我看現在人想學一技之長，莫不是先尋了鋪子做學徒，學徒做四五年轉為夥計，夥計再熬，熬成小管事、大管事、掌櫃。其實學徒哪裡要四五年，我看有些事情並不難，這四五年多是讓學徒打雜，要是正經學，半年不到就能學會，所以，我想著開一所這樣教人一技之長的書院，這樣既能讓人快些學到技術，我這裡也能有些收益。」

一不留神，把實話說出來了，重陽很是有些惶恐，生怕姨媽姨丈找他娘去告狀。

江念道：「這事莫急，我先想想，這不是尋常小事。」

重陽點頭，「我曉得，這一技之長是各人吃飯的手藝，哪裡有人願意把飯碗傳出去？」

江念笑，「你明白這個理就好，這事兒你都想到這裡了，也別瞞著你爹了。我們在家幫你想想，你回家也跟你爹念叨一二。」

重陽一聽這話就知有門兒，高高興興應下，便去找阿曄和阿曦玩了。

待晚上，江念感慨道：「一轉眼，孩子們就都長大了。」

「重陽這孩子很有幾分靈性。」何子衿笑，「不知他如何想出來的，這主意很不錯。」

「主意是好主意，只是這事想做成可是不易。」

何子衿凝眉，「我擔心的倒不是這事做不做得成，我擔心的是，重陽這學校一開，豈不是斷了多少大師傅的飯碗？」

江念道：「如何會斷了飯碗？先不說重陽小小一個人兒，這事能做到什麼地步。再者，士農工商，工與商本就地位低微，重陽就是想斷人家飯碗，他現在手上沒人，想開書院，找誰做先生？所以說，他這主意雖好，想做大是極難的。小打小鬧，也沒人將他放在眼裡。」

何子衿一笑，「倒是我想多了。」

「姊姊素來心細，重陽年少，咱們做長輩的自然要多幾分思量的。」

「那你說重陽這事到底成不成啊？」

江念笑道：「這主意不錯，做人做事，單打獨鬥想長久太難了，都是你成全了人，人家方會成全你。叫重陽放開手去做吧，這孩子心地寬闊，人也聰明。」

重陽實在是個有想法的孩子，見到子衿姨媽辦學校，他立刻有了思路。何子衿都覺得重陽是生不逢時啊，要是重陽生活在子衿姨媽前世的年代，那還有別人啥事。

何子衿奇怪的一點是，重陽怎麼就想起辦學來著，這事問阿曄，阿曄還不說來著，因為跟重陽保證過，故而不能說，任他娘怎麼威逼利誘，就是一字不漏，以致於他娘都覺得她兒子說不得是烈士投的胎，不然咋這樣嘴緊呢，還跟他爹抱怨：「阿曄這孩子是個死心眼。」

江念笑道：「與其問阿曄，不如問我，我都曉得的。」

何子衿這才曉得，重陽這孩子啊，前番創業不大成功，就是先前盤的那鋪子，像子衿姨媽曾經說的，府學前頭有兩家書鋪了，重陽的書鋪開張就是第三家。北昌府並非文教興旺之地，可想而知那書鋪的生意了。

重陽是瞧著書鋪生意冷淡，然後看子衿姨媽辦女學很有賺頭，就也起了辦學校的心。不過，他一個大男人，自然不能辦女學了，就是男學也辦不起來。重陽是個有心人，他先是想起以前子衿姨媽說的，他們學裡課程設置不合理，君子六藝沒有全乎，就想著開個君子六藝的班，結果這主意剛想出來，正琢磨著請子衿姨媽幫著斟酌呢，卻是被子衿姨媽截了胡。重陽就又想了個主意，咱不教君子六藝了，教個一技之長也成。

不得不說，重陽是個活泛人。

重陽這個想法，子衿姨媽就很支持，非但子衿姨媽支持，江念姨丈也很支持，重陽一下子就信心滿滿了，然後回家跟他爹商量時，遇到了天大的阻力。

胡文道：「你姨丈是念書的，哪裡懂得生意上的事？你姨媽也是個二把刀。你這想頭確實是好，可我問你，現在的鋪子誰家會雇不知底裡的人？越是大鋪子越是如此。學徒怎麼了，四五年做白工是吧？那是打熬耐性，觀量人品呢。你就是把人教出來，也沒鋪子雇這些不知底裡的。再說，你手裡有人嗎？你姨媽辦個女學，提前一年就各處搜羅女先生，北昌府一等一的女先生都被她搜羅走了。你想辦個書院，你有先生嗎？你這還不是書院，就是想教人一技之長，你有這一技之長的先生嗎？沒人，你打哪兒教去？」

重陽道：「我會算帳，我可以教人算帳啊！」

「哎喲，兒子，你動動腦子，連夥計都得是知根知底的人，何況帳房？」胡文恨不得把他兒子這腦袋殼敲開。你說說，想做生意就做生意唄，生意上的事放著親爹不來諮詢，硬去諮詢探花，人家探花是專司念書搞學問的，你這也不對路啊！

重陽被這麼一說，道：「那依爹的意思，這事是辦不成了？」

胡文道：「你呢，三天半的新鮮。我問你，你那書鋪是不是打算關門了？」

「沒有，我印了些何家外祖母和江姨丈的書，好賣得緊。」因著書鋪見了起色，重陽還是有幾分自得的。

胡文道：「先把書鋪的生意張羅好再說其他。你手裡還有多少活錢，你要再想去教人一技之長，不說有沒有人來學，你手裡的錢夠鋪派嗎？別見你姨媽辦女學賺錢你就眼熱，她那個女學，瞧著一人二百兩銀子多，可先不說她那女學蓋起來花多少銀子，就是裡頭掌事嬤嬤一年都有五十兩，你想想，學裡女先生一年多少銀錢？要是我算的不錯，她現在還是虧的。她那個女學，教的不是官家千金就是商家小姐，都是有錢的，所以收得上錢來。你這個呢，教人家個一技之長，就拿咱們鋪子裡學徒來說，做學徒的，都是家裡家境貧寒的，他們還有錢去學個一技之長？就是學了，有地方能收嗎？」

胡文道：「你這想頭是有些意思，但現在不行。」

「那什麼時候能行？」

胡文想了想，道：「得到商家肯隨便雇陌生人在鋪子裡做事時才行。」

重陽猶不死心，「我還是想試一試。」

胡文先道：「我可沒錢啊！」

重陽道：「不用爹您的錢。」

「怎麼，你又要去找大寶他們集資？」集資這個詞，如果讓何子衿聽到，肯定會有種穿越感，但胡文就是很隨口就說出來了。

重陽被他爹兜頭一盆冷水澆得那熱炭團一樣的心也稍稍冷靜了下來，道：「我先打出個招牌，我反正會算帳，就先從這上頭來。有人來學我就教，沒人來學，我就繼續打理書鋪的生意，根本用不著爹您出錢。」重陽覺得自己還沒提錢，老爹先哭窮，真是越發摳門了。

胡文跟兒子打聽：「你這書鋪過年時能回本不？」

「過年時哪裡能回本啊？咱們北昌府念書的人少，買書的人更少。」重陽算著，能把掌櫃的月銀發出來，夠書鋪的花銷就不錯了。

胡文感慨道：「我看大寶他們在你身上投錢，真個要賠死了。」

重陽氣極，「爹，您不要總小瞧人成不成？」

重陽很生氣，又去找子衿姨媽傾訴。

不知怎麼回事，何子衿小時候就自詡教育小能手，跟孩子們的關係都不錯，孩子們有什麼事不好跟父母講的，都會過來同她說。當然，除了阿曄這個死心眼以外。

重陽把他爹潑他冷水的事同子衿姨媽講了，何子衿倒沒覺得胡文說的不對，不過，何子衿自有其一番看法，她溫聲道：「重陽知道當初我與你阿仁舅合夥開書鋪的事吧？」

重陽道：「這自是曉得的。」

「你年歲雖小，想來還記得咱們老家碧水縣的模樣？」

「記得，咱們碧水縣雖是個小地方，我記得也有山有水，冬暖夏涼，雖然不若北昌府繁華，也是極好的地方。」

「你出生時，縣裡較先前就繁華許多了。我小時候朝廷立國未久，縣裡也窮。那會兒說要建書院，我就在書院外頭買了幾個鋪子，有一個鋪子就是與你阿仁舅開的書鋪。當時許多人覺得，這麼個小縣城，書鋪怕是不賺錢的，何況咱們縣裡本就有一家書鋪的。後來，我們那書鋪生意挺不錯的，一年能賺好幾十兩銀子。那還只是個小地方的書鋪，這北昌府總比咱們縣強許多，這裡念書的人自不比江南、帝都這等文教興隆之地，但較咱們老家的一縣之地聰明，以為父母什麼都不曉得，殊不知父母何事不曉得呢。

「妳可別說這話。」胡文笑，「重陽欠弟弟妹妹們一屁股債呢，他這書鋪一倒，咱們還不得替他還債啊！」

「少糊弄我，當我不曉得他這鋪子來得便宜。」蔣三妞忍氣道：「我想著他年紀小當多讀幾年書，你就縱著他做生意，還不趕緊叫他吃個大虧知道生意也不是容易做的，再叫他回頭繼續念書才好。你這般縱著，我看重陽是沒前程了。」

胡文道：「這世上，能讀書讀出來萬裡無一，重陽實在不喜念書，既如此，不若學些經商手段，以後也有一碗飯吃，妳就是太好強了。」

蔣三妞嘆道：「我就是想孩子能比咱們過得好，能青出於藍而勝於藍。」

胡文笑，「想開些吧，我看重陽挺好的，性子活絡，每天高高興興的。人這一輩子長著，現在才到哪兒，妳要實在想他做官，以後花些銀子捐個實缺就是。」

胡文一提捐官之事，蔣三妞頓時茅塞頓開，道：「是啊，我怎麼沒想到？」便道：「想來你已是有主意了。」

「此事莫急，重陽年紀尚小，性子未定，待以後我自有安排。」胡文說著又道：「妳別操心他念書的事了，他不是這塊料兒。眼瞅著就到說親的年紀了，這兩年不妨好生掂量著，給重陽尋一門好媳婦。等他性子稍定，再思量前程不急。」

蔣三妞道：「可惜咱們這幾家就阿曦一個女孩子，年紀不相當不說，我看子衿妹妹和阿念寶貝阿曦的模樣，阿曦這親事還早呢。」

「阿曦是不要想了，雖是親戚，門第卻是不相當的。要是咱們有閨女，兩家聯姻無妨。阿曦是女孩子，子衿妹妹與阿念難免多疼她幾分。」胡文道：「重陽是長子，必要尋一位明理懂事、大方得體的姑娘，就是家裡略窮些也無妨，咱家不指望兒媳家的嫁妝過活。」

「這話是。」蔣三妞道：「咱們來北昌府的時間畢竟短些，不若趕明兒我同嬸子打聽，倘有年紀相當的，提早相看兩三年，也就能看得準了。」

胡文道：「很是。」

為長子的前程親事操了一回心，夫妻倆就帶著三郎早些睡了。

剛進十月，紀珍和江贏來訪，何子衿很是喜悅，直接就請姊弟二人在她家裡住下。江贏自有許多話與何子衿說，紀珍見過禮後則道：「子衿姊姊，我許久未去向先生請安，想著先過去看看先生，再接阿曦妹妹回來。」

何子衿笑道：「去吧。」

紀珍已經十一歲，行止皆似大人模樣，尤其他自幼便生得極是俊秀，如今已是精緻少年身姿。待紀珍去後，何子衿笑道：「阿珍生得越發好了。」

江贏道：「在北靖關，他一出門就有許多小姑娘悄悄打量他，阿珍時常為這不痛快。」

何子衿道：「這有什麼不痛快的，因他生得好，人家方如此呢。」

「小孩子家，一時好一時歹的。」江贏說些弟弟的趣事，方道：「今年北靖關戰事不斷，父親便留了阿珍在身邊做事，如今方平息。聽說阿冽中了舉，姊姊這女學也辦好了，我沒什麼事，就過來姊姊這裡逛逛。阿珍聽了，也要一起來。」

紀珍暗想，這不過大半年不見，曦妹妹咋就學會這不實誠的脾氣？虧得他聽了後半截，不然還得以為曦妹妹多嫌棄雙胞胎呢。既然曦妹妹喜歡雙胞胎，他也少不得多喜歡雙胞胎一些，於是，紀珍很言不由衷地道：「這是，雖有祖父教導之功，也是曦妹妹妳督導有方。」

阿曦被紀珍這般一捧，越發要美上天去，「上個月女學考試，我射箭還得了第一。」

「厲害厲害，曦妹妹眼瞅就要超過我了。」紀珍看她得意的小模樣，怎麼都覺好笑。

阿曦道：「明早咱們比一比。」

紀珍一來，阿曄、重陽、大寶，連帶二郎二寶幾個都很高興，尤其興哥兒，重陽幾個還沒來的時候，他與紀珍年紀最是差不離，算是一起長大的，知道紀珍來了，晚上孩子們就都過來了。何子衿也高興，單給他們設了一席，孩子們熱熱鬧鬧在一處吃飯，江念還破例令人上了兩壺黃酒，每人皆飲了幾盞，待得天晚，就在江家歇息。

睡前大家都到紀珍那裡聽他說北靖關的戰事，男孩子們沒有不愛聽這個的。阿曦也湊過去聽，雙胞胎這啥都不懂的，也跟著湊了半宿熱鬧。

要說最為扼腕的就是俊哥兒了，他自詡大人，不與小孩子湊一處，所以就沒過來，卻是未料到紀珍說起北靖關戰事。俊哥兒悔極了，第二天早早到了，拉著紀珍打聽，直聽得熱血澎湃、渾身顫抖，恨不得拔劍殺敵，方得痛快。

孩子們的事暫且不提，倒是何家來了一行意料之外的客人，姚家管事客客氣氣到訪，打探他家大爺所在。

何子衿聽聞此事就覺得：虧得姚節命大，這要是命短的，多半等不到老家來人啊！

何家見到姚家來人真的很吃驚，倒不是對於姚家來北昌府尋姚節的事吃驚，主要是對於姚節都來北昌府三四年了，姚家才著人過來。姚節可不是姚家庶子，他是他爹嫡親的兒子，還是嫡長子。用個不恰當的話說，這要是在朝廷，嫡長子出走，就相當於太子失蹤，而且是有方位的失蹤，結果沒人來找，連個作態來的人都沒有，這事兒……就一言難盡了。

好在姚節不是太子，他爹也不是皇帝，他爹只是個小小的兵部主事，官職不高，卻是正經肥差，但這也是親爹啊！反正何家將心比心，是做不出這等事來的。

所以，姚家人在何家沒受到什麼特別的款待。

來的是姚節的二叔，當然管事奴僕的沒少帶。姚二叔是攜重禮來的，這事叫誰家來也不好空著手的。孩子離家出走好幾年，多得人家照應，怎麼感謝都不為過。可姚家這禮物雖頗為豐厚，便是向來有些貪財的何老娘也對姚家意見不小，還問：「二老爺如何來了？」

姚二叔一身狐皮大氅，三十幾歲的年紀，眉目間帶著幾分俊朗。自相貌而言，姚節與這位姚二叔真有幾分相像。姚二叔道：「家兄思念阿節，尤其我那老母，日日想著盼著，竟思念成疾。長兄朝中有差使，實在離不得，遂著我過來，送些東西給阿節，也看他現下可好。」

「行啦，要是不好，你們也不會來不是？說這些花頭話做什麼？」何老娘一句話說得姚二叔很是不自在，何老娘又道：「我也不怕你們不愛聽，就實說了。阿節出來好幾年，你們不是不知道他在這兒，如何不聞不問？娘雖是後的，爹可是親的，你那大哥啥人啊，這可真是窮在鬧市無人問，富在深山有遠親了！」

楚。在姚二叔看來，那信是如何不見的，可想而知。只是，這般家醜不好外道。

姚二叔已是來了，沈氏命人給安排好住處，就請姚二叔先行歇息了。

姚二叔去了客院安歇，一起來的姚家管事悄聲道：「何大人家當真是富貴了。」這園子如此精緻，便是買下來怕也要數千兩的。

這就是姚管事誤會了，這花園子倒不是何家的產業，而是何家長媳的產業。以前何洌在北昌府時，小倆口住著花園子沒啥，何洌這一走，余幸就有些膽小，極力邀請婆家人一道住進來。沈氏也擔心余幸一人住著出事，雖然僕從不少，但余幸畢竟年輕，阿燦年紀又小，索性就一大家子都搬了進來。以前的那三進小院就給小福子翠兒夫妻住著，也是幫著看屋子。

姚二叔哪裡有心思研究何家富貴與否，他滿腹都是想快些見到侄子的心思。

何恭落衙回家，知道姚二叔來了，也是有些吃驚，不過，姚家來人畢竟是好事，在何恭看來，父子親緣是再斷不了的。姚節是個不錯的小夥子，那姚家沒打過交道，到底是一家人，姚節又是嫡長子，倘與自己家族疏遠，是極大的憾事。

何恭讓沈氏張羅了一桌酒菜，晚上請姚二叔吃酒。姚二叔酒吃的不多，明日他就要去北靖關尋侄子，晚上不好多吃酒。何恭道：「這北昌府的天氣，二老爺也見到了，北靖關還要往北走兩日的路程，你們頭一遭去，單你們幾人是不大妥當的，不妨暫留一日，我著人去巡撫衙門打聽，倘有去北靖關的兵隊，你們一塊前往，此方安穩。」

這長年打仗的地方，姚二叔也是曉得的，何恭此言，當真是一派好心，姚二叔很是感激，道：「如此，就有勞何大哥費心了。何大哥長我幾歲，咱們以前雖不大相熟，但自阿節之事起，我就知大哥不愧翰林出身，這般的仁義君子，大哥若不棄，稱我一聲賢弟就是。」

何恭從來不是個拘泥人，見姚家人不是自己想的那般，何況，他也聽妻子說了這其間內情，就稱姚二弟了。姚二爺越發趁此說起自家侄子來，說得眼圈都紅了，「阿節那小子，他出生時我還未曾娶妻，小小一個，就愛跟我屁股後頭玩。不瞞何大哥，我一來北昌府，心裡就難受得不成。我家雖不是富貴人家，可那孩子，真是自小沒吃過一點的苦，也不知他這些年在北靖關如何過活的。」

何恭寬慰道：「年輕時吃些苦不算苦，阿節也算有出息，姚二弟當為他高興才是。」

「是啊是啊……」姚二叔喃喃說著。

就姚家這事，紀珍特意同阿曦打聽了一回，阿曦還迷糊著呢，道：「阿節舅家裡人來啦？他家還有人啊？」她一直以為阿節舅舅是孤兒哩。

紀珍道：「自是有人的，只是以前沒見過，不曉得這怎麼突然就來了。」

阿曦問：「珍舅舅想打聽啥啊？」

紀珍把玩著腰間玉佩，「也沒啥，就是想阿節哥在北靖關這些年了，以前也沒人過來，怎麼這突然就有家人來了。」紀珍年歲漸長，知道姚節向他姊求親之事。主要是這親事不是求了一年兩年了，姚節每年都來他家求親，還很會拍他馬屁。現在姚節已累功至千總，再加上求娶心誠，爹娘已是願意了的，只是他姊不應，這事就僵持了下來。

阿曦道：「要是家裡有人，自然應該過來看看的。」她這般說著，也有些不解，「那以前怎麼沒來啊？」不過這事顯然難不住阿曦，她道：「這還不簡單，怎麼把珍舅舅難住

「可不是嗎？姚千總打仗可是一把好手，有一回身上中了七八枝箭，都還硬挺的，真是咱們北靖關的好漢啊！」這衛隊長誇人誇得，姚二爺眼淚都滾出來了。

江贏到底不放心姚家的事，尋個機會同何子衿打聽了一回。何子衿並未取笑江贏，姚節對江贏有意不是什麼祕密，再者，姚節的相貌、出身、性情都不錯，江贏也不是鐵石心腸，她要是問都不問一句，這才蹊蹺呢。

何子衿嘆道：「這事現在成了無頭公案。」與江贏把姚節離家留書，而姚二爺說家裡未見書信之事說了，「阿節小時候我便認得他，他那會兒還有些蠻橫的，與阿洌打了架，也知道來我家賠不是，可見不是個不懂事的。這怎麼說呢，要說人家後娘不好，未免不公道，自來後娘難當，輕了不是重了不是。可說句公道話，要真是個心地寬闊的，就是真下手管，孩子一時覺不出妳好來，待日後長大成人也能明白。阿節呢，幸而他自己明白。只是，他自幼基礎打得不牢，念書上再用功也跟不上來。後來阿洌中秀才回帝都，他正跟家裡賭氣，便同阿洌來了北靖關謀前程。娘是後的，爹跟祖母都是親的，他爹定是沒看到他留的書信，不然早著人來尋他了。其實他剛來北昌府那年我以為不多時就得有人來尋他呢，結果，姚家一直沒動靜，倒不曉得是這個緣故。」

江贏琢磨道：「如今想是自北靖關的戰報上得了姚千總的消息？」

「想是這般。」

「只是，以前戰報上也有姚千總的消息，姚家老爺不就在兵部當差，怎地不知？」

何子衿問：「這些戰報摺子，難道不是直接上呈內閣？」

「這倒是，我一時想左了。」江贏的生父和繼父加起來足有三個，江贏一向認為，如她娘這樣的能人足找了三個才能找到一個可靠的，所以，江贏對於男人一向不大信任，但何子衿這話也在理。姚家在帝都又不是什麼大戶，據說姚父就是兵部主事，怕也沒那能耐看到北靖關的軍報摺子，至於姚節的戰功，先時姚節芝麻大小的官兒，他就是有戰功，朝廷賞賜也就一併寫在給北靖關的聖旨中了。這回姚節升正六品千總，朝廷是單獨給的聖旨。

江贏思量著姚家之事，良久無言。

何子衿道：「我與妹妹相識多年，妹妹心裡到底是怎麼想的？」

江贏道：「以前他功名未顯，如今有了戰功，又是實職，他家裡定是有所打算的。」

何子衿笑，「贏妹妹莫說這話，阿節要是個肯受家裡擺布的，當初就不能跟著阿冽來北靖關，妳只說妳是如何想的吧。」

江贏頗是踟躕，「我如今年歲不小了，何況這幾年我看他還好。只是一樣，倘與我訂親，他有個好歹，我真寧可不與他成親的。」但將姚節讓給別人，她又有些不捨。她自母親那裡得來的經驗，知道好男人難得。如今姚家來人，便是姚節沒別個心，姚家看他有出息，怕也要為他張羅親事的。

何子衿道：「這都幾年了，妳還在這上頭過不去？要我說，妳與阿節是千里姻緣一線牽，不然他原是在帝都的公子哥兒，妳這麼老遠在北靖關，相隔何止千里？倘不是緣分到了，如何能相逢一處？妳要是擔心這個，我問一問阿節如何？」

江贏笑道：「他倒是不必問的。」命硬這個坎兒，江贏過不去，對姚節來說，卻不是什允婚，當年的雞毛蒜皮小算計，已不入姚千總法眼。此時他方明白當初子衿姊姊勸他的話，是啊，何苦陷於家宅之爭。當真是出來了，才知道天地何其廣闊。

紀珍這次來，足在北昌府住了一個月，最高興的莫過於阿曦了。她與珍舅舅自小一道長大，珍舅舅什麼事都肯偏著她，這讓珍舅舅成為了阿曦心中的第一大好人。

阿曦完全不曉得珍舅舅要去帝都的事，當她知曉後，十分之……難捨難分？當然不可能啦，小孩子家，還沒到太懂離別的時候，阿曦的表現是各種羨慕。阿曦道：「二舅跟我說帝都好得不得了，我跟我哥就是在帝都出生的。那時候我太小了，一點都不記得，但二舅說，帝都比北昌府好一千倍。珍舅舅，你可真有運道啊，我也很想去帝都。」

紀珍是到了懂離別的年紀了，不然不會過來看望阿曦，結果被阿曦這麼一番羨慕得要流口水的模樣鬧得，離愁不知不覺變為了好笑，紀珍道：「我也想帶妳一起去呢。」

「帶我吧帶我吧。」阿曦很願意去，她說：「我家在帝都還有親戚哩，舅姥爺家就是帝都的，我舅媽娘家也是帝都，珍舅舅，你家可有親戚？」

紀珍道：「沒有。」

「那你去了住哪兒啊？」阿曦很關心珍舅舅。

紀珍道：「有一處宅子，去了可以在住宅子裡。」

「珍舅舅你還小呢，怎麼能一個人住？」

看阿曦故作小大人狀，紀珍好笑，「有家裡先生與我同去。」

阿曦這才點點頭，道：「我寫封信給舅姥爺，到時珍舅舅你去了帝都，就到我舅姥爺家去吧，有什麼事，也可以去尋我舅姥爺。」

紀珍笑問：「妳認識舅姥爺嗎？」

「當然認識啦，我常寫信給舅姥爺呢。」阿曦就跟珍舅舅說起自家舅姥爺來，「我舅姥爺長得可俊了，文才更是沒得說，念書聞一知十，習武可上山打虎。話說有一年，我們老家的山上就來了一隻猛虎，人們來來往往的都不敢上山了，你知道最後這虎怎麼著沒？」

紀珍道：「難不成被舅姥爺三拳兩腳打死了。」

「沒有，給祖父念了段道德經，這老虎就轉頭信了三清祖師，自此再不為害人間。」阿曦說得有鼻子有眼。

紀珍實在聽不下去了，問：「曦妹妹，這些事是誰跟妳說的？」

阿曦道：「我哥啊！」

這阿曄，又胡亂教曦妹妹了。

紀珍道：「別聽阿曄胡說，沒聽說哪隻老虎還能聽懂道德經的。」

「真的，我哥還把這事寫成書了呢。」阿曦道：「書名都有了，就叫《降龍伏虎記》，寫的都是真有其事的。」

於是，紀珍回北靖關前做了一件特讓阿曄記恨的事兒，紀珍把阿曄寫話本糊弄阿曦的事兒給捅了出來。這一捅出來，江念就發現事還不小，無他，從阿曄屋裡尋出好幾本話本，都是現在的流行。何子衿覺得兒子不是一般的早熟，江念則氣得不輕，單獨叫了阿曄到書房教訓了一回，阿曄還挨了他爹兩板子，心裡恨死紀珍了。

現在外頭多冷啊！」

「哥，你還生珍舅舅氣啊？」

「我才不與他一般見識。」

阿曦笑，「誰叫你總編故事騙我。」

「妳還不是總纏著我講故事，哪裡有那麼多故事可講，不就得編嗎？」阿曄說他妹：「妳也是，嘴巴怎麼這般不牢，啥都同阿珍講。那傢伙就會拍咱爹咱娘的馬屁，一丁點兒事就去告狀。我們學裡都管這樣的叫告狀精，虧得他不在我們學裡念書，不然就憑他這樣，放學就得有人堵他開揍。」

阿曦道：「珍舅舅射箭比我好，他還會武功，你們打得過他？」

「我是說他這人品很一般，妳少跟他親近，說不得什麼時候把妳賣了妳還幫他數錢。」

「珍舅舅才不是這樣的人，他還給我銀子哩。」阿曦道。

阿曄一聽這話險些炸了，「妳幹嘛收他銀子啊？」

「咱們不是拿錢給重陽哥做生意嗎？珍舅舅問我還有多少積蓄，我說現銀沒多少了，珍舅舅就給了我一點，叫我代他置私房。」阿曦道：「珍舅還誇我有眼光來著。」

阿曄道：「妳有啥眼光啊，我看重陽哥那書鋪十年都回不了本，咱們都要虧死了。要早知這般，還不如買地呢。」

「重陽哥也是頭一遭做生意啊，我看書鋪現在生意比先時強多了。」阿曦道：「仁舅舅都說重陽哥是做生意的好料子。咱娘也說了，土地雖穩妥，來錢可沒有做生意快。我有銀子，還給重陽哥去做生意。」

「不許用姓紀的銀子，他那是糊弄妳呢。他家裡有錢，哪用妳幫他賺私房？」阿曄道。

「私房是私房，家業是家業。」阿曦很理解紀珍，「是哥你沒私房，還是我沒私房？」

阿曄道：「江姨紅參生意做得多好，他要是想賺私房，拿銀子給江姨參一股就是，哪裡還要妳幫他操心？」

「珍舅舅不想私房讓江姨知道。」阿曦道。

「什麼私房這般見不得人，妳還能近得過江姨？」阿曄在說紀珍壞話上簡直不遺餘力，問他妹，「他給了妳多少銀子啊？」

阿曦伸出一根手指，阿曄問：「一百兩？」

「嗯。」

「小氣鬼，只給一百兩啊！」

「先時你還說不叫我幫珍舅舅，現在又嫌珍舅舅給的少，哥，你到底要怎麼著？」阿曦也生氣了，「你不就是氣珍舅舅說了你騙我的事，爹打你屁股嗎？你怎麼這麼小心眼？」

「我、我小心眼？」阿曄指指自己的鼻子，「妳別不識好人心了，我是怕妳被他騙。」

「珍舅舅幹嘛要騙我？」

阿曄道：「我是說這私房的事兒不靠譜。難不成，他只有一百兩私房？」

「珍舅舅說這叫狡兔三窟，因他信我，在我這兒放一百兩。」阿曦道。

阿曄沒想到紀珍如此狡猾，竟是條條道都堵死了一般。阿曄一時氣結，與阿曦道：「反紀珍這裡沒落得好，還很有些失落來著，覺得江家姊夫小題大作，也不曉得江家姊夫會不會怪阿曦收他私房。

阿曦……阿曦一點事都沒有。

江念很是細緻地同閨女說了回不能隨便收外姓男子銀錢的事，阿曦道：「我曉得，男女七歲不同席，就得有些忌諱了。我也沒收過別人的東西啊，珍舅舅又不是別的男孩子，他比我長一輩呢，是長輩來著。」人家阿曦清明著呢。

江念道：「這輩分到底也沒血緣關係，還是不收的好。」

阿曦便應了，把珍舅舅給的銀子還給她爹了。

阿曦又跟她爹打聽：「爹，您有私房錢沒？」

她爹道：「沒有。」

「怎麼可能沒有？」阿曦不信，「我跟我哥都有呢，爹您肯定有。」

「真沒有，我自小就是把銀子交給妳娘打理的。」

阿曦感慨：「爹，您對我娘可真好。」

「真是傻話，既成親做了夫妻，我自然要對妳娘好。」江念笑問：「我對妳不好？」

「也好，要是您把銀子交給我管，那就更好了。」阿曦道。

江念哈哈大笑，「傻丫頭，自來只有媳婦替丈夫管銀子的，哪有閨女替老爹管銀子的？」不過看閨女很缺錢的模樣，江念私下貼補了閨女一點。

阿曦便很高興了，結果江念一個不留神，他閨女又投資到重陽那裡去了。

江念聞知此事，同子衿姊姊嘆道：「咱們阿曦真是太實在了。」

何子衿也覺好笑，叫了阿曦到跟前，「妳怎地這般實在啊，也不怕重陽把銀子虧了。」

阿曦道：「重陽哥現在對鋪子可用心了，每天放學還去鋪子裡幫忙，自從印了曾外祖母和爹那書後，生意大為好轉。這回重陽哥想加印一些，銀子不湊手，我才拿給重陽哥的。」

阿曦對重陽哥極有信心，重陽哥同阿曦妹妹的關係也最好，常說以後賺大錢要叫阿曦妹妹享福。江念就很有些疑神疑鬼，同子衿姊姊道：「重陽是不是對咱們阿曦有意啊？」

「胡說什麼，阿曦才多大，要議親也得十年以後了。」何子衿道：「阿曦跟哥哥弟弟們都挺好的。我看三姊姊的意思，這兩年就要開始給重陽相看媳婦了。」

江念點頭，「這是正理，重陽畢竟是長子呢。」

何子衿道：「是啊，可要我說，不必太急，男孩子怎麼也要過了十六再成親比較好。」

這重陽的親事，自有胡文與蔣三妞操心，何子衿眼下是操心年禮之事，待得過了年，又要同何老娘、沈氏和余幸一起去廟裡給何洌燒香，求菩薩保佑何洌春闈得中。何家一行人燒香還遇到了周家婆媳，周老太太是虔誠的佛教徒，自孫子秋闈前就開始吃齋，待孫子秋闈得中，這齋繼續吃，好保佑孫子春闈。如今又帶著兒媳來廟裡燒香拜文殊菩薩來了。

周太太道：「不曉得孩子們如何了？」

何老娘一向信心滿滿，「只管放心，阿洌走前，我們丫頭給了一包青雲散，待得春闈時，早上煮及第粥時放一些，在貢院做吃食時放一些，包管能中的。」

周老太太打聽：「這青雲散是何來歷，這般靈驗？」

何老娘道：「是我們丫頭在三清面前求來的，加持春闈運勢的。」

周老太太忙問：「大姑奶奶可還有多的，老身厚顏求一些，也給我那孫子送去。」

何子衿笑道：「我給了阿冽不少，他與三郎一向交好，斷沒有不與三郎同享的道理。」

周老太太又同何家人道了回謝。

何老娘還請自家丫頭卜了一回，看自家寶貝孫子春闈如何。

何子衿擺擺手道：「封卦許多年，已不再卜了。」

何老娘瞥自家丫頭一眼，「我還不曉得妳，不就是想要銀子嗎？」

「祖母這話錯了，以我今日身家，難不成還看得上這十兩銀子？實在是有苦衷。」

余幸連忙問：「大姊，不知是何苦衷？」

何子衿道：「那卦已是封了，要啟封，需得三清再賦神力。」

余幸問：「這可是要做法事還是什麼？」

何子衿道：「不必做法事，只是得祝禱七七四十九日才行，現在哪裡有這時間？」

余幸一聽，就不好說什麼了。何子衿道：「龜甲是用不得了，這樣吧，明兒用蓍草卜一卜吧。不過，卜資可是不能少的。」

余幸一向很捨得為丈夫花銀子，連忙道：「一定一定。」

何子衿道：「妳出銀不成，得祖母出，這卜得才靈呢。」

余幸便知大姑姊是要同老太太開玩笑，「看來，得德高望重的長者的銀子才有用。」

何老娘鬱悶極了，說自家丫頭片子：「妳就有個錢心。」

「要不，我就不耗費功力卜了？」

「行啦，不就是十兩銀子嗎？」何老娘道：「卜完了，自然給妳。」

「不見銀子不卜。」

何老娘氣煞，但著急寶貝孫子春闈之事，還是讓余嬤嬤取了十兩銀子現付。

何子衿收了銀子，這才定了占卜之期。

尚未占卜，姚二爺又來了何家，這次是回帝都，過來何家看看，問可有捎帶的東西。姚二爺氣色神韻較之年前不知好上多少，見著何家人亦極是親密，「原想去歲見著阿節就回帝都的，結果那孩子非留我在北靖關過年。他眼下雖有差使，到底就他一人，看他家裡冷清，想到孩子這幾年吃的苦，我每念起就傷感，便留下一起過年。現在可是不敢多待了，家裡託人捎了信，老太太也記掛著阿節呢，我得趕緊回去跟我哥和我娘說一聲，好叫他們放心。我想著，沈翰林也是在帝都，倘有要捎帶的，妳們儘管收拾出來，我一道帶回帝都。」

何家留姚二爺一宿，第二天收拾了半車東西，又怕有些麻煩，姚二爺笑道：「阿節這些年承嬸子和阿嫂照顧，咱們兩家雖以前沒大來往過，但孩子間是極好的。自去歲我來帝都，極仰慕何大哥人品，嫂子與我何必外道？」然後便帶著何家收拾的半車東西回了帝都。

何老娘道：「阿節是長子，能與家裡和好，再好不過。」

何子衿見姚節已與家裡把事情說明白，幫何洌占卜後，親自隨著胡文的糧隊到北靖關，幫阿節做媒去了。姚節大喜臨門，直道：「該寫封信叫二叔帶回家去的。」

論及親事，自然要經父母的。

何子衿笑道：「現在寫也來得及。」

姚節恨不得立刻就去寫，好託兵驛帶回家去。

何子衿問：「你家裡沒給你訂親吧？」

「我好幾年沒音訊，表姊表妹怕守寡，都嫁人了。」姚節自當了兵，越發口無遮攔。

何子衿八卦了一回，道：「你那後娘可得管好了。倘以後相見，莫叫贏妹妹受委屈。」

姚節輕哼，「我雖不願與她婦道人家一般見識，但那留書之事，我已與二叔說明白了，她得不了好。」姚節雖已不將繼母放在眼裡，卻也不會平白放過這等機會去做爛好人，何況祖母因他離家之事病了數場。真個歹毒婦人，竟不肯將留書拿出來，不然祖母豈會因此事而生病。他也不會想著家裡無人來看他而與家裡賭氣，幾年不與家裡通音信。

何子衿親自作媒，姚節與江贏這親事就算得到了雙方的口頭許可，但正式訂親，還需姚節寫信知會家裡一聲，如此才能正式締結訂親書。是的，古代訂親，也是要有正式文書的，並非男方送了聘禮便罷，需要姚節寫信回家，讓家裡正式出個訂親書，還有聘禮，一起送到紀家來，如此正式定下婚姻，這親事才算定了的。

故而，姚節現在還有得等。

就是紀珍原打算等姊姊訂親後再去帝都，如今看來也等不下去了。姚家人來往北靖關，一來一回就得兩個月，他定的是開春便去帝都求學的。

紀珍倒是同子衿姊姊親近了一番，原是想請子衿姊姊到他家裡住，不過，這回子衿姊姊是做為姚節的媒人過來北靖關的，不好住到紀家去，便住在了何涵家裡。自何念和王氏夫妻回老家後，何涵的日子便順遂起來。前番戰事，何涵也立了不少戰功，如姚節一般，升了千總，如今家業興旺，夫妻和美。見著何子衿過來，李氏很是歡喜，李太太笑道：「去歲年底我就盼著姑奶奶過來呢，不想姑奶奶沒來，今兒可算是見著了。」又恭喜了江念升官一事。

何子衿道：「同喜。去歲在邸報中看到阿涵哥升官之事，原想過來，只是自從我們到了府城，行動上便不比在縣裡時自由了。阿念衙門裡一直抽不開身，又趕上阿冽秋闈，就沒有過來。我看親家太太氣色越發好了，嫂子也豐潤了一些。」見李氏身體有些笨重模樣，她不由問道：「嫂子不會是有喜了吧？」

李太太道：「姑奶奶真是好眼力，三個月了。」

何子衿連忙恭喜了李氏一回，李氏習慣性地將手放於小腹上，感慨道：「再想不到的。」她生三子時難產，產婆大夫都說再有身子怕是難了的。

李太太道：「多虧姑奶奶送來的紅參，她上遭生產虧了身子，後來請大夫看了，開的滋補方就要用上等紅參。這一兩年吃下來，可不就大好了。」說著很是感激何子衿，非但是給閨女送紅參之事，還有先時親家夫妻過來，真是過不到一處去。倘不是何家老太太出面，現在還不曉得要如何過日子呢，哪裡還敢期望閨女能再有身孕？

何子衿笑道：「這些藥材可不就要給當用之人嗎？說來，我那裡離榷場近，那邊的紅參就像這北靖關的皮毛，多的很。」又道：「妹妹現在身子如何了？倘有了身孕，服用這些藥材時還需問一問大夫才好。」

李氏道：「已是打聽過了，紅參不敢再用了，大夫說滋補太過，於胎兒反是不利。」

何子衿又問起家中事來，道：「一點小事罷了，別總訓阿曄。」

江念攤攤手道：「這不是姊姊不在家，我也沒啥事，就多關心關心孩子們。」

何子衿聽著江念這種「下雨天打孩子」的理論，頗是無語。江念就拉著子衿姊姊說起離別相思來，如今做了同知，當真是沒有做知縣時自由，不然他定要陪子衿姊姊一起去的。

何子衿回來歇了兩天，去女學看了看，又回娘家走了一遭，看了一回阿燦的翻身表演，余幸笑道：「自從學會了翻身，就不能閒著，沒事就翻來翻去的。」

何子衿道：「小孩子都這樣，這會兒還好帶，等會爬的時候，那真是滿炕亂爬，到時就得把屋裡這些邊邊角角的用棉布包上，別叫孩子撞了。」

余幸稱是，拉著大姑姊給她解夢：「我前天夢到相公落榜了，可如何是好？」

何子衿道：「夢都是反的，這是吉兆。」

余幸拍拍胸口，「田嬤嬤也這般說，可我昨兒又夢到相公金榜題名，這是什麼兆頭？」

何子衿很有做大仙的經驗，面上只管不動聲色，問：「什麼時辰的夢？」

余幸說了個大概的時辰，何子衿裝模作樣掐指算了又算，道：「這時辰無礙，妳是日有所思，夜有所夢。」從袖子裡摸出個玉符，「壓在枕下，可寧心安神，以定魂魄。」

余幸忙雙手接了，問這玉符是何來歷，何子衿道：「這是用清心陣在三清面前鎮了八八六十四天的清心玉符。妳只管收著，待阿冽中了再還我就是。」何子衿不愧是阿曄他親娘，這母子倆都屬於那種編起故事來一套一套的那種。

余幸道了謝，雙手合十，「只盼趕緊春闈才好。」

何子衿笑，「我為阿冽卜過，妹妹只管放心。」

自娘家出來，天色已晚，何子衿讓車夫繞到府學街上走一走。重陽那書鋪當真是今非昔比啊，這會兒學生們都放學一段時間了，那書鋪還人來人往呢。

何子衿自車上下來，就見她兒子那《降龍伏虎記》擺在最顯眼的地方，還是精裝本哩。再一看與兒子這修仙小說並排的就是自家祖母那本祕笈，探花本人的大作竟略遜一籌，擺在次一等的位置。

重陽見著姨媽來了，親自端茶遞水，何子衿笑道：「咱家的書還挺好賣的啊！」

重陽一身青袍，笑得眼睛都彎起來，「是啊，重外祖母和姨丈的書，剛一推出時賣得可好了，現在不如芙蓉散人的。」芙蓉散人是阿曄的筆名。

何子衿看與芙蓉散人的《降龍伏虎記》並排擺的還有一本《簪花記》，遂取了來，見署名是紅塵居士，於是各取了一本，叫重陽給算帳。重陽連忙道：「姨媽，您可別逗我了，我跟姨媽啥關係啊，這麼兩本書，哪裡還能收錢？」

何子衿笑，「一碼歸一碼，生意是生意，情分是情分。」

重陽死活不能收啊，恨不得給他姨媽跪下磕一個頭，道：「姨媽一定要給錢，明年過年時壓歲錢多給我一份就行啦。」

何子衿不再逗他，笑道：「那我就拿回去了？」

重陽道：「我送姨媽回去。姨媽，您這幾天不在家，可是想得我慌。」把鋪子裡的事交給掌櫃，他跟去了江家，順道在江家吃了晚飯，然後便去阿曄屋裡嘀咕了。

江念道：「重陽這小子，真是掉錢眼裡去了。不必說，定是讓阿曄繼續寫話本。」好吧，他兒子那話本他也是讀過的，而且，對於他兒子的書竟比他的暢銷，有幾分說不出的滋味。

說到話本之事，何子衿面帶自豪，「咱阿曄的書擺在最暢銷的位置。」

江念道：「看他寫的那叫什麼玩意兒，一點文采都沒有。」

何子衿拿出阿曄的書來給丈夫看，包裝上都燙金哩。何子衿道：「不是我打擊你，你那書都不如阿曄這書賣得好。我得好生看看，阿曄竟有這等才華。」

江念險些吐出來，「那也叫才華？妳看看那句子，都是大白話，哪看得出是念過書的人寫出來的文章？」

何子衿立刻知道問題出在哪兒了，時人寫書，莫不是之乎者也，引經據典的，就是話本這等通俗讀本，其實也不大通俗。阿曄因為念書時間短，寫得還是比較白話的，故而，很不入探花爹的眼。何子衿卻愛看這種，她道：「我就不愛看那種之乎者也的。」命小沙添了盞燭臺，在燈下用起功來。說實話，阿曄的文筆也就那樣，但她兒子完全是無師自通升級流啊，寫得那叫一個熱血沸騰，他娘看到半宿，一口氣讀完了。

江念原想著好幾日不見媳婦，正要與媳婦親近一二，結果晚上大好時光，媳婦竟看他都不看一眼，一門心思都在兒子的書上。江念第二天便給阿曄加了許多功課，阿曄去跟他娘叫回苦，再三拜託他娘：「可不能再叫我爹給我加功課，我快應付不來了。」

何子衿笑咪咪道：「好。」

阿曄為了對他娘表示感謝，第二天拿出私房買了新出爐的蛋烘糕給他娘。

何子衿吃著兒子孝敬的蛋烘糕，繼續翻看如今北昌府的流行話本《簪花記》。這本的文筆也頗是一般，並非修仙升級流，而是公子小姐私會後花園的橋段。裡頭公子小姐如何私相授受的橋段不算什麼新梗，但寫得頗是精彩。

何子衿看完後，同紀嬤嬤說了回女學的教育問題，「可得叫孩子們學明白些，我近來看話本，多是小姐公子相會於後花園的戲碼，這樣的故事，不過是些無聊文人寫來取樂罷了，哪裡就是真的了？只怕孩子們年紀小，信了這些無稽之談。」

紀嬤嬤道：「還真有年輕的姑娘家信了。」說著嘆口氣，「這多是窮書生勾引有錢人家的姑娘，倘是厚道的，不離不棄已是難得。還有是看上姑娘家的家財，攀龍附鳳的。再有最下下等的，原是拐子，拐了姑娘私奔，到得個陌生地界，便把姑娘轉手賣了也是有的。」

私奔這事倒不稀罕，但這種轉手賣了的，何子衿是頭一遭聽聞，不由驚駭，連忙道：「嬤嬤可要與姑娘們好生講一講。」

紀嬤嬤正色應了，「所以說，禮法從來不是壞事。」

何子衿深以為然，許多人認為禮法壓抑了人的天性，但更多的時候，禮法保護了弱者。

何子衿把這事安排下去，就請了蔣三妞過來說話，何子衿道：「贏妹妹，三姊姊也認識她的，她的喜事定了。如今要做成親用的針線，這北昌府，三姊姊的繡坊也是一等一的了，贏妹妹說，三姊姊什麼時候有空只管過去，她要從三姊姊繡坊裡訂一批繡品。」

蔣三妞大喜，「近來妳姊夫就要去北靖關送軍糧，我與他一塊去便好。」再三謝過了何子衿，何子衿笑道：「不是我提的，贏妹妹與咱們都熟，何況姊姊的繡坊本就活計出眾。」

蔣三妞笑，「這如何一樣？現下咱們多是做些榷場生意，這北昌府一般官太太家的繡活生意都在千針坊手裡，咱們就是想插一手，到底是新鋪子，實難插進手去。江姑娘這樁生意，真是雪中送炭。」江贏乃紀將軍義女，她的親事必然會在將軍府操辦的，江贏用她繡莊的針線，無形之中便會給她繡莊揚名的。

何子衿道：「交情是交情，這畢竟是贏妹妹的終身大事，要不是三姊姊繡坊的活計好，便是再好的交情，贏妹妹也不會湊合的。」

蔣三妞道：「我們一準兒勻出最好的繡娘來幫江姑娘做大婚的繡活。」又打聽起江贏與姚節訂親的事來，感慨道：「阿節的運道起來了。」

蔣三妞得了一樁大生意，沒幾天就跟著胡文去北靖關見江贏了，臨去前把重陽、二郎和三郎都託給了何子衿，家裡一下子就熱鬧起來。何子衿時常關注重陽的生意，重陽道：「阿曄現在被姨丈留許多功課，寫起來就慢了，現在許多人催第二部呢。還有那個《簪花記》的紅塵居士，更是個古怪，送好幾回禮了，見也見不著人，催他寫吧，說春天乏倦，待夏天才動筆，氣死個人。他寫的還不如阿曄呢，架子擺得倒大，這種人早晚懶死。」

何子衿道：「你得有耐心。」

何子衿沒想到，三月發生了一件大事，這事還事關《簪花記》呢。

伍之章　女學揚名多紛擾

「嗯，先叫二丫頭在家學一學，別到時考不上，那可就丟臉了。」

經此一事，何子衿的女學就這樣的火了，如今不少人打聽女學還招不招生，幸而紀嬤嬤精明，印了上千份春季招生簡章。先前對於女學招生還要考試的家長們也徹底沒意見了，還說自來這好書院，哪個入學不要考試的？

這麼個高級拐子，竟然陰錯陽差興旺了何子衿的女學。

不過，不管人們怎麼說，宮姑娘現在在北昌府的名聲是響亮得不得了，多少人讚她有智謀。宮姑娘謙虛得很，只是聽多了，也有些心煩，無人之際不禁嫌棄這拐子的水準，「完全就是仿著她的《簪花記》裡的橋段來啊，這般沒新意，還做拐子呢！」

何子衿女學興旺起來，著了一些人的眼，譬如鹽課提司王大人家的王太太，就很是不屑於女學之事，在柳太太那裡說起話來都是：「前兒上巳節，天氣回暖，荷花湖旁人山人海的，那樣的熱鬧時節，出門的都是商販僕婦，正經人家的姑娘哪個肯出門來著？誰曉得女學那一窩姑娘們也過去遊玩，引得多少大男人小夥子駐足觀看。我出身晉中王氏，說來我們那邊離西寧關近，民風亦是開放，卻也從未見過這般情景。」

柳太太原就是個刻板人，聽得這話如何能歡喜，皺皺眉，倒也沒有直接說女學的不是。江同知夫妻在她面前一向恭敬，何況先前江同知剛攜宮財主送上的人販子，讓自家老爺立一功，倘因王太太此一言她便說女學不是，豈不是打江同知的臉？

柳太太呷口茶，道：「我一向懶怠出門，倒是不若妳消息靈通了。」

「我也懶得出門，只是這事傳出諸多風聲，想當聽不到都難。」王夫人也是個精明人，知道柳太太這嘴上是難說江太太不是了，但看先前柳太太那皺緊的眉毛，就曉得柳太太是厭惡女學這等行徑的。當下識趣不再多說，而是說起府城其他趣事來。

其實女學這般行事當真沒啥，上巳節原就是女兒節，那一日凡是有閨女的人家，只要日子過得去的，如帝都都是閨閣小姐出門踏青，何況這北昌府，更是大閨女小媳婦外出遊玩。女學當然也不例外，因上巳節並非假日，便集合了學生一起出遊。何子衿提前打發人在荷花湖旁看好的地方，第二日紮上帳子，讓女孩子們結伴笑鬧。

上巳節這樣的日子，原就是姑娘們的節日，自然出來的男孩子們也多。像重陽這樣的半大小子，哪怕學裡沒有假，都是用中午吃飯的時間，結伴跑去荷花湖，就為了看人家小姑娘們。連阿曄和二郎這等屁都不懂的年紀，還跟著湊熱鬧呢。一個個晚上回家如餓狼一般，何子衿問其緣故，才曉得是中午去看姑娘沒顧得吃飯，當真是氣不是笑不是，倒是江念道：「再這般無禮，晚飯就不必吃了。」

重陽私下與阿曄道：「姨丈越發古板了。」

阿曄深以為然。

雖然姨丈古板，卻沒哪個敢不聽，相較之下，大家越發覺得姨媽是個好人。

阿曦在同二郎三郎還有雙胞胎說今天踏青之事，阿曦道：「有個男孩子，在湖邊不好好走路，只顧得伸長脖子看宮姊姊，腳下不留神，撲通一下跌湖裡去了。虧得邊上有徜役，那湖也不深，再加上那人會游泳，伸根竹竿子下去，把他拖了上來。」

二郎是知道拐子事件的，「不會是個拐子吧？我聽說先時那位宮姑娘就遇著拐子了？」

余巡撫現在告老還鄉，說來還是他與江同知更近些呢。不料，這麼個大功勞，江同知竟給了柳知府，豈不是遠近不分了？

田巡撫想著，什麼時候得尋江同知過來說說體己話才好。

然而，田巡撫這體己話說得頗令江念無奈，江念與子衿姊姊道：「不要說派系相爭，便是兩家人打架，也沒有主家不露面，只令下人頭拚命的理。田大人性子優柔，不肯與柳知府撕破臉，我一小小同知又能如何呢？倘田巡撫能做主，我自然是希望他說了算的。」眼下卻是叫柳知府生生占據半壁江山，同知本就隸屬知府衙門，江念總不能田巡撫不出面，他先把柳知府得罪了，然後日日吃癟。

何子衿寬慰道：「田大人如何說，你只管虛應承便是。還沒到要緊時候，倘真到了二人撕破臉，能幫田巡撫的地方，倘是方便，幫他一把也沒什麼。當初是余大人對咱們頗多照顧，又不是田大人對咱們照顧，咱們不必做他的馬前卒。」

「可不是嗎？」江念對於這種上峰，也頗是無奈了。他探花出身，千里迢迢挑了這麼個苦寒之地為官，可不是為了過來做炮灰的。

田巡撫認為江念不該把拐子案交給知府衙門，可江念即便交給知府衙門，柳知府還是聽柳太太灌了一耳朵女學很不成體統的話，柳太太道：「江同知江太太都是知禮的人，只是不曉得江太太為何一定要辦這女學，弄得一群小姑娘成日在外閒逛，引得諸多閒散子弟旁觀。」

柳知府現在正看江念順眼，聽妻子這般說，還說：「以前妳不是挺喜歡江太太的嗎？」

「以前是以前，自從府城辦了女學，我就時時為老爺擔憂。不為別個，女學那是什麼地方，都是清白女兒家，現在無事還好，倘有事，必是有傷風化之大事。老爺畢竟是這一地父母，一旦有這樣的事，便是大事大案，怎能不令人擔憂呢？」柳太太訴起自己的擔心來。

柳知府果然面色微肅，道：「妳這話也在理，只是這女學辦已是辦起來了，如今就讀的多有官宦人家姑娘，沒來由的，也不好就叫江太太停了這女學，可妳之顧慮也不能不理，不若妳有空私下提點江太太一二，必讓她嚴守女學門戶方好。」

柳太太想一想，眼也只有這個法子了。

故而，何子衿得了柳太太這一委婉「提醒」。這些年，何子衿的性子也磨練出來了，聽柳太太這私下之言，遂笑道：「太太的話我都記得了。太太只管放心，我那女學裡頭從來不進一個男人的。我想著，太太娘家出身衍聖公大族，嫁入的又是國公家族，一向極有見識，還想著請太太有空到我們學裡給孩子們講一講女誡女德。先時不好說，是怕我這面子小，太太不允呢，如今看來是我想左了，太太這般心胸，我早該請太太過去了，想來太太就看在那些女孩子的面子上，也不能駁我的。太太要是允了，明兒我親自送帖子過來。」

柳太太還是很謙虛的，連忙道：「我學識甚淺，哪裡敢講女誡女德？」

「太太乃衍聖公之後，誰敢說妳學識淺？就是太太這些年的眼界閱歷，略講一講，也夠女學裡的學生們受用不盡的。」何子衿奉承了柳太太一回，又再三相邀，柳太太便應了，她含笑道：「只是還得容我在家想一想要跟孩子們講些什麼。」

何子衿道：「太太一片慈心，我代我的那些女學生們謝謝太太了。」

沈氏笑道：「如今兩家皆家業興旺，少年時那些事，也該過去了。」

余幸也跟著湊趣，道：「三姊姊的繡莊接了江姑娘的生意，必會在北靖關揚名的，看來沒多少日子就要去北靖關開分店了。」

何老娘想到蔣三妞日子過得好，很是欣慰，「這丫頭自小就是個會過日子的。」

沈氏道：「咱家的閨女都會過日子。」

何老娘強忍著臉上得色，「要不說，女孩子就得跟著祖母長大，這才有本事。三丫頭和咱們丫頭，都是我手把手教的。」

沈氏附和道：「可不是？當初叫三丫頭跟著薛大家學針線，就是老太太的主意。」

「是啊，那會兒我還叫咱們丫頭也去考呢，結果她手拙沒考上。」何老娘說來很有些遺憾，不過，瞧一眼自家丫頭，亦是得意，「好在她總有一樣長處，念書上很是很聰明。」大家說笑一回，余幸又提起丈夫春闈之事，道：「算著已到了張榜的日子，不曉得朝廷邸報何時能到呢？」

何老娘說到孫子前程，肅正了臉色道：「昨兒我又做了個夢，夢裡模模糊糊的也沒記住。明兒咱們再去廟時給阿冽燒回香，我料他這科問題不大。」一邊說著，一邊看自家丫頭。

何子衿立刻一副大仙的篤定模樣，道：「要燒香妳們自去吧，不必叫我去了，我已卜過，阿冽此次春闈正中文昌之相，問題不大。」

哪怕只是這麼一句話，但看自家丫頭片子那篤定的模樣，何老娘心裡就覺得安穩。

胡文與蔣三妞自北靖關回城時，也在說春闈之事，胡文道：「大哥與三堂兄都中了舉人，只是春闈上屢屢不順，不曉得這遭造化如何？」這說的是胡家大哥與堂兄了。

蔣三妞道：「能中是最好，太爺上了年歲，不就盼著兒孫有出息嗎？」

胡文想到在老家的祖父祖母，十分惦念，道：「咱們出來這十來年不曾回老家了，我想著待什麼時候方便，咱們回老家看看吧。」

蔣三妞道：「也好，若回老家，最好是趕在年下時節，重陽他們自出生，還沒祭過祖呢，再有入族譜也是大事。上遭太爺來信不是說因年邁辭了山長之職，倘太爺和老太太身子骨尚可，不若接來他們兩位老人家來北昌府住一段時日，也讓咱們盡一盡孝心。」

要說胡文離家日久，惦記的絕不是家中父母，而是祖父母。聽聞妻子這話，頓時歡喜非常，拊掌道：「果然好主意。」

蔣三妞看丈夫高興，亦是眉眼彎彎地笑起來，只是心下暗嘆，她是一番好心，絕不是嘴上說說的，而是真心真意想接兩位老人家過來，就是不曉得老家那裡肯不肯放人了。

夫妻二人說著話就到了城外，正在排隊入城，遠遠望見城牆上已紮起大朵綢花來，二人還不曉得什麼事，就聽得一陣駿馬奔騰之聲，見一騎奔馳而至，直接入了城門。待夫妻倆的車隊進了北昌府時，已聽得城內鞭炮聲處處，胡文撥開車簾看許多文士或喜悅或遺憾，各人神態不一，不禁笑道：「定是春闈榜單到了！」連忙催促車夫快行。

蔣三妞也很激動，想知道何冽有沒有中。相對於胡大郎和胡三郎，她自然更關心何冽。

何冽……何冽倒是中了，只是人家報喜的衙役到何家時，何家一個主子都無，何恭去衙門當差，俊哥兒和興哥兒去上學，女人們到廟裡燒香了。當然，不能說一個主子都無，還是有個小主子的，就是年紀小被余幸留在家裡託給田嬤嬤照顧的阿燦小朋友。

田嬤嬤是掌事嬤嬤，立刻打著阿燦的名義打賞了過來報喜的衙役，同時著人去廟裡將老太太、太太和奶奶們尋回來。這大爺都中了，還燒哪門子香啊？

何老娘正在燒香，當下喜得險些厥過去，直說太平寺的菩薩再靈驗不過，直接就捐了足足一百兩的香油錢，然後便回家接喜報去了。

從此之後，太平寺文昌菩薩之靈驗，響譽整個北昌府城。

余幸花錢本就大手筆，何況是遇著丈夫中進士這樣的大喜事，甭說當時手頭就帶了一百兩，倘當時帶了五百兩，多半大喜之下也全都得捐了。

何老娘一回家就問：「報喜的可來了？」

田嬤嬤抱著阿燦過來，笑稟道：「奴婢帶著小爺在家裡，報喜的已是來過了，因是大喜事，奴婢做主，代小爺打賞了每人兩個一等封，鞭炮已備下，這就放去。」

何老娘接了阿回遞上的喜報來瞧，沈氏和余幸都湊過去，見是二榜七十八名，皆極是喜悅。余幸一路上的笑意就沒斷過，如今見了喜報，更是喜上添喜，道：「相公的名次在二榜，若是發揮得好，庶起士也考得中的。」

何老娘道：「不比當年他老子名次好。」

沈氏笑，「阿冽這年紀，可比他爹當年中進士年輕多了。」

「是啊！」何老娘喜悅非常，想到子孫兩代人的科舉路，不由道：「當初阿恭進學是什麼條件，闔縣一個進士都沒有，最有學問的就是許老爺，許老爺才不過是個舉人，教教秀才是足夠了，再往深裡教就不成了。阿恭要請教高深學問得跑到青城山去，何其辛苦。現在阿洌，不說羅大儒那樣有學問的，就是他老子和姊夫都是進士出身，他這條路走得方如此平順。」

沈氏想到丈夫當年科舉之不易，對婆婆的話頗有感觸，又道：「阿洌能中進士，多得羅大儒教誨，羅先生那裡得備份禮送過去，也是給羅先生報喜。」想想，又道：「待俊哥兒回來，叫俊哥兒過去。」羅大儒那裡，著管事去是不合適的。

余幸道：「我先把禮物備出來。」

沈氏頷首，娶個大戶出身的兒媳婦不是沒好處，尤其余幸，半點不小氣，何洌走禮之類的事，現下都是余幸親自操辦的。

說一回給羅大儒備禮的事，何老娘與沈氏道：「趕緊打發人跟丫頭片子報喜，嘿嘿，說來她那卦還挺靈驗的，十兩銀子沒白花。連三丫頭、阿仁那裡也都打發人過去，明兒個咱家裡擺酒，大家都過來，熱鬧一天。」

沈氏笑應，余幸抱著兒子吩咐道：「田嬤嬤去安排吧。」

田嬤嬤福身去了，余幸道：「家裡有這喜事，每人多發一個月月錢，由我私房出。」這喜事同樣也是沈氏的喜事啊，沈氏笑說：「這麼點錢，我還支應得起。」

何老娘輕咳一聲，「讓孫媳婦出吧，她是大戶。」

一屋子人皆笑了起來，阿燦還不曉事，但看人人都高興，他也拍著手跟著湊趣。

余幸道：「今兒大喜，咱們都出去燒香了，這喜報竟是讓阿燦接到了。」

何老娘忙道：「這是再好不過的兆頭，以後阿燦跟他老子一樣，也接著念書考進士。」

余幸道：「承老太太吉言，我就盼著呢。」

在衙門當官的，自然也都收到了春闈的榜單。北昌府一向是春闈貧困府，整個北昌府才中了八個進士，這其間就有何洌，而且何洌名次在二榜，算是很不錯的了。

江念與何恭這對翁婿各自得了同僚的道喜，再有就是周通判家的公子周三郎，也中了二榜，名次雖不及何洌，也差不多，加上他們都是二十出頭的年紀，算得上年輕有為了。

何恭與何洌都是進士出身，如今的何家，算得上確確實實的書香門第了。

更讓人羨慕嫉妒的是，沈玄也在進士榜上，於是，當同僚們道喜時，江念便謙虛道：「義父家的弟弟也中了二榜。」何恭的話則是：「內侄亦在榜上。」

搞得大家都奇怪，怎麼這家人風水這麼旺呢？

剛得了何洌中進士的信兒，何家又有一樁喜事，就是俊哥兒經縣試州試院試，三試之後中了秀才，只是未得案首，卻也是妥妥的廩生。不過，因有他哥中進士的大喜事當前，俊哥兒這小小廩生就不大顯眼了，這讓一向喜歡出風頭的俊哥兒很有些鬱悶。

好在他中了廩生，家裡也早應承了他，一旦考中秀才，就允他去帝都旅遊的。

想到可以旅行，俊哥兒又高興起來。

蔣三妞過去何家時都說：「我們回來那日，就見城門上紮著大紅綢子，先時沒經過這事，還想著，好端端的怎麼城門上紮起綢花。進了城方曉得，是準備的春闈之喜，說是提前十來天就把這喜綢紮上了。今年咱們家喜事不斷，阿洌中了不說，俊哥兒如今也是秀才了。」

俊哥兒道：「三姊姊，我中秀才的年紀可一點都不比大哥那會兒大。」

「沒聽說過青出於藍嗎？後年又是秋闈之年，俊哥兒你要是一舉得中，那你這舉人年歲還比何洌小呢。」蔣三妞笑咪咪道。

俊哥兒道：「是啊，我可得用功了。」

沈氏笑道：「就等著聽你的好消息了。」

俊哥兒一向自信非常，道：「娘，您只管等著，一準兒沒差的。」

何老娘呵呵笑，「我就等著享我俊哥兒的福了。」

俊哥兒道：「一定叫祖母享大福哩。」

大寶兒跟俊哥兒打聽：「俊叔，阿洌舅中了進士，還回來不？啥時候回來啊？」

俊哥兒道：「中了進士要去翰林做官，不過新科進士有探親假，不知大哥回不回來。」

余幸道：「定是回來的，走前你大哥已說好了，中了就回來。」

俊哥兒看著在炕上瘋狂爬行的侄子道：「大哥指不定怎麼想嫂子和阿燦呢，他走時阿燦還不會坐，現在都會爬了。」

余幸被小叔子前一句說得很不好意思，但他們夫妻和睦，家裡人也是曉得的。丈夫這一走，余幸甭提多惦記了，尤其丈夫這中了進士，余幸盼啊盼的，簡直是望眼欲穿。

何洌此番中進士，俊哥兒中秀才，何家熱熱鬧鬧擺了一天的酒。

親戚朋友能來的都來了，周太太還說：「後日是我家的酒席，我今兒把帖子帶來了，明兒妳們可都得過去熱鬧一下。」

何老娘笑道：「一準兒去的。」

何家經此喜事，不多時日，姚節、何涵，連帶紀家姊弟聞信兒都打發人送來了賀禮。紀珍已是要去帝都念書了，走時還送了阿曦一大包東西，阿曦也回贈了珍舅舅許多禮物。

紀珍剛走，何洌、周三郎和姚二爺、姚二太太夫妻就到了，這行人不曉得如何湊到了一處。何洌回來，自然是闔家歡喜。

周三郎不過略說過幾句話就回家去了，姚二爺與何家是相熟的，沒想到這回連媳婦都帶來了，姚二爺笑道：「我還沒到家，阿節的書信走的兵驛，反是先到家的。我回家我們老太太還問我阿節訂親的事如何，我看了他的信才曉得，阿節得了紀大將軍青眼，許以愛女。我們闔家再想不到的，這訂親的事，男人們到底是外行，就帶著我家婆娘一道來了。」

姚二太太也是個愛說愛笑的，「自得了阿節的信兒，我們老太太、大伯子都喜得不得了，年輕十歲不止，這孩子真是他們兄弟一輩裡最有出息的了。他小時候就是個機靈孩子，如今又有這番造化，我們老太太原是要親自來的，只是她老人家這般年紀，聽說北昌府冷得緊，我們哪裡敢讓她老人家動彈，就叫我過來跟著跑跑腿。我們原是要啟程了，因今科是大比之年，得了喜訊，阿洌正在榜上，我就說乾脆等一等，大家一起走，人多也熱鬧。」接著又是一通誇何洌的話：「真是年少有為，不愧書香門第出身，我一見阿洌就愛得跟什麼似的，原想打聽一下可有媳婦了，不想竟叫余大人家先了一步，不然我定要給阿洌做個大媒的。」

余幸笑道：「我們阿燦他爹就算了，倒是我們小叔子今也是廩生了，二太太有什麼大媒，只管跟我們講就是。」

姚二太太難免又奉承了何家一回，其實也不完全是奉承，姚二太太都覺得奇怪，怎麼別人家的風水就這麼好咧，年紀輕輕就能中進士，她家老爺這些年的書讀下來，別說進士，舉人也沒能中一個哩。

姚二太太說一回話，又道：「這回我們過來，就是要給阿節訂親，聽說您家大姑奶奶還是媒人，如此還得麻煩您家大姑奶奶與我們同去北靖關走一趟了。」

沈氏笑道：「這是應當的。」

姚二爺與姚二太太過來，何家自然設酒以待，且姚家既是過來操持姚節親事的，沈氏便將何子衿請過來一道吃酒。倒是何洌，看過兒子後，就先去了羅大儒那裡。待得午宴後，姚氏夫妻二人便去客院休息了。過一時，何洌自羅先生那裡回家，何家人便問起何洌帝都趕考的事，何洌笑道：「我們是同阿水哥他們一起去帝都的，路上極是順遂，舅舅和岳家都給我安排了屋子，我跟三郎住的是舅舅家郊外的別院，那裡離舅舅的進士堂最近，舉子書生們很多，念書清靜，又方便會友，切磋文章，考前我們就住到舅舅家去了。考完歇了幾日，貢士榜出來，我看名次還不錯，待殿試後，我們參加了庶起士的考試，這才回的家。」

何老娘連忙問：「那庶起士可考中了？」

何洌笑道：「祖宗保佑，已是中了，只是名次不大好，庶起士裡比較靠後了。」

何老娘道：「什麼靠前靠後的，中了就管用。」

余幸笑，「就是，不似你頭一遭考舉人，偏生就與孫山差一位。」

何洌想到頭一遭秋闈，不禁笑道：「那會兒就是中了秋闈，第二年的春闈也不敢想的，倒是不中的好。我這跟著羅先生扎扎實實學了三年，心裡方有底。」見俊哥兒在家，笑道：「看來俊哥兒秀才試也中了，是不是案首？」

俊哥兒摸摸鼻尖，道：「第三。」

何洌哈哈笑，「比我當年考得好。」

沈氏問：「你外祖父、外祖母和舅舅、舅媽可好？」

何洌笑道：「都好，阿玄哥已與宋姑娘成親了，這次春闈我們一起下場，阿玄哥也中了，只是沒考中庶起士，現在舅媽都在準備阿絳的親事了。」

沈氏雙手合十，連聲念佛。

何子衿問何洌庶起士什麼時候入翰林，何洌道：「六月初就要入翰林學習了。」

沈氏道：「這自北昌府到帝都就得一個月的功夫，這麼一算，在家也待不了多少日。」

何洌又問姚節訂親的日子，何子衿道：「阿節那裡卜了三個吉日，眼下姚家過來，我估量就是四月中的吉日，你倒是能趕上。」

何洌笑道：「待明天我與姚二老爺一起過去，瞧一瞧阿節。」

何子衿道：「你去吧，我就不去了，我這裡也離不得，待得正日子，我再過去。」

何老娘問孫子：「你這次去帝都，可見著姚家老爺了？」

「如何沒見著，姚家知道我到帝都的消息，姚家老太太親自過去尋我說話，我怪不好意思的，並不曉得原來阿節當年的留書他們沒看到。我要曉得，早就過去了。我同姚家老太太和老爺說了許多阿節在北靖關的事，他們都極是喜悅。」何洌說來嘆氣，「真是陰錯陽差，叫老人家擔了這些年的心。如今阿節得了江姊姊的緣分，也能安安生生過日子了。」

何洌回來，家裡自有一番熱鬧，胡文與江仁當晚就帶著媳婦孩子來了，尤其是大寶，一向是以進士為目標的，對阿洌舅甭提多麼敬仰了，跟他打聽了許多春闈之事。何洌都說：「大寶這般好學，跟阿仁哥半點不像。」當初江仁為了不念書都能離家出走。

江仁笑嘻嘻道：「我也這樣說，大寶在念書上有些像他舅舅。」

何洌與大寶道：「念書自當用心，只是身子也要緊，大寶你太瘦了。我跟你說，其實有許多人，才學比進士也不差，就是考不中，你知道為啥？身子骨不成。貢院裡熬九天能要了半條命，這樣的人便是天縱其才，也難走科舉之路的。」

大寶看看自己細瘦的手腕，「我也想胖些呢，就是胖不起來，您說咋辦？」

胡文笑道：「我給你出個主意，你早上起來先不要急著背書，跟你曾祖母忙活家裡菜園子的事，這樣時間長了，身子定能見好。」

除了胡家，江何兩家都是寒微出身，相對於何家，江家更貧些，是故，江老太太有種田的愛好。如今孫子出息，置了大宅子，江老太太不愛逛那花園，她院裡也不種花弄草，就開了塊菜地，種些時令蔬菜，每天把那兩畦菜當寶貝。

大寶道：「我又不會種菜。」

胡文道：「不會才學呢。那麼難的書都會念，種菜有何難的？」

大寶想了想，也不知胡姑丈說的事靠不靠譜。

大寶聽著長輩們說會兒話，就同重陽他們出去玩了。

江仁也很為長子的身體憂心，甭看長子這麼瘦，全家都沒大寶吃的好，因為家裡就他一人有燕窩吃，還請了竇大夫幫著大寶把了脈，身體問題不大，只是開了副湯藥調理，但大寶這總竹竿兒似的，也的確叫人操心。

大寶是個一心向學的孩子，他自幼天分就不錯，先時他並不覺得身體有什麼不好，只是不像重陽哥那樣健壯罷了，但大寶這孩子有些學歷迷信，以前家裡讓他注意身子，他都不大在意，但新科進士何冽都這般說了，他就覺得得把健身提上日程了。

一大早，大寶還真就去幫曾祖母拾掇菜園子了。江老太太近來看何冽中進士俊哥兒中秀才，正是眼紅的時候，想著家裡子孫都不是念書的材料，這重孫大寶便是很有文昌之相，江老太太這節儉不亞於何老娘的人都打算去太平寺給重孫子在文殊菩薩面前好生燒幾炷香了，如何肯讓重孫子做這些粗活，簡直沾都不讓沾一下，一徑道：「去背書吧，你往常早上不都要背書的嗎？」她老人家還等著重孫子光宗耀祖哩。

江太爺就灑脫多了，笑道：「孩子願意幫忙，也是孝順妳。」

「把書念好就是對我的大孝順了。」江老太太道：「你看阿冽，可真榮光哩。啥時候咱大寶中了進士，我就是立刻閉眼也能瞑目哩。」

江太爺笑呵呵的，「那我可不閉眼，要是大寶中了進士，我得回鄉祭祖。」

江老太太也不提閉眼的事了，的確，大寶剛出息她就閉眼，那大福叫誰享去。

江老太太道：「祭祖也不是你一人的事，咱們得一大家子去。」

大寶聽不下去了，連忙逃出曾祖母的菜園子。

江仁見兒子從老太太院裡出來，還問：「幹完活了？」

「沒，曾祖母不讓我幹，叫我回來念書。」大寶道。

江仁道：「念書是一輩子的事，又不是一時一晌的事，來來來。」領兒子去兒子的小院，他已經給他準備好了，「把花草都除了，改種菜，以後你就在自己院裡種菜。」

大寶連忙道：「我這牡丹月季迎春茉莉的，雖不是名品，也是跟子衿姑媽要的，除了多可惜。爹，您看這茉莉，眼瞅就要開花了。」

江仁道：「哪裡用這般拘泥，種菜要收拾，種花就不用收拾了？我看以前都是婆子幫你收拾花草，以後院裡的活你接手，連帶這收拾花草的事都歸你。正好，革一個婆子的事，還能省一份工錢呢。」江仁頗會算計，就是算計得大寶唇角直抽抽。

別說，幹些力氣活，大寶早飯就格外有食慾。不論什麼湯藥滋補，都不若五穀養人，如此這般下去，大寶非但養成了愛收拾院子的好習慣，身子竟然也有了起色，把何琪喜得不得了。此事叫蔣三妞知曉，蔣三妞笑道：「要我說，大寶得的就是嬌貴病。」

何琪笑道：「他是頭一個孩子，又是兒子，多少好東西，老太太、太太捨不得吃喝，也捨得給他吃喝。這孩子就是太嬌貴了，不若潑辣著養的好。」

蔣三妞道：「還說你們老太太、太太，妳自己就細緻得不得了。」

何琪笑嘆，「不瞞妳，我小時候打記事起就有做不完的活計。後來大些了，我就發誓，以後不論是兒子還是閨女，我都一樣疼惜。可惜沒閨女，那時有了大寶，我心裡就安定了，妳姊夫又是單傳的，我只怕自己也只大寶這一個，看顧他就特別小心。後來有了二寶和三寶，大寶性子都養成了，要他改是千難萬難，現在就是妳姊夫出的這叫他自己收拾院子的主意，我們老太太、太太也很是不樂意呢。我們老太太都是趁大寶不在家，過去幫他掃院子，真真是叫人不知說什麼好。」

蔣三妞聽得都新鮮，「寵孩子也沒這般寵法。」

「可不是嗎？我略說一句，就說我不心疼孩子，好像兒子不是我生的一般。」

家家有本難念的經，好經賴經都得念。

何洌與姚家人往北靖關忙姚節的親事去了，何家也不清閒，自何洌中了進士，哪怕俊哥兒中秀才的事兒不大顯眼，因他有個進士哥，對俊哥兒關注的人也一下子多了起來，尤其關注他的人一打聽，呵，今年的新秀才哩。

於是，沈氏除了應對各路打聽俊哥兒婚姻的女眷，還要應對各路官媒。

江念都與子衿姊姊道：「我看，過幾年得給岳父家打個鐵門檻兒送去，不然那木門檻兒可禁不住媒人們這般踩。」

何子衿笑道：「你少打趣，俊哥兒正為這事兒著惱呢。」

「這有何可惱的，俊哥兒前年就說娶媳婦就要娶俊的呢。怎麼，如今改了主意？」江念慢慢呷著新茶，「俊哥兒這也到了該說親的年紀了。」

「是啊，本來咱娘挺高興的，就打算他這中了秀才給他議親來著，而且，相看了好幾個閨秀，有那麼兩個合咱娘的心意，可這小子不曉得犯了什麼病，硬是說不中進士就不議親。又不是讓他立刻成親，他要是想放幾年，先訂親又沒妨礙。」何子衿也頗為煩惱。

江念問：「是不是俊哥兒有意中人了？」

「沒有，他要是看上誰，只要說出來，爹娘又不是古板性子，哪能不遂他的心意？」何子衿道：「看他那樣，現在就想著阿洌去帝都的時候一塊跟著去玩呢。」

「那就是還沒成親的心。」

「我覺得也是。」何子衿道：「你說稀奇不，自阿洌這中了進士，連鹽課王提司家的太太都跟我打聽過俊哥兒的親事，以前她可最是看我不順眼。」

江念道：「她家閨女不是女學沒上成嗎？」

何子衿道：「不全是考試的事兒，王大人家原是有兩位姑娘考試，大姑娘考上了，二姑娘沒考上。這也不是什麼大事，結果王太太哪位姑娘都沒叫來上學，還明裡暗裡說我壞話。我是不與她計較罷了，現在她還打聽俊哥兒。她是休想，就憑她這為人，俊哥兒要是有她這麼個丈母娘，真倒八輩子楣了。」

江念笑咪咪地聽著子衿姊姊說些女眷間的八卦，想著以後兒女成親，怕子衿姊姊也要這般挑完婆婆挑丈母娘的吧。

何洌是帶著兒子媳婦一起去北靖關的，原本余幸還不放心把孩子帶出去呢，何洌道：「咱們去帝都，難道不帶著阿燦？我可捨不得跟兒子分開。北靖關又不遠，帶去給阿節瞧瞧，我與他早說好了，以後要做兒女親家的。」

余幸被丈夫這胡亂給兒女許親的事氣得沒法子，道：「你又這樣，說都不與我說一聲，就把兒子的大事給定了。」

「怎麼了，阿節挺好的啊！我與阿節的交情自不必說，妳與江家姊姊也認得。咱們兩家原就是極好的，做兒女親家最好不過。」何洌一副理所當然的模樣。

余幸道：「以後再不准隨便亂許姻緣了，兩家交情好是交情好，可以後也得看孩子脾氣性情可還相合。現在就一個阿燦，給你許出多少人家。以後姚家要結親，姊姊家也要結親，你有幾個兒子？」

何洌道：「這急什麼，姊姊五年生一回，這次是不成了，咱家明年就有老二了。」

看他這無賴模樣，余幸硬被氣笑，「還進士老爺呢，說話沒個章程。你記住我的話，再不准亂許婚姻，知道不？咱們大人好是大人好，可萬一以後孩子們性子不合，現在許下親事，以後要不要結親？結親吧，孩子們不樂意。不結親吧，是不是有害交情？」

「知道知道。」何洌懶洋洋地應了，一看就沒入心，余幸好一番氣惱。

到了北靖關，何洌自然要帶著媳婦兒子與好友相見，姚節見著何洌比見著自家二叔二嬸都歡喜，老遠就抱拳道：「哎喲，何翰林駕到，有失遠迎！」

何洌笑著還禮，也是裝模作樣道：「哪裡哪裡，特來恭賀姚千總。」

兩人說著就笑起來，姚節又與叔嬸見禮，還有余幸，姚節一向口稱弟妹，見著阿燦格外歡喜，接過抱在懷裡道：「這就是我女婿吧？」

「長得俊吧？」何洌很是自豪。

阿節道：「以後我閨女也醜不了。」話音未落，阿燦的小手嗖嗖就拔了姚節頭上的玉簪，那手快得，姚節脖子後仰都沒逃過阿燦的快手，「嘿，這小子有武林高手的天分啊！」

「現在沒個老實時候。」何洌去拿兒子手裡的玉簪，小孩子到手時的東西，不見得多喜歡，卻是再不肯鬆手的。姚節笑道：「這是女婿的見面禮。」又同何洌道：「一會兒你收好，算是咱們兩家以後做親的憑證。」

何洌當即應了，看一眼余幸，余幸自頭上拔下一支步搖，何洌接了，給姚節道：「這個是我給兒媳婦的。」

姚節高興地揣懷裡，以免被阿燦拿了去。阿燦就一顆大頭趴在姚節胸前拱啊拱地尋找步搖，拱得姚節直念叨：「哎喲，他這是要吃奶吧？」鬧得一屋子人都笑翻了。

余幸忙上前接了在懷裡，很有些不好意思，姚二太太笑道：「你們男人在這裡說話吧，今兒天氣好，我們去園子裡逛逛，也看看你這宅子收拾得如何了。」

姚節道：「有勞二嬸和弟妹了。」

姚二太太笑，「客氣什麼，都不是外人。」與余幸帶著阿燦去園子裡逛了。

姚節想到自己的親事便滿面笑意，還問：「子衿姊姊沒來？」

「我姊家裡那一大攤事兒還好說，就是阿念哥自己在家帶孩子不成，正日子她才過來。我先過來幫你操持一二，省得你不懂這訂親的門道。」何洌笑呵呵的。

「我啥門道不懂，不過，的確是要一個會念書的來旺一旺我，以後好叫我兒子也能文武雙全。」姚節人逢喜事精神爽，「前兒邸報來的時候，我就見著了春闈榜單，知道你在榜上，我跟阿涵哥都極歡喜，還在一處喝了一回，這也不枉你念這許多年的書了。」

何洌道：「咱倆算是雙喜臨門，你與江姊姊的事，我在帝都才曉得的，不枉你苦等。」

姚節道：「我既是心誠，自然能叫江妹妹看到。」又同姚二爺問了家裡長輩們可好，主要是關心祖母姚老太太。姚二爺笑道：「都好，老太太和你爹知道你有了出息，親事也有眉目，都歡喜得不得了。往年你祖母春夏總要病一場，今年身體啥事都沒有。你捎回的紅參鹿茸，請了咱家慣用的大夫，慢慢調理著。紅參這東西，的確是養人，老太太現在就惦記著你的親事，讓你二嬸與我帶了不少老太太給的好東西過來。」

姚節嘆道：「只要祖母身子康健，我就放心了。」對他爹一句沒提，至於他的親事，姚節道：「有勞二叔和二嬸了。」

姚二爺笑，「我們過來就是忙你這事的，有什麼麻煩？你爹是衙門事忙離不得，不然他就親自來了。」還是得為大哥說幾句好話。

何洌也道：「姚大叔很是惦念你，這幾年沒你的信兒，還張榜發賞銀尋你哩。我是不曉得這事，我若曉得，早去揭榜掙銀子去了。」

姚節縱使對他爹有意見，聽聞此事也頗覺好笑，「何至於此？」

姚二爺道：「等你有了兒子，就曉得這做父親的心了。你弟弟他們在家，也常把我氣個不行，我恨起來恨不得一人一棒子敲死。只是，這話也就是說說了，哪裡就真心捨得？再者，長子與其他兒子又不一樣，在做爹的心裡，長子是要承續宗嗣的，重中之重。你祖母聽說你的消息，以前的老病都轉好，你爹這口氣一鬆，反是病了一場，我來時天暖這才見好。」

一席話說得姚節也沒了言語，他小時候是被繼母有意養壞的，不過，他跟他爹的感情也沒好到哪兒去，當然，姚節也得承認，他小時候也不大討他爹喜歡就是了，時常給他爹找些麻煩。

姚二爺這話也只是點到為止，姚節就請二叔一家與何洌一家在自家安置下了。晚上，姚二爺還是尋侄子祕談了一回這親事，不為別個，就是江姑娘這命硬的事兒，在北靖關當真不是啥祕密，姚二爺上次來北靖關一直住到過完年才回的家，對於江姑娘剋死兩任未婚夫之事早有耳聞。這事原本只是當八卦聽的，沒想到侄子送回家的信就是要與這位江姑娘訂親，姚二叔是個沉得住氣的人，這事誰都沒說，只是悄與自家大哥提了提。

姚大人思量許久方同自家弟弟道：「這孽障既然信都寄回來了，親事便是八九不離十。咱們讀聖賢書的，倒不大在意這些命格之說。要真按命格來說，阿節去北靖關打仗這幾年，倘是命格一般的，早就交代了。這事莫再與他人提，尤其老太太面前，一句都不要講。二弟待去了北靖關，問一問那孽障可曉得此事。倘他曉得，該結親還是結親。」

姚二爺得了長兄的交代，自然要問侄子一聲。

姚節直截了當道：「那些不過無稽之談，二叔不必放在心上。」

姚二爺就曉得侄子的心意了，也不再多勸，而是道：「你既是曉得，以後便不要聽信小人之言，不許在侄媳婦面前提此事。」

姚節還以為二叔是勸他慎重親事呢，不曉得二叔竟是這樣一番言語，姚節道：「二叔放心吧，我與江妹妹相識這些年，彼此什麼性子都是曉得的。」

姚二爺笑，「那就好。」想著要不要去廟裡求個平安符給侄子帶著，以保侄子平安。

說到符這種東西，余幸晚上還與丈夫說：「你走以後，我就惦記著你路上可還安穩，後來你自帝都寄回書信，我方放心了。待得春闈那幾日，又是睡不安穩，頭一天夢到你落榜了，第二天又夢到你金榜題名，也不曉得是個什麼意思。虧得大姊姊會解夢，時常寬解於我，還送我這玉符，我自從壓枕下，晚上再沒有做過那些亂七八糟的夢了。」

何冽接了玉符看了又看，也沒看出有什麼神道來。別看他姊是個小仙，何冽對於這些神道之事是半點不通的，只是道：「那妳就帶著吧。」姊姊給的，肯定是有用的。

余幸道：「以前聽祖母說大姊姊會占卜，我都不大信服，經你春闈之事，我實是服了，大姊姊占卜可準了。」

何冽很是為自家姊姊的本領驕傲，「以前小時候大姊在咱老家，闔縣都有名氣的，那會兒尋大姊占卜都要排號，還有倒賣咱家號牌的。號牌原是免費領的，就有人提前領了號牌，然後倒賣給需要號牌的人，那些心急的，就能早些過去卜了。後來看這樣不成，大姊就說一個號牌要交五兩銀，這樣還是有人來倒賣號牌，後來大姊就不樂意再卜了。」

余幸聽一回大姑姊的神通，又問丈夫：「當初跟你說了，讓你去帝都住我娘家的，屋子都給你收拾好了，如何非要住到舅舅家別院去？」

何冽道：「一則念書清靜，二則也是為了去進士堂聽一聽春闈的門道。岳父岳母的好意，我都曉得，我也時常去向岳父岳母請安，就是祖父祖母兩位老人家，也很是惦念咱們。」

余幸卸了釵環，梳理一頭長髮，道：「那這回我可得跟你一道去帝都。」

「這是自然，不是早說好了嗎？」何冽道：「回來前我已與租住咱們宅子的那家人說好，宅子讓他們五月前騰出來，咱們到帝都就有宅子可住。」

余幸道：「就是臨通濟街的宅子吧？」說來，這套宅子的位置很是不錯。

「嗯。」何冽提前與妻子說了，「那是舅舅給姊姊的，不過，咱們住著也無妨。」

「那是姊姊的宅子啊？」余幸還以為是婆家的呢。

「是啊！」何冽道：「舅舅置宅子時，正好兩處相臨，都是四進大宅，舅舅就都買下了，送了姊姊一處。」

余幸不解，「這事兒多稀奇啊，舅舅就算送宅子，也該是送給咱娘才對呀。」補貼娘家姊姊，這是常事，哪裡有越過姊姊，直接補貼外甥女的？

何冽道：「妳不曉得其中緣故。」就把當年姊姊賣花賺了銀子給舅舅寄錢的事說了，「那會兒不論咱家還是舅舅家，日子都艱難。咱家還好些，老家有宅子有地，吃喝能用多少錢，也就是一家子念書花錢最多。舅舅剛到帝都，一大家子連宅子都是租朝廷的。家裡就是再有心，也幫不上舅舅的忙，正趕上姊姊那花兒賣了大價錢，就給舅舅寄了些銀錢。舅舅開了進士堂，有了生計，日子也好過了。後來那銀子舅舅都還了姊姊，還給姊姊置了處宅院。」

這也是大姑姊好心有好報，余幸聽了也沒別個話，道：「這是咱們兩家的情分了。」

「是啊！」何洌道：「先時咱爹和阿念哥來帝都春闈，索性一大家子都來了，要不是有舅舅給的宅子，一大家子雖然也能安置下，卻不知要多添多少花銷多少麻煩呢。」

余幸悄悄打聽：「我怎麼聽說，當初舅舅是相中了大姊姊的？」

「別胡說，舅舅一家很早就去了帝都，阿念哥和姊姊青梅竹馬長大，姊姊剛及笄，他們倆就訂親了。就是到了帝都，阿玄哥早早就議定了宋翰林家的閨秀。」

「我就是奇怪，咱家與舅舅家、姑媽家都這般親近，當初怎麼沒親上做親？」余幸嫁到何家這幾年，也是聽了一些八卦的。

「離得遠唄，家裡就姊姊一個閨女，因著姑媽是遠嫁，姑丈天南海北做官，多少年多少年的見不著。祖母經著姑媽了，就說定要給姊姊在咱們縣裡尋一個，還要住得近的。當時阿念哥一聽，立刻置了宅子，就買在咱家祖宅後頭，再沒有比他更近的了。」何洌說著就笑起來，余幸聽著也覺好笑。

余幸道：「其實我在帝都也陪嫁了處小宅子，不過不比姊姊的宅子大，只有三進。」

何洌道：「這我倒不曉得，要早知道，咱們住妳那宅子好了。咱家就這麼幾口人，四進宅子實在太大了些。」

余幸是住慣了大宅子的，當初就嫌婆家宅子小，死活要建花園子，聽丈夫這話就不大認同，道：「哪裡大來著？咱們人雖不多，下人可是不少。再者，俊哥兒眼瞅著後年秋闈，大後年春闈，屆時到了帝得總得有住的地方。我還說我陪嫁的那處小了呢，當初沒想到這麼快就回帝都，這次回去，叫我娘給我換處大宅子。」

何洌忙道：「可別這樣，哪裡有出嫁的閨女還開口跟娘家要宅子的？叫岳母曉得，得要說我養不起妳了。」

余幸笑，「這可怎麼啦，又不是跟外人要。」

「妳別張這個口啊！」何洌道：「岳母沒什麼，大哥二弟多半也不會多說，可到底有大嫂弟妹呢。妳這嫁都嫁了，咱家又不是沒住的地方，以後我自會做官置下家業。待咱們有了，多孝敬岳父岳母還罷了，不許去要，知道不？」

余幸聽這話，很是甜蜜，笑道：「都聽相公的。」

「這就對啦。」何洌拉了媳婦坐床上去，「不過，妳以後也得學著節儉度日，不要像以前那樣奢侈才好。明年有了阿炫，咱們得給兒子攢下些個呢。」他連二兒子的名字都取好了。

「我能不曉得這個？」余幸道：「現在連龍涎香也不用了。」

何洌揭她老底：「咱阿燦聞不得那味兒。」

余幸直嘆氣，拍一巴掌在阿燦裹著尿布在床上拱來拱去的屁股上，道：「這小子也怪，香味略微不合他心意就要鬧。」兒子不愛聞龍涎香的味兒，硬叫當娘的改了習慣。

「要不說是我乖兒子呢。」何洌抱起兒子親了兩口，「阿節給的玉簪可收好了？」

「收好了。」

何洌他們去北靖關未久，江仁與蔣三妞也一起去了北靖關，江仁是給江奶奶送時興的綢緞去的，江贏大婚的嫁妝，必有時興錦緞的，這會兒再著人去江南採買已是來不及，江夫人便自江仁的鋪子裡採購了一批，蔣三妞則是去送江贏訂親時的幾套衣裙。

江奶奶一向爽快，手下管事驗了貨，直接帳房就結了銀子。見閨女訂親的衣裙做工很是不錯，江奶奶笑道：「妳這針線是與薛大家學的，她的針線實是一等一的好，就是在帝都城，比她好的也不多。」

蔣三妞道：「師傅在針線上的功夫，常人所不及。我們比起師傅，還是略遜些的。」

「妳們師姊妹也算得她真傳了。」江奶奶年輕時也在李大娘的鋪子做過針線，雖然針線做得尋常，但眼力是極好的，「妳們繡莊上的針線，又帶了些蘇繡的意思。」

蔣三妞道：「蘇繡時常有新針法聞世，如今我與師姊動手都少了，但見了好的蘇繡繡件還是愛不釋手，都會學一學。」

江奶奶點點頭，結帳給了賞銀，就打發蔣三妞下去了。

北靖關的社交場因著江贏的親事都忙碌起來，如蔣三妞和江仁這等與將軍府有生意往來的自不消說，還有不少人家聽說紀大將軍嫁女，總要備上一份厚厚的賀禮才是。只是，也有不少人家嘀咕，他們倒不是捨不得賀禮，就江姑娘這命數，縱這賀禮備好，也不曉得有沒有機會送出去呢。

何子衿也準備了一份頗是豐厚賀禮，就是何家也備了禮，想著到時讓何子衿一起送去。

何子衿剛看完禮單，就見丸子進來稟道：「太太，巷子裡趙陸老翰林家的三太太打發管事媳婦過來請安。」

「陸家？」何子衿過一時才想起來，當初買的這處宅子是鄰街的好地段。這條巷子因都是四五進的大宅，一條巷子只有六戶人家，其中就有陸家。陸家老爺子聽說是在帝都做翰林的，他家的宅子原是賃出去的。何子衿問：「是陸老翰林回來了嗎？」

丸子道：「前幾天見他家在收拾屋子，聽說今兒已是到了，陸老翰林致仕回鄉。」

何子衿點點頭道：「讓那管事媳婦進來吧。」

來的是一位年約三旬的青裙婦人，向何子衿請了安，道：「奴婢莊林家的，家主人新近致仕回鄉，後日設酒，想請諸鄉鄰一聚。太太若有空，只管過來。」說著雙手奉上請帖。

丸子上前接了帖子奉予自家太太。

何子衿打開來略看一眼，笑道：「有勞這位莊嫂子了，我近來庶務纏身，也不曉得妳家老太爺老太太回鄉之事。與妳家太太說，屆時我一定過去。」略說幾句，就打發了這媳婦。

何子衿問：「妳怎麼沒與我說陸家之事，到底是街坊，我竟不知陸老翰林回鄉之事。」

丸子道：「先時他家搬搬抬抬的，我打聽著說是陸老翰林要回鄉，原想著待陸老翰林回來再與太太說不遲。沒想到陸老翰林這般低調，也沒見有大動靜就回來了。」

何子衿道：「罷了，今兒不是莊子上送些早杏過來嗎？我嘗著挺甜的，妳收拾兩籃，送去給陸家老太太、太太，就說是咱們莊子送來的，請她們嘗嘗。」

丸子領命去了，何子衿叫過小河，讓她備份簡單的表禮，屆時去陸家吃酒用。

丸子去這一趟，就不只是送杏子，連帶著把陸老翰林家的事都打聽了，回來稟道：「陸老太太年紀與咱家老太太差不多，衣飾很是素樸。陸家有三房子孫，長房和二房都在外做官，不過聽說陸大老爺只是舉人出身，陸二老爺是秀才出身，都是捐的官兒。陸三老爺未出仕，就在陸老翰林與陸老太太膝下盡孝，跟著陸老翰林和陸老太太回來的就是三房一家子。

陸三太太年歲較太太略年長些，膝下有二子三女，兩位小爺沒見著，倒是見著他家三位姑娘，皆是斯文女兒家。」

何子衿便知道去陸家吃酒要如何準備了。

待江念傍晚回家，聽說陸家人回鄉之事，江念還道：「陸老翰林一手花鳥畫是極好的，彼時在翰林修書，我們也是認得的。」

何子衿笑，「那就更好了，你們不止是舊交，還是鄰居。」

陸老翰林老家親戚朋友自是不少，更不必提陸老翰林也是北昌府文化界的知名人士，當日陸家設酒，頗是熱鬧。何子衿也見到了陸老太太，很是慈和的一位老人家，便是他家的幾個孫女，也應了那句「腹有詩書氣自華」的詩句，秀氣又斯文。

可以說，陸家是何子衿所見過的，最有書香氣質的一家人了。

何子衿都與江念道：「書香門第當如是。」

江念道：「我更喜歡咱家，孩子們活潑。」

何子衿深知江念這毛病，在江念看來，誰家也沒自家好。

何子衿覺得陸家人氣質出眾時，陸家人其實也在點評江同知一家。

陸家是北昌府當地人，雖多年沒回老家，打聽起事情來著實不慢，尤其江太太何山長也是北昌府女眷中的知名人物。陸三太太同家裡老太太道：「剛一回家就聽說了女學的事兒，我以為江太太得四五十歲呢，不想這般年輕。」

初時陸三太太見何子衿這般年紀，還以為江太太是繼室，不想僕從打聽回來的消息是，江太太就是原配，那江同知的年紀還較江太太小兩歲，可想而知江同知多麼年輕了。

陸家老太太道：「江同知是太宗皇帝時的探花出身，記得他中探花那一年也不過十六歲，是國朝最年輕的探花。江同知人雖年輕，卻是個有能為的。說來，江同知與妳父親還曾同在翰林為官呢。他岳家就是江太太娘家何家，何家老爺也是翰林出身。」

這些事陸三太太倒是不大清楚，主要是陸三老爺是個白身，不比陸老翰林在翰林院幹了一輩子的。不過，陸三太太消息也是極靈通的，當即道：「聽說這位江太太的娘家兄弟今科春闈也是榜上有名，考進了庶起士。」

陸老太太微微頷首，「可見是書香人家。」

陸三太太很喜歡江何兩家這樣的人家，無他，物以類聚，人以群分，陸家翰林門第，自然也喜歡與書香門第來往。何況住同一條巷子，彼此又是鄰居，要親近起來，也很容易。

陸三太太還著人打聽了女學的事，女學現在在北昌府是名氣正盛之時，陸家僕從打聽回來的也多是好話，只是陸三太太聽到一年要二百兩束脩，不禁望而卻步。

不過，兩家還是漸漸開始有所往來了。

何子衿與江念都是好相處的，尤其江念，特別能與陸老翰林說到一處去。陸老翰林善工筆花鳥圖，學識自不必說，這是搞了一輩子學問的老先生，縱致仕時的官職不高，但滿腹學識亦得人敬重。江念自幼天資過人，探花出身，琴棋書畫四樣，唯棋書兩樣比較出眾，畫畫他是不大懂的，不過，看還是極會看的。江念不會丹青，主要是由於少年時期家境不大好所致，學畫是一項大開銷不說，碧水縣也沒太好的先生教這個。倒是阿曄，自幼受朝雲祖父熏陶，朝雲祖父那一手畫技都傳給阿曄了，連阿曄寫的那《降龍伏虎記》的話本，裡頭的插畫都是阿曄自己畫的。

所以，陸老翰林見著阿曄，如見至寶，很樂意自家孫子與阿曄結交。

就是陸三老爺，雖年紀比江念略大些，與江念也說得來。很明顯嘛，一個官場中人，一個本地士紳，大家都不是蠢的，能交好自然要彼此交好。

相對於江家父子與陸老翰林的交情，何子衿偶爾也會帶著阿曦去陸家串門，阿曦就與陸家姑娘不大合得來了，主要是人家都是斯文人，阿曦自幼活潑，還很臭美，不知低調。因著蔣三妞是開繡坊的，蔣三妞又沒個閨女，自蔣三妞開了繡坊，阿曦基本上沒怎麼在家做過衣裳，都是蔣三妞令繡坊裡的繡娘給她做的，蔣三妞還特捨得，一件繡桃花的裙子，那桃花瓣裡的花蕊都是用小水晶珠子縫進去的，陽光下閃閃發光。阿曦因為有開繡坊的姨媽，時常引領北昌府閨秀界風尚。當然，這種引領不是沒有作用的，阿曦穿出新式的衣裙，學裡的同窗就會打聽，阿曦還是很會幫姨媽的繡坊做廣告的，如此，蔣三妞繡坊客戶增加不少。

阿曦這種臭美的性子，不大與陸家詩書傳家的家風對路。就如柳知府家的幾位姑娘，也與阿曦不大說得到一處。好在她近來上學，頗多長進，雖然不是淑女性子，裝裝樣子還是會的，但去了幾次，她就不大愛往陸家去了。何況阿曦也要上學，時間並不很多。

倒是陸家老太太、三太太都對江家龍鳳胎、雙胞胎很感興趣，龍鳳胎阿曄阿曦都大了，雙胞胎卻正是招人疼的時候。不知是不是雙生子的原因，雙胞胎說起話都是異口同聲，偶爾何子衿帶了雙胞胎過去，非但陸家老太太、三太太喜歡，他家三位姑娘也都很喜歡。

陸老翰林回鄉之事，沒幾天何家也知曉了，畢竟以前在翰林院做過同僚，沈氏也到陸家走動過幾次，私下同閨女商議：「妳看陸家大姑娘如何？」

何子衿道：「挺斯文的，我去陸家時時常陪著說話，聽說現在跟陸家三太太學著管家，女紅什麼的也不錯。有一回我去了，趕上陸家大姑娘做湯水，可見她廚藝也是通的。」

沈氏一合掌，道：「我瞧著那姑娘也好，妳看，她與俊哥兒可般配？」

何子衿想了想，道：「倒也配得。雖然陸三老爺無甚官職，聽阿念說也是個懂禮之人，他家裡內闈也算清明，陸家三房幾個孩子都是嫡出。說來，我單是喜歡陸家這股書香氣，俊哥兒以後也是要往科舉路上走的，我爹也是翰林出身，要是做親，說得上門當戶對。」

「我也這般想。」沈氏頓覺閨女貼心。

何子衿道：「娘，您也問問俊哥兒的意思，這親事還是得小倆口性子相合才好。」

「我看他沒有不樂意的，陸大姑娘多斯文的一個姑娘啊，娶媳婦，可不就是得娶這樣斯文懂禮的？」沈氏經過余幸那種大小姐脾氣，雖現在長子與媳婦已是和睦非常，但沈氏還是想著，給二兒子娶媳婦，定要娶個溫柔賢淑的。

沈氏先同閨女說了番私房話，回家又同丈夫商議，何恭道：「陸老翰林善工筆花鳥，極有學識，他家孫女定是不錯的。」又問妻子：「不過，性情什麼的，還是得打聽一二。」

「我已打聽過了，還親自見了好幾遭，那閨女還沒訂親呢。聽陸三太太說，原是想在帝都說人家，可陸老翰林接著就致仕了，想著閨女若留在帝都，離爹娘太遠，就打算回來再議親事。陸家姑娘今年十五，剛到及笄之年，與咱們俊哥兒，算得上同齡般配。我問咱閨女了，這陸家姑娘針線女紅廚藝俱是通的，難得那舉手投足就透出股大方穩重來。」沈氏道。

何恭道：「那妳就委婉同陸家提一提，俊哥兒今年還要去帝都，倘是陸家也願意，不若在俊哥兒去帝都前定下親事。」何恭對兒子也是很有信心的，長子是進士，次子也中了秀才，三子年紀尚小，也知道上進，「俊哥兒性子跳脫，是要尋個溫柔大方的媳婦才好。」

「我也這麼說呢。」沈氏笑，「我得要問一問俊哥兒，這小子不比阿洌懂事，這親事還是得他樂意才成。」

因要給二兒子張羅親事，沈氏這些天頗是精神抖擻。

只是沒幾日，沈氏就一臉愁悶地去了閨女家，拉著閨女的手道：「幸而我有個閨女，要不就憋悶死我了。」說著順了順氣，恨恨道：「妳說，養兒子有什麼用，淨是給我找氣生！」

「娘是怎麼了，阿洌不在家，肯定得罪不著您，莫不是俊哥兒、興哥兒叫您生氣？」

沈氏一說這些就是一肚子的氣，「妳說說，那陸家姑娘有什麼不好？我瞧著極好的閨女，也不知那混帳東西是犯了什麼病，硬是不樂意。」

何子衿有些詫異，「俊哥兒不樂意？」

「這混帳東西！」沈氏咬牙切齒，「眼瞅著一年大似一年，他到底要什麼樣的？這麼挑下去，好的都叫人挑沒了，以後就得往剩頭裡挑了。」言語間很怕兒子錯過行市。

何子衿知道她娘為俊哥兒這親事操碎了心，打好幾年前就留意北昌府的閨秀，出身太高的攀不上，與何家門當戶對的人家，也是有幾家不錯的閨女。俊哥兒不曉得怎麼回事，總是不樂意，何子衿道：「要不，待阿念回來，讓阿念去問問他。這不樂意也得有個理由，也得知道他到底樂意什麼樣的，以後好朝著他樂意的去幫他找。」

沈氏嘆氣，「真是我上輩子的冤孽，人家八個兒子娶媳婦也沒他一個叫人操心。」

何子衿晚上同江念將俊哥兒這親事說了，道：「咱娘給他相看四五個了，他總是不樂意，我不好問他，你私下問問俊哥兒是不是心裡有人了。」

江念倒不這樣認為，「能有什麼人，俊哥兒先前一直念書來著，我看他是還沒開竅呢。」這男人要是有了心儀之人，不必人說，便會自己展開行動的。像他對子衿姊姊就是如此，所以將心比心，他認為俊哥兒是還沒開竅。

何子衿道：「不至於吧，看俊哥兒不像那不開竅的啊！」

「待我問問他就曉得了。」江念道：「說來，陸家這親事其實不錯。」

「我說也是，陸家家教家風都好，就是陸三太太也性子平和。」何子衿道：「可惜咱阿曄還小，比陸家三姑娘還小三歲，不然我倒願意同陸家做親。」

「三歲不算大，女大三，抱金磚。」江念道。

「那等孩子們大了就看看，倘合適，就給阿曄定下。」

江念笑，「這也成。」

江念一向關心小舅子，沒幾天就給子衿姊姊帶了消息回來，俊哥兒不是不開竅，只是依俊哥兒的意思，他娘給看相看姑娘長得一般，他不大喜歡。

何子衿聽這話，真個氣得倒仰，「世上哪有那麼多天仙啊？」

江念道：「我也這樣與俊哥兒說，俊哥兒還說我飽漢子不知餓漢子飢……」

聽這話，何子衿道：「越發不著調了。」這叫什麼話？人家陸姑娘也不醜，眉目清秀，當然，要說美女，也稍微有點距離，可這人也不能只看相貌啊！

江念道：「我想了想，俊哥兒這話不是沒有道理。」見子衿姊姊拉下臉來，又道：「姊姊聽我說，俊哥兒這般年紀的少年，正是慕少艾的年紀。他說喜歡好看的，這是實誠話。依我看，俊哥兒今年十六，年紀還不大，不若再放兩年，待他大些，穩重了，就曉得人相貌雖重要，最要緊的還是得德行好。」

何子衿道：「也只得如此了，他總是不樂意，也不能硬按著給他訂親。」

不必何子衿跟她娘說，俊哥兒早在他娘跟前直抒胸臆了，主要是，因他不同意親事，他娘看他總沒好氣，還沒事總嘮叨他，俊哥兒被他娘嘮叨煩了，就直接說了，「不說別人家，阿念哥跟我姊都長得俊，就是大嫂也是個美人兒，幹嘛總給我說那長得醜的，我長得醜嗎？是不如阿念哥，還是不如我哥啊？」

沈氏被他氣得頭疼，她哪裡有給兒子說過醜姑娘啊，都是極斯文溫柔的姑娘。當然，如果俊哥兒是拿他姊做標竿的話，那他娘給他說的幾位姑娘，相貌比起他姊是略有不如，可也沒到醜的地步。

沈氏道：「看人哪能只看相貌，要是性子不好，品行有問題，長成天仙又如何？」

「我姊性子不好？」俊哥兒道：「娘，您就照著我姊那樣的尋。我也不要翰林家出身的小姐，就要長得好、品格好、會燒菜，還會理家的，也不要求一定要生龍鳳胎雙胞胎。」

沈氏氣笑了，待閨女來家裡跟她說阿念打聽出的俊哥兒對親事的要求時，沈氏已是知道了，與閨女道：「真是不曉得這小子怎麼想的，世上哪有跟自家姊妹一模一樣的。」

何子衿笑，「都是孩子話，俊哥兒看我好，是因我從小管著他。就是有個跟我一樣的，他不了解人家，多半也覺得人家不好。」

沈氏真覺得閨女就是她的貼心小棉襖，嘆道：「妳說，他這親事可如何是好？」

何子衿道：「我看俊哥兒一時沒這個心，不如再等等。他既喜歡相貌出挑的，就看一看那好相貌的閨秀，便是出身略比咱家不如，只要人好，也沒什麼。」

「妳哪裡曉得這親事的不容易。我不是沒見過相貌好的女孩子，不說別人家，杜提學家就有位五姑娘，相貌生得極好，只是那姑娘是庶出。嫡庶暫且不論，單看這個人，那姑娘就沒有杜家正出的四姑娘穩重，嬌怯得很，聽說很有才，會作詩，但家裡庶務一應不懂，我帶著阿曦去他家做客，都是四姑娘帶著她招呼阿曦，有一回還笑話咱們阿曦字寫得不好。妳說說，她多大，阿曦多大？她是提學家的姑娘，阿曦又不是個小氣的，我也沒與她計較，何況小孩子家在一處，拌個嘴爭個強也不是什麼大事。可這性子就瞧出來了，光有個好相貌有什麼用？」沈氏道：「就是眼下，得了男人喜歡，以後有了孩子，能把孩子交給這樣的母親帶嗎？俊哥兒年紀小，就貪人家姑娘好看，哪曉得這成親是一輩子的大事，關係到子子孫孫呢？」

何子衿道：「不若暫放一放吧，俊哥兒自來不如阿冽穩重，待過兩年，秋闈之後，他也十八了，再議親事不遲。」

沈氏嘆，「只得如此了，不然我到處打聽，別人也不是傻瓜，還以為咱家眼界多高。」

何子衿寬慰道：「好飯不怕晚，您看阿節，先時誰能料到他的姻緣在江妹妹這裡。」

沈氏一笑，「阿節與江姑娘的緣分，當真應了那句老話，千里姻緣一線牽了。」

何子衿笑，「可不是嗎？眼瞅他們訂親的日子就要到了，我後兒個就過去，娘，您備的禮給我，我一塊帶過去。」

沈氏道：「阿念現在有同知衙門的事，哪裡都去不得，叫俊哥兒送妳去吧，反正他在家也淨是叫我生氣。」

何子衿笑道：「俊哥兒一準樂意。」

「這倒是，外頭跑跑顛顛的事兒，他都樂意得緊。」

果然，與俊哥兒一說，俊哥兒很爽快就應下了，還把自己新做的幾身袍子找出來，準備參加姚節訂親禮時穿。俊哥兒相貌較長兄更俊秀些，實不愧俊哥兒之名。

他很高興與姊姊一起出門，還同姊姊念叨了回自己的親事，俊哥兒託他姊道：「姊，妳跟娘說一聲，別總給我說那醜的。我雖不要什麼天仙美女，也不能娶個醜媳婦，不然以後孩子生出來也不好看。」他竟然還懂一點遺傳學。

何子衿哭笑不得，「這是哪裡的話，咱娘幫你說的，哪個不是清秀女兒家？」

「我要的起碼是俊秀的才成。」

何子衿道：「再俊秀的人，也有老的那一日。」

「沒事啊，她老，我也會老，一起變老又無妨。」俊哥兒道。

聽俊哥兒這話，這小子雖喜歡漂亮的，卻不是那等花心之人。何子衿笑，「成，到時我跟咱娘說，一定幫你尋一個再漂亮不過的好姑娘。」

俊哥兒眉開眼笑，深覺還是姊姊懂他。

到了北靖關，何子衿就沒空想弟弟的親事了，她依舊是在何涵家安置的。姚節倒是想何子衿住他府上，何子衿笑道：「沒聽說過媒人住男方家裡的。」不過，她雖是媒人，但姚家行六禮之事，還是請了北靖關有名的官媒跟著一道辦的。

何子衿見過何涵的家人，又去過姚節那裡，方往將軍府遞了帖子。待將軍府回了話，何子衿過去向江奶奶請安，還順道見了江贏一面。江贏因是要訂親的人了，身上自是有一股喜氣，只是眉宇間又帶了幾抹憂色。何子衿勸慰她道：「這都要訂親了，妹妹還有什麼放不下？不妨與我說一說，別積了事在心裡才好。」

江贏也沒什麼放不下的，姚節待她的心意，這幾年看得清楚。要說真正放不下的，除非是那莫須有的命格，江贏道：「我不擔心自己，就是擔心他。」

何子衿笑道：「這妳只管放心，我早就幫你們算過，你們八字再合適不過，必是妻賢夫顯貴的命數。我看過妳的八字，命裡並無凶相，只是少時坎坷，族親無靠。倒是阿節的八字，有兵煞之兆，他的八字尋常人壓不住。倘你們八字不相合，我哪裡會給你們做媒？」

江贏不通八字卜算之事，聽何子衿這神叨叨一說，不由道：「不瞞姊姊，我先時兩次姻緣也都合過八字。」這要是八字真的相合，前兩次怎麼人都沒了呢？

何子衿道：「這麼說吧，平常百姓家也有這樣的事，尚未成親，一方突然過世，先不說這原不是什麼稀奇的事，還有那樣的夫妻，貧賤時一路扶持過來，好不容易家境剛有起色，女人突然生病過世，這就是俗語說的無福。不說尋常百姓，富貴人家難道就沒有了？我聽說就是太祖皇帝，真正的元配只是一個村姑，那村姑在太祖皇帝未就過世了。妳說，這是不是無福呢？世間這樣的事多了，太宗皇帝三位皇后都是先他而去，怎麼沒人說太宗皇帝剋妻？剋這個字，本身就不合儒家真義。命有貴賤是真的，可這貴賤對應的便是福禍。並非常人所認識的命貴之人有福無禍，這是大錯。凡命主貴者，有大富貴，必有大艱辛。富貴與艱辛，從來相伴相生，哪裡有那等自出生就一帆風順的人生呢？再有一樣，硬不代表剋，硬的反面是薄。妳想一想，古今大富貴之人，哪個不是命硬的？不說別個，北靖關時有戰事，多少人做了無名鬼，可也有人自籍籍無名到封侯拜相。」

何子衿與江贏說了許久的話，中午還與江贏一起用飯，下午方告辭而去。

訂親的日子轉眼便到，姚二爺和姚二太太除了自家裡帶來的古玩珍寶，還多帶了兩千銀子，就是用來採買訂親之物，姚節另添了一些自己的私房。姚二太太清點聘禮後，私下與丈夫道：「阿節不過在北靖關三四年，私房就存不少，紀將軍對咱們阿節可真夠照顧的。」

「妳曉得什麼？」姚二爺不愛聽這話，「當兵的出生入死，豈是旁人照顧來的？他們打仗歷來有規矩的。別以為北靖關是窮地方，北靖關外那些流匪，身家富得緊。」

姚二太太很有些羨慕姚節如今的官職，正六品實缺，雖當差的地方遠了些，可看姚節這私房就曉得，這差使可是肥差。

姚二太太與丈夫商量道：「要不，咱們把大郎送來，叫大郎跟著阿節一起歷練。」

姚二爺沉默半晌，道：「妳是看阿節官升得快，眼紅羨慕，可這都是實打實的戰功，刀林箭雨裡拚殺出來的。大郎過來，自然也能從軍，可倘有個萬一呢？刀槍無眼，妳捨得？」

「那阿節怎麼這麼能打仗，阿節也不會武吧？」

「誰說不會的，阿節自小就能打架，在官學時騎射成績都是極好的。」姚二爺道。

姚二太太立刻想起來了，當初姚節在官學成績一直倒數，比不上自家兒子，有一年突然考了個中等，她就覺得稀奇，後來一打聽才曉得，姚節騎射位居官學第一，然後跟文化課一平均，得了個中等，她彼時就開玩笑說：「說不得家裡得出一武將呢。」

姚家訂親，姚節在北靖關的朋友不少，只是家人太少，正經算起來，姚家人就姚二爺和姚二太太，再加上新郎官姚節。虧得有何家人過來，可以充當姚節的親戚。當然，用姚節的話說，不算充當，他與何洌本就是兒女親家。好吧，何洌的兒子是生出來了，只是姚節這只是訂親，閨女更是還沒影呢。

姚節訂親頗是熱鬧，不止姚節算是北靖關近年來頗有名聲的青年將領，江贏更是紀將軍義女，而且這義女不只是名頭上的義女。江贏同母異父的弟弟紀珍是紀將軍的嫡長子，還有紀將軍的嫡次子紀珠，都是江夫人所出。紀將軍不染二色，故而，有江夫人這樣的生母，江贏縱是義女，分量也著實不輕。這場訂親宴的熱鬧，可想而知。

當然，姚節的膽量亦是令人佩服。

當天送聘禮的時候，原本還風和日麗，結果，一早就烏雲壓頂，風雨欲來。就這天氣，倘不是姚千總與江姑娘訂親，換別個男強女弱的訂親雙方，多半憑這天氣男方就能退親。

姚二嬸一見這天氣臉就綠了，拉著姚二爺直念叨：「這可怎麼辦？」

「什麼怎麼辦？」

「還去下聘嗎？」姚二嬸指一指密布烏雲的天空。

姚二爺輕聲道：「閉嘴，這話不要再說，我去問問阿節。」要敢不去下聘，侄子這前程就完了，紀將軍就饒不了侄子。可倘去下聘，他委實擔心侄子的生命安全。

姚節吃過早飯，正在試衣裳，何冽在一旁提意見，姚二爺就過來了，姚節還問：「二叔看我這身如何？三姊姊讓她們繡坊的全福繡娘幫我做的。」這做喜服素來有講究，如女方的喜服，多是女方自己做，倘是讓繡坊做，也要求父母雙全兒女雙全的繡娘做。當然，這也就是說說，具體誰做，還不是任繡坊說？而姚節這身訂親禮服是蔣三妞繡莊做的，自然盡心。

姚二爺哪裡有看侄子的心，淨擔心侄子的人身安全，他道：「阿節，天氣不大好。」

姚節看看外頭，「是天還沒亮吧？」

「哪裡啊，是陰天。」姚二爺道。

「哦，陰就陰吧。」姚節理一理繡著連雲百福的衣袖，渾沒當回事，「別下雨就行。」

「看樣子，就要下了。」姚二爺急道。

何冽推開窗戶，看外頭黑乎乎的天，「我也以為天沒亮呢。」

姚二爺一個勁兒對侄子使眼色，姚節一瞧就曉得他二叔是如何想的。

姚節道：「無妨，多點幾根蠟就亮了。」

姚節想了想，又道：「把子衿姊姊請來，子衿姊姊不是大仙嗎？」

何洌糾正：「不是大仙，是小仙。」

姚節壞笑，「小時候是小仙，現在就是大仙了。」

何子衿不必人請，掐著點同蔣三妞以及何涵一家子過來了，姚節拉著何子衿到僻靜處，悄聲道：「這天氣不大好，姊姊幫我想個法子。」

何子衿被姚節這要求驚著了，「我又不是神仙，我能叫天變晴？」

「姊姊就替我安安人心。」姚節道：「怕那些無知婦孺多心。」

何子衿就明白了姚節的意思，這也是為江贏著想，遂道：「我可是多年沒幹過了。」

「姊姊，妳可是我親姊姊，我現在也找不著別人了。要真請個和尚道士來，面上就得叫人說嘴。」姚節死活央求：「我跟江妹妹這緣分，就是從姊姊家裡算起來，姊姊還是我們的大媒人。這是我的終身大事，姊姊，妳可不能袖手旁觀。」

何子衿不認為有什麼和尚道士比她還會忽悠，便道：「我姑且試一試，要是一會兒下雨，你可別賴我啊！」

「我是那樣的人嗎？」

何子衿多年未做此營生，要是幫人占卜啥的，她天生會忽悠，何況也的確跟朝雲道長學過一些。如今姚節這個，她半晌想出個法子，與姚節道：「這樣，你這身紅的穿裡頭，外頭不要穿紅，外頭穿上打仗時的鎧甲。送聘禮的隊伍，不要家裡小廝，換成你營裡的百戰老兵，他們也跟你一樣，裡頭穿紅，外頭穿戰袍。另外，馬全部都換成戰馬。」

「這有什麼講究？」別看何子衿沒啥把握，但這話說出來，姚節覺得很有門道。

何子衿一副大仙嘴臉，「天氣陰得厲害，可見如今北靖關是陰氣相蝕，陽氣不足，以兵煞之氣來沖，這叫陰極陽生，否極泰來。」

「成，我這就去辦。」姚節連忙出去吩咐。

這種天氣，不要說姚家人心裡沒底，就是紀家人的心也懸著。讓江夫人說，要是下雨就另選吉日。江贏心裡壓力大得都不想訂親了。

好在姚節打發人過來說，一會兒喜隊就到，只管等著就行。

江夫人說閨女：「不必擔心。」反正有事也不會是她閨女有事，說起來，命硬也不是沒好處，反正要剋也是剋別人。

江贏顯然沒她娘的心理素質，江贏道：「就怕再造殺孽。」前頭死了兩個未婚夫，她就做了終身不婚的準備。結果，姚節是精誠所至，金石為開。

江夫人問紀容：「你怎麼說？」

紀容坐得穩穩的，道：「這還算不上殺孽？」

對紀容來說，姚節敢向他義女提親，就得有這種心理準備。

江夫人頷首，對閨女道：「聽妳義父的。」

一身小紅袍子的紀珠跑進來，歡快道：「娘，快下雨啦！」

「下雨就下雨，你這麼高興做什麼？」

紀珠正是天真無邪的年紀，道：「我喜歡下雨呀！」又跑出去玩了。

姚節自營裡調的老兵來得很快，他是經常出戰的，手下有不少老兵。他讓老兵們趕緊如子衿姊姊所言，裡頭換了紅的，外頭依舊是戰袍。姚節還想著，要是早知道，起碼得給兄弟們一人一身新衣裳，唉，也沒提前讓他們收拾收拾儀容。

姚節那鎧甲用牛油擦得閃亮，他騎上戰馬，領著送聘禮的隊伍，以及家裡親人，一行人浩浩蕩蕩出發去將軍府下聘。

姚節一出門，天氣似乎更陰沉了幾分，簡直是烏雲壓頂了，余幸與大姑姊同車，還悄悄問大姑姊：「不會有事吧？」

「不會。」何子衿篤定道。

行至北靖城正街太平街時，不知怎地，天邊陡然劈下一道驚雷，幸而大家騎的是戰馬，戰馬只是抖抖耳朵，就繼續前行了。倒是街邊一棵黃楊樹，不知為何，突然冒出一陣黑煙，接著大半個樹身被劈倒在地。姚二爺實在是受不了了，輕聲問侄子：「我看這吉日不對呀！」這是誰家狗屁和尚給卜的吉日？誰家吉日會這樣啊？

姚節淡定地道：「劈的是樹，又不是我。」然後繼續前行。

也是稀奇，將軍府就在北靖城太平街正中的位置，自聘禮隊伍上了太平街，到將軍府也不過半炷香的時間，那一道驚雷之後，漫天烏雲瞬間像是被一隻看不見的大手輕輕撥開，先是一線天光破雲而來，繼而陽光灑落滿城，何洌忍不住讚一句：「真是好兆頭！」

姚節咧嘴一笑，「那是，也不看是誰訂親？」

待姚節進將軍府時，已是豔陽天。

天氣轉晴，姚紀兩家人皆是心情大好。

原本姚節是請了姚二太太幫江贏插戴，這是訂親的流程，男方要請一位全福婦人將男方聘禮中的一對釵給女方戴上。姚二太太是全福人，父母公婆俱在，膝下兒女雙全夫妻恩愛，可姚節到了將軍府就同姚二爺商量：「二叔同二嬸說一聲，讓子衿姊姊來吧。」

姚二爺心裡有些不自在，姚節也沒理，轉頭去託子衿姊姊為江妹妹插戴，何子衿道：「我不是全福人，不是定了姚嬸子嗎？」她娘家父母都在，但公婆嘛，婆婆是知道殉葬了，公公也不曉得如何。起碼婆婆過世，這就不能算全福人了。

姚節道：「無妨，姊姊與姊夫夫妻恩愛，兒女雙全，這福氣就夠了。」

何子衿看向姚二太太，姚二太太笑容有些僵硬，不過，這時候她也不能爭這個，「既然阿節這般說，還是妳來吧。」

姚節再三相求，何子衿只得允了。

何子衿與江贏相熟，見了江贏，先是道：「我的話沒錯吧？」

天氣由陰轉晴，江贏也鬆了口氣，何子衿自姚二太太手裡接過一對雀頭紫玉釵，為江贏簪在髮間，祝福道：「成雙成對，白頭偕老。」

江贏淺淺一笑，心中已定，「願如姊姊所言。」

訂親宴極是熱鬧，江夫人親自款待姚家女眷，姚二太太這種沒誥命的，因著侄子訂親的關係，竟能與正一品誥命夫人同席，因姚節讓何子衿替她給江贏插戴之事的鬱悶一掃而空。想著這個侄子攀上將軍府，只要不被這江氏侄媳婦剋死，以後怕自家要多承這侄子照顧的。想到此節，姚二太太遂打起精神來與江夫人應酬。何子衿和余幸都算在了姚家人之中，主要是姚家族人不少，卻多在帝都。其實紀家人口更少，紀家沒有族人，江夫人就請了紀將軍手下的幾位將軍夫人做陪客。

姚節訂親後，何子衿一行人就要回北昌府了，姚節特別給何子衿備了一份厚禮。

何子衿笑道：「我那也是誤打誤撞。」

「姊姊，妳實在太謙虛了。」姚節道：「要別個道人和尚，我不信，子衿姊姊妳這個，我是真信。」硬是覺得，子衿姊姊這大仙之名，絕對的名符其實。

何子衿一笑，「真的是湊巧。」

姚節越發信得真，「姊姊，我成親時妳可一定要來啊！」

「肯定來的。」

「我還想託姊姊一件事。」

「什麼事？」

「就是我們成親的吉日，還得勞姊姊幫我再卜一卜才好。」

何子衿道：「那成，等我回家我幫你們算一算。」

姚節再次謝過，俊哥兒瞧著姚節總拉著他姊說悄悄話，與自家大哥道：「要是阿念哥看到阿節哥這麼拉著姊姊說話，阿念哥肯定會吃醋。」

何冽笑，「別瞎說。」

姚節又有許多話同好友兼親家說，何冽道：「我怕是趕不及你成親了，那啥，抓緊時間給我們阿燦生媳婦啊！」

姚節笑道：「這不用你催，我比你還急呢。」又問了何洌具體回帝都的日子，「要是我這裡不忙，我就去送你。」

何洌道：「看你吧，要是不好請假就算了。你這會兒做了紀將軍的女婿，各方面更得要謹慎，別讓人挑出不是來。」

兩人說了會兒話，姚節又打趣了俊哥兒幾句，何家一行人就告辭了。

經姚節訂親一事，知道些許內情的，一下子都如姚節一般，將何子衿當成了大仙，待何子衿回北昌府一段時間就發現，很多太太奶奶找她算命觀風水，她鬱悶壞了，何子衿道：「說實話，我是真不懂啊，都是隨便說說的，並不靈驗。」

「無妨無妨，您就與我們隨便說說，靈不靈驗都無妨。」諸位迷信人士道。

何子衿同授業恩師朝雲道長道：「唉，這出名也是一種煩惱啊！」

朝雲道長：要不是妳那一臉小得意，我還當真要信妳這鬼話！

陸之章

探花翻臉震北疆

何子衿回北昌府的時間是在下午，她坐車去朝雲道長那裡，好幾天不見雙胞胎，她很想念孩子們。因龍鳳胎在學裡上學，何子衿就先去看雙胞胎了，當然，她也很想念朝雲道長。朝雲道長多好啊，何大仙一身本事都是朝雲道長教的，如今朝雲道長還幫著教育第二代。除了當年給何子衿挖的那坑比較坑人外，朝雲道長簡直就是天使的化身。

朝雲天使見著徒弟何大仙還是有些訝異的，問：「妳這是剛回來？」

一般女弟子遠道回來，都是會先回家的。

「嗯，還沒回家，我這午飯還沒吃，就過來向師傅請安了。」

朝雲道長笑，「少貧嘴，妳這是怕回去冷鍋冷灶，來我這兒混飯吃吧？」他先著人打水給女弟子收拾一番，他有輕微的潔癖。

「要不說您是師傅呢，您這神機妙算，遠勝於弟子啊！」何子衿剛洗漱好，雙胞胎就聞信兒過來找親娘了。何子衿一手抱一個，左親一口，右香一口，逗得雙胞胎咯咯笑。

何子衿問：「這幾天乖不乖啊？」

雙胞胎異口同聲道：「很乖！」

何子衿笑，「有沒有挨姊姊的打？」

雙胞胎當下就開始告狀了：「大姊不講理，好凶，就知道打人！君子動口不動手，唯小人與女子難養也！」

何子衿哈哈大笑，「哎喲，連唯小人與女子難養都會說了，果然是欠揍。」

侍女端來一碗素麵和幾碟小菜，何子衿讓雙胞胎自己去玩，她準備開始吃飯。

雙胞胎也要吃，何子衿道：「當著孩子的面，真是連口涼水都不敢喝。」

朝雲道長笑，「阿曦小時候也是這樣，每每見人吃東西，她就要吃。」

聞道也說：「那會兒師傅就會說，看妳肚皮鼓鼓的，肯定是已經吃飽了，然後，阿曦就死命憋氣，把肚皮憋得扁一點給師傅看，還說自己的肚皮一點都不鼓。」

何子衿笑著取了兩個小碟子，把小菜裡的一盅銀魚雞蛋羹撥出來，再澆些素麵湯，給雙胞胎一人一個調羹來吃。何子衿開始吃麵，顯然是餓了，竟然一碗不夠，連吃兩碗方罷。

聞道都說：「師妹這不是去吃訂親酒嗎？怎麼餓成這樣啊？」

「什麼酒席都不如師傅這裡的飯好吃。」何子衿吃完麵，又喝了一碗素湯，倍覺身心舒泰，方道：「我有件事想同師傅說。」

「說。」

雙胞胎吃了半碗蛋羹就睏了，小腦袋一點一點的，聞道一手一個抱他們去睡覺。

何子衿就同朝雲道長說起姚節訂親時那邪事兒來，何子衿道：「說真的，以前我不大信這些鬼神之事，可那天阿節訂親真邪門啊！那天氣陰得，絕對是烏雲罩頂！當時要我是阿節，我就進退維谷了，不說別個，就那天氣，完全不是辦喜事的天氣！阿節私下求我想個法子，您猜我想了什麼法子？」

「還賣起關子來了？」

「不是賣關子，主要是這事太邪門了。」何子衿就把自己想的法子說了。

朝雲道長有些好奇，「妳是怎麼想出這法子的？」

過，借用鬼神之力把仇家咒死算了。偏生他於此道無甚天分，有心詛咒也無力施展。

何子衿看她家師傅一副悵然模樣，也沒好追問，完全不曉得她師傅研究占卜，純粹是為了畫個圈圈詛咒仇家。

待得快要落衙的時候，何子衿正要告辭，阿曄先過來了，何子衿問：「你怎麼來了？」

阿曄見到他娘，歡喜得不得了，「娘，您可回來了。您不在家，我哪敢住家裡啊？我都是跟雙胞胎住祖父這裡，不然我爹會查我功課到大半宿。」

何子衿笑道：「行啦，跟我一起去接你爹。」

雙胞胎撲過去同大哥玩，阿曄不比阿曦會帶孩子，被雙胞胎一人一條大腿抱著往上爬，阿曄直叫：「哎喲，給我老實下來，你們是猴子嗎？」

雙胞胎才不管，爬得那叫一個起勁兒。

何子衿抱了阿昀在懷裡，阿曄也提起阿晏，就與朝雲道長告辭了。

阿曄跟他娘同乘一輛車，告他爹的狀告了一路。

何子衿覺得，大兒子以後可以做御史，實在太有告狀的天分了。

何子衿的車較落衙的時辰稍提前些到了同知衙門，江念一出門就見著了子衿姊姊自車窗裡露出的笑臉，心中一喜，快步過去，歡歡喜喜上了車。古代的馬車不大寬敞，坐兩個成年人剛剛好，再加上阿曄和雙胞胎就有些熱鬧了。阿曄多有眼力啊，說道：「我出去騎馬吧。」他有一匹小矮馬，現在天氣暖和，就都是騎他的小矮馬上學的。

何子衿道：「坐著，來，坐爹娘中間，讓咱們家阿曄感受一下父母的慈愛。」

阿曄怪不好意思的，江念已把他按到窗邊了，自己挨著子衿姊姊坐，阿曄氣道：「娘，您看我爹，連您的話都不聽了。」

江念道：「以後等你有了媳婦，就能挨著媳婦坐了。」

阿曄倒不是多稀罕坐他爹娘中間，但他爹實在太欺負人，阿曄決定，不蒸饅頭爭口氣，他硬是抬屁股強行擠到爹娘中間，還說他爹：「您別以為我好欺負，我娘可是回來了。」

江念鬱悶，「坐吧坐吧。」也不能把兒子攆出車去啊！

阿曄還特會搶他爹的戲，立刻甜言蜜語同他娘說起這些天的思念來。

何子衿到家時，阿曦已放學回家了，見著她娘也很高興，還忍不住揶揄了她哥一句：「你總算是敢回家了。」

阿曄不理她，道：「娘回來了，晚上叫廚下添幾個菜，知道不？」

「這還用你說，我早就跟丸子姊說過了。」阿曦朝她哥皺了皺鼻子，這才跟她娘彙報家裡的事，「娘，您帶回家的東西，我按禮單都整理出來了，一會兒您去看看，有當用的就拿出來用，要是不用，我就讓丸子姊放庫裡去。」一副當家小大人的模樣。

何子衿摸摸閨女的小臉，笑道：「我們阿曦長大了。」

江念亦欣慰道：「妳去北靖關這幾日，都是阿曦在家裡操持家事。」主要是兒子被他欺負得到朝雲祖父那裡住了，雙胞胎也不在家，阿曦很是體貼她爹，同她爹住家裡來著。

阿曄撇了一下嘴，要不是他娘不在家，他爹就欺負他，他也能在家管事呢。

何子衿道：「行啦，一個替我照顧祖父，一個替我照顧你們的爹，都是娘的乖寶寶。」

「也好，占卜之事，玄之又玄，在家自己玩玩便罷。」

讓何子衿沒想到的是，北昌府權貴圈的消息這般靈通，她回家不過幾日，紀將軍繼女訂親一事就傳得沸沸揚揚，簡直沒了個邊兒。

保守一點的人不過是說：「哎喲，聽說那天氣很邪性門啊！」

腦洞大的則是這般說辭：「何止邪門？我聽說訂親那天出了一件奇事！哎喲喂，天雷轟頂啊！什麼？你不曉得？據說一道天雷劈下來，就把一棵千年老黃楊劈成了兩截，然後從老黃楊芯兒裡，你知道掉出了什麼嗎？」

「什麼？」

「一條白蛇。」

反正，說什麼的都有。

與此同時，就如江念所說，何子衿在北昌府迷信界的名聲漸漸響亮起來，有些碎嘴的，還同何子衿打聽這事，何子衿自然輕描淡寫道：「沒有的事兒，就是早上天氣不大好，待聘禮隊伍到將軍府時，天光大亮，撥雲見日。大好的晴天，大吉的兆頭。」

接著就有人打聽何子衿給出的那主意，還問：「聽說這叫以煞破煞，是不是？」

「什麼煞不煞的？訂親的姚千總本就是軍中出身，紀將軍府更不必說，亦是武將門第。如此，迎親穿軍袍鎧甲才威武不是？還什麼煞不煞的，沒有的事兒。」

「怎麼會沒有的事兒？這以煞破煞的主意，不就是江太太妳給想的嗎？說來我真是有眼不識泰山啊，江太太妳竟是精通卜算之道！」

「您這都是打哪兒聽來的啊，都傳得沒個邊兒了。」

「江太太，妳幫我算一算，我家兒媳婦什麼時候能給我生個孫子啊？」

諸多如上這般請求，何子衿覺得自己要是打出個神算的攤子來，定能大火。只是，她現在身為光明磊落的文化界名人何山長，哪裡能再行占卜之事呢？

不過，因著現在她在占卜界炙手可熱，何子衿還是暗自竊喜著到朝雲道長那裡炫耀了一回，並極力表示：「實沒想到啊，可我現在不再占卜了，只得辜負廣大百姓的厚愛了！」

朝雲道長險些吐出來。

虧得何子衿嘴巴咬得死，沒有應任何一家的占卜之事，就這樣，何老娘還想著幫她介紹兩筆不錯的業務呢。因看著自家丫頭片子完全沒有半分幫人占卜的意思，只好把收到的謝禮又還給人家，自此也不再接受這占卜的請託。

這些天，何老娘心情不大好，除了退還謝禮之事外，就是孫子即將去帝都任職。不止孫子要走，孫媳婦與重孫子也要跟著去。

何老娘是願意孫媳婦去的，好方便服侍孫子，只是重孫子就很是捨不得了。何老娘私下與兒媳婦商量：「阿燦這樣小，行這般遠路，叫人如何放心得下？把孩子放家裡，我幫著帶，待孩子大些再去帝都，豈不穩妥？不然我委實不大放心。」

何老娘不放心，沈氏難道就放心？只是，沈氏道：「我看阿冽的意思，是要帶阿燦去的。何況當初咱們來北昌府時，阿曄阿曦那會兒比阿燦還略小些呢。」

何老娘嘆道：「那會兒有朝雲道長在，又有大夫隨行，如何一樣呢？」

何子衿因弟弟一家要去帝都的事，也時常回娘家看看。何老娘、沈氏有什麼煩心事，都願意同何子衿說。何子衿聽了這話，想了想，道：「孩子自然是跟著父母更好。要是祖母和母親擔心阿燦年少，路上不放心，那不如尋個大夫同去就好了。」

「哪兒有妳說的這般簡單？好大夫各有各的營生，就是出錢，人家也不見得樂意去。」

何子衿忽然想到，說道：「我記得每年竇家來北昌府採買紅參就是這個時候，我過去打聽一下，倘是方便，就與他們一道走。」

「竇家是哪家？」何老娘、沈氏都不認得呢。

何子衿道：「就是朝雲師傅那裡的竇大夫家裡。竇家原就是行醫出身的，每年大宗的紅參採買都是親自打發人過來榷場。」

原本榷場的紅參生意是項家的大頭，後來項大將軍戰死，項家在北昌府的勢力受影響，再加上江贏在紅參生意中摻了一腳，項家逐漸失勢，上等紅參的份額，江贏能占到三成。何子衿常去朝雲道長那裡，就是江念，先時在沙河縣也沒少請竇大夫幫著義診，所以，夫妻二人都與竇大夫相熟。及至後來項家被擠出一等紅參市場時，竇家也要另尋合作之人，何子衿就推薦江贏。江贏雖是紀將軍繼女，於生意上，一向很懂規矩，並不因紀將軍在就亂來，如此，她與竇家就有了長期合作，所以，何子衿對竇家還算有所了解。

沈氏想著，兒子媳婦是一定會帶著孫子去帝都的，便與閨女道：「那妳幫著打聽一二，倘是順路，能一起走最好不過了。」

何子衿是尋竇大夫打聽的，竇大夫在朝雲道長這裡當差，何況何子衿對他一向尊重，就是對竇家的生意，也是能幫就幫的，人家自然應承。也是何冽他們運氣好，有了竇家同行，就是余幸也是一千個願意的。她自幼在帝都長大，自然曉得竇家名聲。

余幸就與丈夫說：「竇家一直有人在太醫院任職，以前還出過一任院使，現在的院使好像姓周，但竇家也居院判之職。能與竇家人同行，阿燦這裡我就能放心了。」

余幸又道：「可是得好生謝一謝大姊，也就是大姊了，什麼都惦記著咱們。」

「是啊！」何冽道：「不止大姊惦記著咱們，祖母和爹娘一樣惦記。」

或是因著丈夫這話，或是被大姑姊感動了，余幸接下來幾日，除了收拾東西，就是抱著兒子到婆婆、太婆婆那裡盡孝。

除了盡孝，余幸還對大姑姊有事相求。

余幸有些不好意思道：「自從姊姊給我這玉符，我這睡覺便極是安穩。姊姊，妳能不能把這安神的玉符送我啊？」或許是信則靈的緣故，何子衿又慣是個神叨叨會忽悠的，再加上姚節訂親那一齣，余幸可是親眼所見的，心中便認定了大姑姊是個有法力的大仙。她不是沒見過好東西，這玉符用料雖尋常，可架不住大姑姊這符有法力啊。

何子衿沒想到余幸說的是這事，要不是余幸提起，她早忘了曾送余幸玉符之事。說來這玉還是在沙河縣時得的玉料，江念愛雕個東西，她讓江念練手雕玉符。何子衿笑道：「原我想著，阿冽回來妳大概就用不到了。既如此，妳就收著吧。說起來，這玉符跟妳有緣。」

余幸很是感謝了一回大姑姊，「我帶著這符就安心。」

何子衿笑道：「所以說，妳跟這符有緣呢。」

余幸得了大姑姊的玉符，心中越發安定，就是回了帝都都與娘家說：「再沒有比我大姑姊更通情達理的人了。」

余太太微微頷首：看來縱是他們老兩口回了帝都，孫女在婆家的日子也過得很不錯。

不過，余幸也不是沒有遺憾，因為大姑姊是真的不再占卜了，就是家裡人有問卜的，大姑姊都說了不卜。何子衿原是想把這占卜的名聲壓下去，不想，因她不肯占卜，反是導致她占卜的名聲越發響亮起來。

便是朝雲道長，偶爾也會打趣一二：「過來算算我晚飯吃什麼。」

何子衿：……

何洌帶著妻兒去帝都就任那天，三家人送出去好遠，阿曦還掉了幾滴淚，倒不是捨不得大舅和大舅媽，她主要是捨不得阿燦。阿曦向來視弟弟們為自己的所有物，這次大舅和大舅媽要把阿燦表弟帶走，這就等於要搶阿曦的東西，阿曦能不傷心嗎？

余幸覺得自己以前錯看了阿曦，與丈夫道：「阿曦這孩子，真是重情重義。」

不僅送了很多東西給阿燦，還對阿燦那麼不捨。

何洌也說：「阿曦這孩子是有情有義。」還寫了一本書那麼厚的信託他帶去給紀珍。

幾家人離情依依，倒是俊哥兒穿上一身絳紅的袍子，頭戴金絲冠，腳踏羊皮軟靴，騎著高頭大馬，一副得意又神氣的模樣，歡快地跟大家揮手道：「大家都回吧，有我在呢，包管一路太平。興哥兒，家裡就交給你啦！」

看到俊哥兒這般，送別的人都沒了離別的傷感。

送走何洌一家子，三家人一起去了何家。

何老娘心情低落，不捨得孫子和重孫，一個勁兒念叨：「當官有什麼好啊，說走就走了，哪有一家人在一處好？這麼天南海北的，什麼時候才能相見？」

江老太太勸道：「親家啊，這做官不都這樣嗎？親家這樣的福氣，我們羨慕還羨慕不來。說來我倒是不怕孫子遠走去做官，可妳看，阿仁這小子硬不是念書的材料，我這輩子就得多活幾年等著大寶了。」

江太太也說：「可不是嗎？老太太，不說咱們老家，就是在這北昌府，有幾個老人家如您這般，兒孫兩代都中進士不說，孫女婿都是翰林，我看，俊哥兒和興哥兒都是上進的好孩子，以後您還不得子孫四翰林。這樣的榮耀，我做夢都想著呢。」

何老娘一想也是，自家兒孫有出息才能有這離別，要擱那些沒本事啃老的，怕是打都打不出去。何老娘被人一羨慕，心情便好了不少，又嘆道：「這去了帝都，離得千里萬里的，有什麼事也幫不到孩子了。」說著，再度開始嘆氣。

何子衿道：「有什麼可擔心的，親舅舅家、親岳家都在帝都。您看我姑丈做官不也一樣，今兒在南，明兒在北的。做官都這樣，說起來，翼表哥也在翰林，阿洌也說過的。」

何洌成親那年，馮翼正趕上春闈，他那年進庶起士，之後留任翰林院，如今也在翰林，待何洌入了翰林，便可以與馮翼做同事。

「是啊！」一想一想，帝都一堆親戚，她老人家也就放下心來。

大家說一回話，便紛紛告辭了。

何子衿同江念商量，江念道：「田巡撫現在並沒什麼話出來，就照以前的例預備。倘這回再叫柳知府壓一頭，田巡撫這面子可就不大好看了。」

何子衿笑，「幸而咱們官小，隨大流就成，就不曉得其他人如何了。」

江念道：「其他人倒不要緊，主要是看李參政。」

「李參政沒聽說如何，李夫人性子爽利，也沒有為難過誰。」

江念問：「李夫人同柳太太的娘家不是同鄉嗎？她們現在還是不親近？」

「一直不親近。」何子衿把禮單壓在桌間，端起茶呷一口，道：「兩位太太的性子就截然不同，李夫人衣飾華貴，生活亦頗是講究，她家兩個孫女都在女學念書。柳太太不一樣，柳太太崇尚簡樸，一件衣裙都不知道是哪年的料子，鬧得許多太太去柳太太那裡說話，還得尋幾件舊衣裙來換上。」

江念覺得有趣，問：「那既有李夫人，又有柳太太的場合，女眷們要如何穿戴？」

何子衿道：「親柳太太的自然就穿得簡樸，親李夫人的就穿得華麗些。」

江念問：「姊姊都是怎麼穿的？」

「我都按平常的來，就是到柳太太那裡，我也是按平常來。平日我穿的也不華麗，哪裡就單要穿舊衣，這也忒拍馬屁了。」何子衿道：「說來，周太太也是如此。最會拍馬屁的是鹽課王提司太太，誰不曉得最肥的差使就是鹽課司。是人就得吃鹽，這北昌府除了百姓，還有北靖關十萬官兵啊，這些鹽都得經鹽課司，王家富得都能流油，結果，自從柳家來北昌府，王太太就學著柳太太的做派。王家這般有錢，以前王太太出門，哪次不是渾身綾羅，現在都是穿舊衫。也不曉得柳家與王家是怎麼回事，要說王提司的鹽課司的職位，其實與柳知府同階，便是咱家與周家這樣品階略遜於柳知府這五品官的，也沒有這般諂媚啊，他們兩家這裡頭，定是有什麼事兒。」

何子衿道：「同知也要兼管鹽政的，你可得留心，現在這鹽價一天比一天貴，虧得咱家還不算窮。我看，倘是貧寒人家，真要吃不起鹽了。」

江念笑，「姊姊放心，我心裡有數。」

待何子衿把田巡撫的生辰禮備好，田巡撫的壽辰也就到了。

這樣的場合，只要有媳婦夠品階的，必是夫妻二人一起參加。奉上禮單之後，江念去了賓客那邊，何子衿則帶著丫鬟去了招待堂客的花園。

江念在北昌府算不得什麼高官，何子衿去得就早，先賀過壽，還能有個座位，便在田夫人下首陪著說話。田夫人見何子衿一襲紫底挑金的亮色長裙，鬢間是雀頭垂珠釵，這套首飾十分華貴，就那垂下的珠子，最大一顆都有蓮子大小了。耳下亦是赤金垂珠墜子，指間戴金嵌珠的戒子，可見是同一套首飾。這首飾在誥命堆裡也頗能拿得出手，尤其田夫人以往未見何子衿戴過，可知是為著她家的壽宴特意莊重打扮的。這就讓田夫人高興，自從那該死的柳家來了北昌府，真是沒個樣子，堂堂誥命總穿得破衣爛衫。當然，這破衣爛衫是誇張的話，但哪家太太出門不是往鮮亮裡打扮，誰家就真的連新衣衫都置不起了？叫田夫人說，這姓孔的就是愛裝。更讓田夫人鬱悶的是，還有人拍著馬屁學這一套。

如今何子衿穿得這般華貴雍容，就很入田夫人的眼。

「難不成杜提學得罪過柳知府？」

「妳不曉得？」

何子衿搖頭，「沒聽說啊！」

沈氏屬於教育系統女眷圈子，對教育系統的事比較清楚，「我還以為妳知道呢。聽說是先時柳太太相中了杜家兒子，原是想做親，杜家卻不大樂意。」

何子衿道：「我還真沒聽說。要是因這事，柳家人心胸也夠狹隘的。」

母女倆剛念叨了一回，接著北昌府就出了一件頗令人叫好的事。撥給提學府的設立君子六藝課程的銀子有了，巡撫衙門拿出來的，田巡撫把收到的壽禮折現，拿出銀子給提學司辦教育，給官辦學增添課程，讓學子們能培養更多君子才藝。

田巡撫辦的這事兒，誰來都得讚一聲漂亮。

田巡撫還開了茶會，語重心長地教導了北昌府諸官員一回，道：「柳知府去歲沒辦壽宴，請大家吃茶，這是柳知府的性子，可我想著，百人百脾性，我看自去歲柳知府壽宴後，大家都不敢過生辰了。」說著笑兩聲，又道：「其實不必如此，咱們又不是貪銀子，正常的人情往來，有什麼關係？難不成有柳知府這只請喝茶的，大家就都不辦壽宴了？像去歲剛升上來的江同知，就嚇得沒敢過生辰，是不是？」

江念心裡極是震驚，田巡撫知道他沒辦生辰的事不為稀奇，只是怎麼拿他說事？江念露出一絲訝異，忙道：「下官在家吃的長壽麵，因是頭一年過來，便沒往外派帖子。」

杜提學笑道：「雖然江同知這生辰過得低調，不過，可是給我們州學捐了一百兩銀子。

今年江太太過生辰，又給我們州學捐了一百兩銀子。賢伉儷這等為善不欲人知的品格，定是受到巡撫大人熏陶。」

江念不由看杜提學一眼，他岳父是杜提學手下的官員，平時他與杜提學也沒仇啊，杜提學這是什麼意思？果然，柳知府聽這話就不大痛快，笑睨江念一眼，道：「江同知一捐就是一年的薪俸，也是我們官員中的楷模啊！」說著又問：「江同知把薪俸都捐了，家裡生計如何維繫啊？」這小子平時在我跟前老實得很，不想私底下卻是大大的狡猾。

江念心生不妙，知道柳知府這是想多了，只是柳知府這咄咄逼人的勁兒，他卻也不想就此遂了田巡撫的意，並不順著杜提學的話，而是道：「主要是下官娘子善持家，不等著薪俸買米下鍋，不然倘我自家還顧不過來，我也不能就把俸祿給捐了。」

「江同知家辦的女學，可是咱們北昌府大大有名的。」鹽課王提司笑道：「不是我說，咱們誰家差錢，江同知家裡都不能差錢啊！」

「先得跟諸位同僚們說一句，那女學可不是我辦的，是我家娘子辦的。說來，我家裡都是靠娘家私房撐著呢。」江念也不是包子，見王提司都擠兌他，他笑說：「我家啥樣，各位大人都知道。不比王提司，前兒我可是聽家裡娘子說如今鹽一日貴似一日。鹽這麼貴，王提司怎麼倒穿舊衫了？莫不是你鹽課家都吃不起鹽了？」

李參政哈哈大笑，「江同知以前總愛作少年老成樣，倒不知這般風趣。」

江念微微一笑，「我是想著，我家因娘子善持家，說來不算窮的，尋常吃食都吃得起，家裡娘子都說鹽價居高不下，我家都如此，就不知尋常百姓家如何了。」

罷了，鹽課敢百分之一的加收費用，你這錢不往上孝敬，還自己獨吞，那就是找死了。

田巡撫道：「我曉得各衙門有各衙門的路子，一般二般的，只要按規矩來，我也就睜隻眼閉隻眼了，可這鹽課上，朝廷三令五申，明令禁止，不許在鹽課上加徵加派，這王提司將聖上將朝廷放在哪裡？」

「可不是嗎？這賤人，我早就看他不是個好東西。」

「賤人」什麼的，田巡撫聽著不由唇角抽抽，卻顧不得說江念，道：「人證物證，江同知也拿到手了吧？」

「前兒我與那賤人翻臉，又是巡撫大人親自吩咐我查鹽課之事，他哪裡有不防備的？這事我已打聽出來了，要說證據，怕是沒這般容易拿到。」

沒證據，這不白說嗎？

田巡撫對江念有幾分不滿，道：「那江同知還是盡快收集了證據來。」

江念道：「是。」

田巡撫見江同知應得痛快，心中很是滿意。

江念道：「大人，我有幾句話，不知當不當講？」

「只管說就是。」

江念道：「我做同知不過一年半，王提司在鹽課上已是快五年了。要人證物證的話，我怕是要用一些手段的。」

田巡撫笑道：「只要不違法理，只管放手去辦。」

江念道：「大人只管放心。」

田巡撫對於江念的「上道」極是滿意，還幫著安撫了回杜提學：「年輕人難免氣盛，你看王提司，還不是被江同知一口啐到腳下。平時他瞧著像個斯文人，不想倒是有些性子。」

杜提學道：「這小子又捐了二百兩。」

「這不挺好的，約莫是覺得上回遷怒有些沒道理，跟你賠禮致歉呢。」

「哪兒啊，沒捐給我們府學，買了稻米白麵，捐給今年府兵裡到年紀的老兵了。」

田巡撫好玄沒笑場，杜提學道：「說來上遭是咱們算計了江同知一把，也不怪他惱怒。不過，江同知也算是官場裡為數不多的清明人了。」

田巡撫道：「他太獨了。」別看王提司罵江同知「叛徒」，田巡撫真不信江同知能入柳知府的夥，可關鍵是，江同知也沒入他的夥。江同知就一直自己當自己的差，對誰都不遠不近的模樣。這樣做官，真的太獨了。

杜提學道：「獨也有獨的好處。」

「這倒是。」

沒想到，接下來江同知幹的事，真叫田巡撫惱火得不得了。無他，江同知把這鹽課上的貓膩告訴了北昌府的巡路御史顧御史。

田巡撫氣得險些吐血，他是叫江同知私下取證啊，你把事兒跟御史說，那與昭告天下有什麼區別啊？而且，事經御史，必然鬧大。田巡撫沒想把事壓下來，他既要把柳知府幹掉，必然得事發方可，但這種事發，必是要在他田巡撫的安排下，而不是失去控制的爆發。

而他娘的御史，這種完全是不顧別人死活的生物啊！

田巡撫恨不得撬開江同知的腦袋，看看這位以前瞧著很是穩重的年輕官員在想什麼。

田巡撫與杜提學道：「先時看他還穩當，不想這般毛躁。」

杜提學眼神微沉，與田巡撫想到一處去了，「此事一經御史，怕要鬧大。」

田巡撫道：「真個嘴上沒毛，辦事不牢。」

「大人息怒，原也是想讓江同知先試一試水，顧御史知道也無妨，這幾年顧御史性子平和，在咱們北昌府也一向安穩。」杜提學道：「暫先看顧御史的動靜吧。」

眼下也只得如此。

江念並不曉得田巡撫為他知會顧御史一事如此煩惱，畢竟田巡撫都明令他去查鹽價了，這樣與昭告整個北昌府官場也沒什麼差別了吧？當然，雖然田巡撫明令江同知徹查鹽價飆升一事，但江同知自己查，跟將消息與御史共用是兩碼事。田巡撫卻是不知，江念雖是個嘴上沒毛的，心下卻是有所盤算的，他就是要把事鬧大，越大越好。他不能在北昌府當田巡撫的馬前卒，想叫他衝鋒，他就把所有人都拉下戰場。

顧御史在北昌府的官場不大顯眼，一直就是個安安穩穩的老好人的存在，尤其是在余巡撫當政之時，委實沒有這位御史發光發熱的地方。就像杜提學對顧御史的認知，顧御史性子平和，但性子平和可不是傻啊！

顧御史自江同知嘴裡聽到鹽課上的一些祕聞後，那平和已久的心臟不禁狂跳起來。那種隱祕的激情，絕對比顧御史年輕時第一次見到令自己怦然心動的姑娘還要澎湃三分。顧御史當天與江念嘀咕了半宿，還在江念家吃了夜宵，一碗酒釀小圓子，方告辭而去。

顧御史參與鹽課調查的事不是祕密，江念給出主意：「凡事必要光明正大，方百邪不侵。這鹽課自來是肥差中的肥差，人為了銀子，什麼事都幹得出來。我們私下調查，反容易為小人所趁。此事是巡撫大人發了話的，您是巡路御史，知鹽價有異，調查一二乃是本分。明明白白說出來，那些人方不敢亂動，不然倘您真有個好歹，第一個要懷疑的就是鹽課。」

顧御史已過不惑之年，家中有妻有子，並非熱血衝動的毛頭小子了。江念這般說，顧御史很是贊同，還正式知會了巡撫衙門與知府衙門，他要調查鹽課異常之事。是的，別看顧御史不過是五品御史，可御史本身具有非常獨立性的調查權，就是往朝廷遞摺子，御史還有一項特權，那就是風聞奏事。就是說，還沒取得證據，只靠道聽塗說，也可以在朝廷裡去聽風就是雨的說一說。百官之中，唯御史有此特權，不必為自己的話負責。當然，這是條例上的解釋，許多時候也不能無中生有，畢竟御史雖有風聞奏事之權，但你要是參誰沒把人家參倒，人家長嘴也不是擺設，必要報復回來的。

御史的確是具有司法調查權，像鹽價之事，江念是奏田巡撫之命，顧御史自己要是覺得不對，就可以去查。

王提司聽聞查他鹽價的又多了個顧御史，當下恨江同知能恨得眼睛滴血，只恨他與江同知不是一個衙門，不然多少小鞋都準備好了的。

不過，同知衙門雖不隸屬鹽課衙門，但同知衙門是隸屬知府衙門的。王提司的小鞋用不上，柳知府的小鞋是準備好了的，偏生江同知泥鰍一般，直氣得柳知府破口大罵：「姓江的，也就是個面子上的老實，可恨早沒識破這廝的險惡奸狡！」

江念非但奸狡，他還擺出一副死豬不怕開水燙的模樣，叫了手下來開會，「你們是消息靈通的，但我也跟你們說明白了，我這六品同知都是殃及池魚，你們哪個想火中取栗，先摸摸腔子上的長得是不是腦袋。老老實實當差，我保你們平安，誰要是趁機搞小動作，本官在的一日，你們就得小心著，叫我知道，別怪我不顧往日情面。我的差使，可是巡撫大人親自交代的。」然後，江同知非但在自己衙門來了一番這樣的講演，他還下去巡視了一番，把自己所屬部門都巡視了一回，讓手下人好生當差，更不許賣主。

江念在同知衙門一年半，足以讓他把同知衙門打造得如鐵桶一般，尤其他還先把狠話撂下了，誰要敢賣他，他就是死也得拉個墊背的。

大多數人還是惜命的，至於不惜命的，江念十天就收拾了三個想賣主的野心家，知府衙門想保下這三人都保不下，亦如江念所言，他這差使是巡撫大人親自吩咐的。田巡撫要用江同知，就得為江同知撐腰。江同知下手之快準狠，震懾了同知衙門一干低階官吏。

另外，想從肉體方面毀滅江同知的，那更是別想，打接了田巡撫差使的第二天，江同知出門就帶一排侍衛，而且據行家熟手來看，江同知那一排侍衛還不只是面上瞧著好看的花架子，據說都是有些個功夫的。想肉體毀滅江同知，除非調派軍隊。

江念便每天帶著一排侍衛牛氣哄哄地前去衙門當差，請北昌府的各大鹽商過來喝茶。

顧御史在座旁聽，另外，請了巡撫衙門派出衙門刑房典吏過來記錄鹽引買賣過程中是不是存在加徵費用？鹽引到手多少錢？你們的鹽批發給各級小鹽商的批發價是多少？再把帳拿出來，江同知要查帳。

江念當初是做過一縣縣尊的，甭看縣令這官不大，但正經管的事絕對不比同知少。江念早在做縣尊時就訓練出了一批專業人士，鹽商們的帳房一見這批人，就知道遇上對手了。每家鹽商說的話，均要做筆錄簽字按手印，旁邊人證物證都要齊全。

江同知這陣仗，搞得諸鹽商戰戰兢兢，忐忑不安。

鹽商們被江同知這雷厲風行鬧得整夜失眠，紛紛大顯神通，各方面去打聽消息。他們有錢，與衙門官員都是熟的，這一打聽就打聽出來的，說是如今鹽貴，巡撫大人親自下令讓江同知查明鹽貴的原由。能跟江同知搭上線的，直接就過來跟江同知打聽了。

鹽商商會的會長宮財主受諸鹽商的託付，過來江家打聽。

先時宮財主家出了個高級拐子的事兒，宮財主就是先拿了人，送了江同知一個大大的政績。當然，以前宮家同余家的關係也不錯，余幸那花園子險爛尾，後來就是被宮家接手，把花園子給修好了。故而，宮財主在江同知面前，還是能說得上話的。

宮財主沒備禮，這也是宮財主的聰明之處，江同知正在查鹽課上的事兒，這會兒你大包小包的上門，江同知一看你這智商也不能見你。宮財主因先時與江同知處得不錯，江同知還是給了宮財主這面子，讓宮財主到書房說話。宮財主就訴起苦來：「我們這販鹽的，就是賺些腳力錢。上頭得打點，下頭也不能委屈，受擠兌的就是我們了。」

「這麼說，我擠兌著你這大財主了？」江念把後背的軟枕放正，靠在太師椅的椅背上。

「要說別人擠兌我們鹽商，我是信的。」宮財主笑呵呵摸摸自己的圓肚皮，他人生得圓潤，一副和氣模樣，亦會說話，道：「同知大人您不是那樣的人。」別的官擠兌他們鹽商，無非就是想他們出血罷了，可江同知又不差錢，再說，鹽商們不是沒有往江同知這裡打點過，宮財主還想也給江同知修個園子啥的多孝敬一些。結果，江同知不過是衙門那裡收些例銀，這些例銀是給同知衙門的，衙門上下人人有份。江同知也就收這些銀子，其他私下孝敬，還不如前任文同知呢，起碼文同知愛收名家字畫，這些雅物比直接給銀子花銷還大，江同知卻是私下沒收過一錢銀子。別人怎麼看江同知，宮財主不曉得，但依宮財主看來，江同知不是那等貪鄙之人。

江念不知想起什麼，沉默下來，半晌，方道：「鹽價的事，你怎麼說？」

宮財主那張圓潤和氣的臉上出現了一絲為難，「鹽這東西，人人都吃，不是什麼金珠玉寶的奢侈品，沒人願意賣得天貴。百姓們吃不起鹽，成天罵我們鹽商黑心肝，我們鹽商也不願受此罵名，可我老宮說句老實話，做生意不一定要賺多少銀子，可得有個原則，就是起碼不能賠銀子。賠銀子的生意，以何為繼？」

江念問：「就這些？」

宮財主眨巴眨巴一雙小眼睛，江念將案上的書卷一合，「就這些的話，你回去吧。」這還沒跟江同知交心呢，宮財主哪裡肯走，宮財主道：「那個……大人想問什麼，我老宮必知無不言，言無不盡。」

「問你鹽怎麼這麼貴！」江念露出不耐煩來，道：「你想說就說，不想說我去問別人，巡撫大人那裡還等著我交差呢！」

「俺們成本高，給下級鹽商的自然就高，他們也得賺錢，自然就貴了。」
「你不老實呀！」江念瞥江財主一眼。
「俺不敢說呀！」宮財主可憐兮兮地看向江同知，眼中滿是祈求。
江念淡淡地道：「你回去想想吧，想想要怎麼站隊。」
宮財主見江念連「站隊」這話都出來了，心中一跳，滿腹心事地離開了。
宮財主剛走，阿曦就過來叫他爹吃晚飯了。
阿曦吃晚飯時還說：「每回見著宮財主，我就覺得奇怪，宮財主那麼圓，眼睛那麼小，怎麼會有宮姊姊那樣又苗條又大眼睛的女兒？」
何子衿道：「沒準兒宮財主未發福前是個俊俏人呢。」
阿曄對妹妹道：「咱爹咱娘還有我都是苗條人，不一樣有妳這樣的胖丫頭？」
阿曦白她哥一眼，「誰胖啦？雙胞胎才胖呢，我一點都不胖！」
雙胞胎不覺得胖是什麼不好的事，雙胞胎悶頭吃花生糊糊，完全不介意姊姊說他們胖。
江念道：「有福的人才胖呢，看雙胞胎吃東西多香啊！」
何子衿笑，「阿曦小時候吃東西就這樣，阿曄小時候卻是不肯好好吃飯。」
阿曦立刻抓住她哥的把柄，「你自小就不好好吃飯，叫人著急。」
「我是不好好的吃嗎？我早聽祖父說了，妳小時候總搶我蛋羹吃。」
「哪裡的事，是你吃不掉怕被祖父罰，偷偷叫我吃你剩的。」
「行啦，好好吃飯，不許拌嘴。」

用完飯，何子衿就讓孩子們自由活動了，基本上就是阿曄去書房做功課，阿曦給雙胞胎上文化課。可憐雙胞胎，白天被朝雲祖父教育還不算完，晚上還要經受姊姊的摧殘。

夫妻倆回房說話，何子衿就問：「宮胖子過來有何事？」

江念道：「來探我的口風。」

「他是代表鹽商商會來的，還是自己來的？」

「沒什麼差別，他是鹽商商會的會長。他來與我訴了一通苦楚，想著兩不得罪呢。」

「這死胖子，倒是打得好主意。」

「是啊，我讓他回去想想站隊的事。」

何子衿「噗哧」就笑了，「那他今晚怕是睡不著了。」

「管他呢。」

失眠不失眠的，反正宮財主是愁得連晚飯都沒吃，宮太太跟閨女抱怨：「這江同知真不是個好相與的，妳爹連飯都吃不下去了。」宮財主是個福態相，宮太太與宮財主頗有夫妻相，雖沒宮財主那樣的富態，也是個圓潤潤的中年婦人，倒是宮姑娘生得纖細婀娜，一副明眸皓齒的好模樣，據說肖似宮太太年輕時。

江同知對鹽商發難太迅疾，宮姑娘兩位兄長都去鹽廠那裡不在家，宮太太有事就同閨女叨咕，宮姑娘道：「天大的事兒也不能不吃飯啊，我去勸勸爹。」著侍女去廚下收拾好飯菜，母女倆就去敲宮財主內書房的門了。

宮財主甭看家裡豪富，還算本分，身邊就一老妻，膝下兩子一女，正因家中和睦，宮財主有什麼愁事，就愛同老妻說。宮財主打發了丫鬟，吃飯時就把江同知府上的事說了，宮財主嘆道：「要是別個事，無非銀子開路，這回聽江同知的口氣，銀子怕是不好使了。」

宮太太道：「這上頭鬥法，關咱們商賈何事？江同知這般說，可是太不講理了。」

「是啊！」宮財主想，自己的哀兵之策都不好使，江同知年歲不大，卻是很不好哄。

宮太太道：「要我說，這江同知雖銀子收的少，卻是不比鹽課王提司太太和氣。王太太見了我，都是笑咪咪的，和氣得很。」

宮姑娘盛了碗八珍湯給父親，道：「和氣有什麼用，這站隊得看誰有本事，誰有本事咱們跟誰站一處，爹，您可得慎重。」

宮財主嘆口氣，「我可不就為這個煩惱嗎？」

宮財主覺得閨女還算聰慧，就問：「閨女，妳覺得哪個有本事？」

「我又不懂這上頭的事。」宮姑娘道。

「越不懂越好，隨便說說。」宮財主自有一番理論，雖然這番理論他還沒總結出來，如果讓何子衿知道的話，會幫宮財主總結為直覺信任。是的，宮財主一向是很相信直覺的人，而且他認為越是乾淨的孩子，直覺越準。

宮姑娘想了想，方道：「像娘說的，王太太和氣，王提司一向是個貪財的，咱們不投王提司，縱是錯了，將來亦可用銀子來挽回王提司，尚有一搏之力。江同知不大一樣，江同知一向不在銀錢上用心的，他都說了讓爹你站隊了。要是不站江同知這邊，倘江同知勝了，江同知清算起來，咱家拿什麼去打動他呢？」

宮財主將調羹一丟，愁道：「妳們說，江同知怎麼就不愛財呢？」

宮太太深以為然，道：「要說這當官的，收銀子反是好說，遇到這不收銀子的，真正是叫人著急。」當初就是因江同知不收私下孝敬，一聽說江太太辦女學，宮家忙不顛兒就把閨女送去了。當然，閨女上了女學，也委實好處多多，就閨女本身亦極是受益的。

宮太太試探地道：「要不，明兒我去江太太那裡再探探口風？」

「不頂用，妳與江太太素無交情。」宮財主道：「放心吧，活人還能讓尿憋死嗎？」

宮太太聽著丈夫這粗俗話，看這胖子還喝湯喝得香，氣得沒話好說。

宮財主能長這一身的肥肉，就不是個心窄之人。

他想了一宿，想了個絕妙的主意，私下找江同知投了誠，像他閨女說的，江同知這種不愛財的，你不投誠，將來他清算，他能要了你的命。相對而言，王提司那種可以用銀子收買的，明顯殺傷力不比江同知大。宮財主做出這等決斷，還有一個原因，他做鹽商的，北昌府三成鹽都是他的買賣，宮財主消息靈通，他早在江同知還在沙河縣任縣尊時便聽說過，江太太有一塊今太后娘娘還是太子妃時賞的瓔珞，這是何等的體面？宮財主一直認為，江同知可能跟皇帝他娘太后娘娘有什麼特殊關係，起碼江太太要不是見過太后娘娘，太后娘娘也不能賞她瓔珞吧？這是原因之一。再有一個原因，就是江太太是個有法力的人。

前番紀將軍家義女江姑娘訂親時那傳言就不說了，聽說前幾天紀將軍的準女婿姚將領，就因為跟將軍家那剋夫的小姐訂了親，出關剿匪，結果半條命回來。說到這兒，宮財主對於敢與將軍家小姐訂親的那位姚將領表示出了百分之一千的敬佩啊，像這種為了攀附權貴能將生死置之度外的傢伙，可真是人才中的人才。

就這位姚將領，剩下半條命被人救回來，聽說眼瞅著就不成了，黑白無常就站在門外邊等著時辰勾魂了，在這千鈞一髮之際，江姑娘快馬到江同知家，求江太太畫了道神符，然後江姑娘拿著神符又快馬回程，一到家裡，眼見黑白無常就進屋了，江姑娘啪一道神符貼姚將領腦門上，姚將領原還只吊著半口氣，這神符一到，室內立刻金光大作，姚將領便活了。

江太太這絕對是有神仙本領啊！

宮財主覺得江同知哪天真惱火了，讓江太太給王提司畫道符，那王提司還能有活路？

就此，宮財主尋江同知投了誠，但同時宮財主毛遂自薦，打算替江同知去王提司那裡做臥底，刺探情報。江同知事後都與子衿姊姊道：「真個無商不奸啊！」

「宮財主能把這鹽課裡的貓膩一一與你說了，已算有些誠意。」何子衿道。

「說是說了，可竟說沒有祕帳。」江念冷哼，「依這胖子的狡猾，焉能不留一手？」

宮財主是想弄個兩頭下注，顯然江同知不好糊弄，王提司同樣不好糊弄。王提司要宮財主作證，同知衙門曾收取鹽商孝敬。

宮財主立刻陷入了先時江同知一般的處境，裡外不是人。更讓宮財主走投無路的是，江同知還打發人給他送了根繩子來。宮財主見著這根繩子，渾身肥肉抖若篩糠，還是宮太太給他一巴掌，板著臉道：「我看你還沒上吊就得先嚇死！」

「完了完了！」宮財主拿著繩子的手好不容易不抖了，這才拉著老妻的手道：「江同知這定是要逼我去死啊！」

「屁咧，要是逼你死，還能給你送繩子，怎麼不直接送鶴頂紅？這又不是唱戲，還要繩子、刀子、毒藥三樣任你選啊？」宮太太拽拽那麻繩，打量丈夫一眼，「就你這死胖子，這繩子也經不住你折騰呀！」

「那妳說這繩子是何故？」

「我哪裡曉得？」宮太太道：「你在家老實待著，我去問一問江同知。」

「妳可別去啊！」宮財主拉住老妻肥肥軟軟的手，忽然慧自心頭起，哈哈一笑，「果然是妳明白，江同知並不是要我上吊！」

是啊，江太太那般法力的大仙，倘江同知看他不爽，直接讓江太太給他下個咒畫張符，多半他就能見閻王了，還給他遞什麼繩子啊？

於是，宮財主就這般腦子清奇地拿著繩子找江同知去了。

見到宮財主，江念一副訝異模樣，「咦，宮財主沒上吊啊？」

宮財主臉立刻就綠了，「大、大人，您真是讓我上吊啊？」瞧江同知似笑非笑的模樣，又不大像，他稍稍鬆口氣，就聽江同知道：「不是我讓你上吊，我以為你現在愁得想上吊。」

宮財主道：「江大人，您可不能見死不救，咱倆可是一根繩子上的螞蚱！」

說來，宮財主很有幾分急智，這就為繩子有了新詮釋。

「你可別這麼說，王提司叫你舉報我同知衙門拿你們鹽商的好處，我們就是一根繩上的螞蚱了？」江念唇角翹出個譏誚的弧度，「你說這姓王是不是腦子不好使啊？我真是謝他了，他這主意一出，我們同知衙門上上下下同仇敵愾！別以為我不知道，同知衙門拿的，不過是每年按鹽課調查時的例銀，這份銀子不及他鹽政衙門的十之一二吧？他要你舉報我什麼？舉報我私下拿你好處了？」

宮財主連連擺手道：「江大人，您之廉潔，天下皆知啊！」

「知不知道的，你別給我胡亂捏造就行了。」

「不敢不敢！」宮財主道：「我原想為大人打聽出些個消息來，沒想到反是為大人添了麻煩。大人，您是探花老爺，腦子也比我聰明，要不，您給我出個主意，不然我這真沒法兒活了，王提司就得把我逼死！」

「少在這兒裝腔作態。」江念似笑非笑斜睨宮財主一眼，「這不論做事還是做人，誰還不得留一手啊！宮財主你更是老江湖，是不是？」

宮財主叫苦，「江大人，我要有這一手，就不會愁得想上吊了。」

「你愁的不是要不要上吊，你愁的是這場較量必將波及於你吧？」江念有時覺得這宮胖子很有幾分狡猾，有時又覺得這人大局觀上有幾分欠缺，不得不將話說明白：「田巡撫親自交代我要查鹽課之事，你是鹽商商會的會長，北昌府三成的鹽都是你的買賣。這事必然要波及你，有什麼奇怪的？」

宮財主瞠目結舌。

江念繼續道：「我知道你老家是在太平縣，那會兒你還是太平縣巡檢司的一位官兵，後來太平縣調去了一位新縣尊，那位縣尊姓余。也是這位余縣尊，在稽查私鹽時，私鹽販子勾宮財主道：「有兩百多人吧。」

「兩百多人你都認得嗎？」

「九成都認得。」

「最遠的親戚出了五服吧？」

「嗯，有些族人就是同姓，要說親戚已是算不上了。」

「要是你家有個這樣出了五服的族人，在外打架要拉人手，你去不去助威？」

宮財主隱隱有些明白江同知的意思了，就聽江念道：「你這小家族兩百多號人，你說，如柳公府那樣的豪門大族有多少族人？何止成千上萬？別出來個姓柳的，就說得跟柳國公的親兄弟一般。我實話告訴你，這位柳國公根本沒有同胞兄弟，連堂兄弟都沒有，柳國公近支就一個庶出叔叔，但他庶出叔叔那支因罪被朝廷悉數斬首！你怕什麼？你問問柳知府，他認得柳國公，柳國公認得他嗎？」

宮財主都聽愣了，哎喲，他還真是頭一遭聽聞這公府祕聞啊！

宮財主心道，果然是文曲星出身的探花大人，這眼界，這見識，果然是比他這鹽商強出三座山去！宮財主道：「大人，那柳太太是不是孔聖人的後人啊？」

「你不曉得姓孔的都是同姓不婚嗎？就因為姓孔的都是孔聖人後人，咱們北昌府也有姓孔的，就你們鹽商商會不也有個孔鹽商嗎？他是繁字輩的，難道不是孔聖人後代？我怎麼沒見你對孔鹽商恭恭敬敬啊？」

宮財主老臉微紅，道：「他是考了二十多年沒考上秀才，娶了王提司家的丫鬟，鑽營進了鹽商隊伍，算什麼孔聖人後人？」他曉得孔鹽商的底細，怎麼可能對這種人畢恭畢敬？

「不是姓孔的就算嗎？」江念反問。

宮財主訕訕，卻依舊沒有表態。

待宮財主走後，江念罵一聲老狐狸，了衿姊姊道：「宮財主真有暗帳嗎？」

「說真的，我也不曉得。」江念指尖輕叩，道：「他是靠著老巡撫上位的，這些年同老巡撫關係一直不錯。要我說，他不至於喪心病狂去記什麼暗帳，老巡撫那人的性子，也不過三節兩壽會收一些，其他的就不大可能了。要是老巡撫那時，姓宮的都記了暗帳，他就是不要命了。不過，老巡撫一走，田巡撫鎮不住下頭，不然王提司也沒這麼天大的膽子。這近來的帳就是沒記在紙上，宮財主怕也記在心裡了。」

何子衿道：「他要是真拿出什麼帳來，就是完全把身家性命交予咱們這邊了，我看，宮財主還得再思量一下。」

「哪裡還有時間叫他思量，姓王的就要汙衊於我。」江念沒收過宮財主私下孝敬，至於鹽商照例給同知衙門的好處，這也是舊例。江念不可能連這個都不收，水至清則無魚，他主持同知衙門的事務，就不能斷了底下人的財路。江念要防的是，根本不能讓鹽商與王提司有汙衊他的機會，不然這盆水潑過來，哪怕是髒水，對他的仕途亦是大大的不利。

江念要想個法子先下手為強，卻不料自己先遭了殃。

這事在北昌府上下傳得，據說江同知身中十八刀，直接給人捅成了馬蜂窩，就剩一口氣了。還有的人說，江同知毀容了。

知的老丈人，便溫聲道：「何學政留步，先照顧江同知吧，什麼都沒江同知的安危重要。」

何恭也沒心情與田巡撫寒暄，既田巡撫這般說，便回去守著女婿了。

江同知遇刺之事，令北昌府原就緊張的政治氛圍更加劍拔弩張，王提司便恨恨地與柳知府道：「我恨不得自己給自己一刀，這江家太太是什麼意思，說我與江同知不和，是我與他不和嗎？分明是他尋我麻煩！現在姓江的一出事，大家都以為是我下的手，我跟誰說理去？」

柳知府安慰著王提司，嘴裡道：「咱們也當去瞧瞧江同知。」

王提司不樂意去，但又不能不去，結果他去倒是去了，卻是被何安人直接帶人攆出去，用何安人的話說：「在外頭欺負我家老爺不算，還敢欺負到我家裡來？不給人活路了嗎？」鬧得別說王提司，柳知府也怪沒面子的，回家直與太太念叨：「潑婦！真乃潑婦也！」

柳太太都有些懷疑王提司，「不會真是王提司下的手吧？」

「不許說這話。」柳知府正色道：「半城人都曉得王提司與江同知不和，江同知倘有個好歹，人家先尋思到王提司。王提司又不傻，焉能做這樣的事？」

柳太太沉吟道：「會不會就因如此，王提司反其道而為之呢？」

「不會。」柳知府道，一般官場之中，除非真是要你死我活了，不然誰也不會貿然下此毒手。柳知府與王提司道：「江同知必然是得罪了什麼要命的人！」

雖然半城人都認定這事是王提司幹的，但王提司自己知道這事委實跟他沒關係，什麼「小王八羔子短命鬼」之類的話，王提司沒少罵，惱火之際也說過「惹急了老子，老子哪天弄死你」這樣的狠話，但他真的就是放狠話，沒敢下手。

不過，柳知府這話也給王提司提了個醒，江同知與自己有隙，難道就沒別個仇家了？這新線索，王提司一點都沒保留地告訴了負責此案的周通判。周通判認為，這的確是條線索。說來，王提司肯將這線索告訴周通判，完全是出於個人對周通判品行的敬重。倘不是周通判人為正直，若換個人，怕早就頂不住田巡撫的壓力把他王提司填進去了。周通判卻是辦案老手，他對王提司做了細緻的調查，並且認為王提司沒有太大的嫌疑。這樣的結論，自然令田巡撫不滿，但王提司對周通判卻是一萬個感激。他曉得田巡撫必要借江同知遇刺之事生事的，有周通判這位有良知的通判大人不夠，王提司也要自救，故而，略有線索，就要告訴周通判的，周通判就開始調查江同知是不是另有仇家之事。

結果，好巧不巧，查到了江同知曾令人給宮財主送過一條繩子。

周通判很想去問問江同知，當初為啥給宮財主送繩子，但江同知據說就剩一口氣吊著。去問江太太吧，江太太說不曉得。江太太都不曉得，其他江家人更不曉得了。

周通判只得去問宮財主，宮財主早在得知江同知遇刺時就直覺出大事了。就像王提司與江同知不睦，江同知有個好歹，大家的第一懷疑人就是王提司。宮財主想得更深一些，王提司好歹是朝廷的官兒，他卻只是一介商賈，何況現在大靠山余老巡撫已致仕還鄉。他對天發誓，江同知那事兒，絕對不是他幹的。可江同知給他送過一條繩子，這是啥意思啊？他收到繩子時，第一反應就想到是江同知要他老命。

後來，宮財主細分析過，那不過是江同知給他增加壓力的手段。

找到周通判，要求官府保護，以防王提司滅他的口。

王提司被宮財主這無賴行徑氣了個倒仰，真個上吊的心都有了。

王提司是個自視甚高的人，他能在鹽課衙門一幹五六年，這樣的肥差衙門，一般三年必然一換的，而王提司竟可以連任，這也說明他並非庸人。

但現在不庸的王提司很是開闊了眼界，尤其是在無恥這件事情上。

他明明只是因宮財主這狗東西在通判司說他壞話，叫了宮財主過來罵幾句罷了。天地良心，這樣要命的時候，這樣許多不明曉案件內情的都以為是他對江同知不利的同時，他怎麼會對宮財主動手啊？

他根本沒有動手，他素以君子自居，一向只是動口的，只是罵的時間長一點罷了。

好吧，罵了大概半個時辰有。

然而，宮財主這無恥又無賴的東西，明明是自抽耳光在他面前認錯，結果，一出了鹽課衙門，立刻奔赴通判衙門，硬說那耳光是他打的。

更可惡的是，宮財主還要求通判司的保護，說什麼防他殺人滅口。

這事兒一出，田巡撫當下解了他的職務，令他安心參與江同知案件調查，同時告誡他，百姓是用來愛護的，不是用來抽打的。

王提司當時怒得，生吃了宮財主的心都有了。

宮財主還真不怕他了，臉都撕破了，還怕個毛。

宮財主這事雖然辦得比較無賴，卻還為了保平安，而且，他是真的相信，江同知那事兒一定是王提司動的手。

宮財主雖然渴求官府保護，周通判卻沒那麼多人手，宮財主千恩萬求，周通判只得派了兩個人在宮財主身邊。宮財主就出來進去的帶著這兩位大兄弟，據說就是晚上跟媳婦睡覺，也是宮財主與宮太太在裡間，兩位衙役在外間。

宮財主還給閨女們多配了幾個跟車的壯僕，這是閨女出門上學時的配置。就是兒子們那裡，也託人捎了信兒，讓兒子們小心著些。

除此之外，宮財主就是一天三趟拎著貴重藥物去探望江同知，種種關心關切，很是叫聽聞此事的王提司噁心得三天沒有吃下飯去。

王提司恨啊，怎麼沒早一步看出宮財主的下賤嘴臉來？

王提司因被宮財主誣陷抽嘴巴一事，非但田巡撫找他談話，周通判也暗示他現在最好低調些。王提司實在是，清清白白一個人，也不曉得怎麼就掉進了糞坑，簡直是一夜之間就臭了大街。種種冤屈，真個渾身是嘴也說不清。

王提司不止名聲壞了，家裡太太還來哭訴：「咱們孫子在官學受氣哩。」

王提司問及究竟，才曉得是江同知親戚家孩子幹的好事，當然，王家孫子也沒吃啥虧，但這王小郎以往因著是官家子弟，在學裡很有幾分霸道的，後來都說他家裡祖父是殺人犯，王小郎地位就有些不穩。重陽幾個別管念書如何的，那也是在官辦學裡念書，在學裡時大家都不有啥動作，但放學堵過王小郎好幾回，那王小郎身後一批鹽商子弟，還有與王提司相近的鹽課司子弟，王小郎雖地位不穩，也不少一幫人馬的。兩幫小學生因勢均力敵，也沒打起阿曄有些急他爹的事，坐下來後，聞道叔添一副碗筷，反正朝雲祖父也沒有食不言的規矩，就與朝雲祖父說了。

朝雲道長看聞道一眼，「這些事聞道的確比我清楚，一會兒你與他商量去吧。」

阿曄哪裡有吃飯的心，朝雲祖父看他如此，道：「急什麼，吃飯比天大，先安生吃飯，怎麼這般沉不住氣？」

阿曄慢慢攪著碗裡的米粥，道：「祖父，您不曉得我多擔心，險些把我嚇壞了。我娘跟阿曦是女人，不頂用。雙胞胎還小，要是我爹有個好歹，可怎麼著呢？」

聽到阿曄那句「我娘跟阿曦是女人，不頂用」，朝雲道長看他一眼，真看不出阿曄還是大男人主義。嗯，大男人主義，這是女弟子說過的詞。

朝雲道長道：「不是還有你嗎？」

「是啊！」阿曄身為家中長子，父親一出事，他就接過了家裡重任。難得他年紀不大，沒哭個沒完。雖然阿曄沒少偷哭，可一想到家裡上有老，下有小，真是哭也不敢哭太久，生怕自己倒了，家裡沒人支撐。阿曄這種想法，可以說得上是古代社會中家族長子與生俱來的頂樑柱思維模式。阿曄幫祖父添了碗湯，道：「以前覺得我爹特討厭，尤其我娘不在的時候，總欺負我。這會兒就覺得，有這麼個討厭的人也挺好的。就像我娘說的，人生中就是會有這些既討厭也躲不開的人。」

朝雲道長忍不住笑，「你娘說的是什麼話？」

「女人嘛，都這樣。」阿曄表示理解，認為女人的智商普遍低於男人。

朝雲道長問：「家裡還打理得過來嗎？」

「還成，小舅舅也每天過來幫我忙。」

朝雲道長便沒再多問，一時飯畢，就讓阿曄找聞道去商量高手刺客的事了。

阿曄把尋刺客的事託給了聞道，就辭了朝雲道長和雙胞胎，回家去了。

雙胞胎還託哥哥帶一籃葡萄給姊姊，阿曄也幫他們帶了，回家的路上，阿曄想著，自己為家辛苦操勞，雙胞胎這沒良心的，就只想著阿曦。不過，阿曄又想，身為家中長子，可不就是得幹在前吃在後嗎？唉，這就是長子的壓力啊！

阿曄把雙胞胎送的葡萄帶回去，阿曦道：「還算有良心，知道我惦記他們呢。」

阿曄問：「咱爹睡了沒？」

「還沒，娘念書給爹聽呢。」

阿曄過去看望父親，剛到外間就聞到一陣香噴噴的味道。阿曄快步進去，他爹都來不及把那碗飄著辣油的米粉交給他娘藏起來，他娘還說：「是我要吃，讓你爹幫我嘗嘗冷熱。」

阿曄根本不信，說他爹：「爹，您的傷剛好一點，怎麼能吃這麼辣的東西？竇伯伯說了，不准你吃辣的，不利傷勢！」又黑著臉訓斥他娘：「娘，您不能總慣著我爹，先叫爹把身子養好，多少米粉吃不得啊！」

看著兒子充滿正義感的小眼神，何子衿都想說「對不起」了。

何子衿嘆，「我不是看你爹實在是饞得很嗎？就這麼一小碗，不讓他多吃。」

「不行，半碗都不行。」阿曄過去就把米粉從他爹手裡搶了去，嚴肅地道：「爹，您不能仗著我娘疼您，就提出不合理的要求，知道不？」轉頭說他娘：「娘，您得有點原則！」

江念愁得很，「不就一碗米粉嗎？」

「是辣油米粉。您要吃清湯米粉，吃多少我都不管。」阿曄義正辭嚴，「爹，您以前還教我呢，男人就得有自制力，說話要算話，您說，叫我抓到你吃辣多少回了？」阿曄也很喜歡吃辣，但他爹明顯是不該吃辣的時候，偏嘴饞管不住自己，怎能不叫阿曄操心呢？

阿曦端著葡萄進來，幫她娘說好話，道：「你就別說咱爹了，誰還沒個嘴饞的時候啊？明天我一整天守著咱爹，一準兒不讓他偷吃。咱娘早就心軟，咱爹一央求她，她就什麼都應，你又不是不知道？行啦，別囉嗦啦。來，吃個葡萄，馬奶葡萄可甜了。」

因江念遇刺之事，何子衿發現，龍鳳胎這完全是要當家做主的跡象啊！

阿曄哪裡有吃葡萄的心，他覺得他爹娘就能叫他愁得啥葡萄都吃不下了。阿曄教育了他爹娘一回，看他爹改吃葡萄了，還說：「葡萄也不要吃太多，那是涼的。」

江念請教他：「那我還能吃啥？」

阿曄道：「前兒胡姨丈拿來的老參，給爹您燉一碗吃吧。」

江念覺得他要被兒子折磨死了。

何子衿連忙道：「你爹現在不能多用參，得慢慢養著，五穀就養人。」

阿曄道：「那也不要再叫爹吃辣的。」

「一定一定。」何子衿承諾，阿曄這才稍稍放心。江念說：「眼下我已無事了，你們也不要耽擱太多功課，該上學的去上學。明兒把雙胞胎接回來，好幾天沒見，怪想雙胞胎的。」

阿曄道：「那我明天去接雙胞胎。」隻字不提上學的事。

江念又說了一遍：「你就去上學吧。」

阿曄道：「等爹您這案子查清楚，我再去上學不遲。不然家裡這攤事兒可怎麼著？」

江念真是愁死了，他一個正經蜀人，現在被兒子管得，竟是連辣子都吃不得啦！

江念私下同子衿姊姊道：「阿曄怎麼跟個小老頭兒似的？」

「你小時候就這樣，像小大人一般。」

「我小時候可沒這樣無趣。」江念道：「現在竟被兒子管了。」

何子衿笑道：「這樣有什麼不好，總比成天哭唧唧的強，你看，阿曄多有主見啊！」

「是啊，我都快愁死了。」

江念不止是愁，他簡直是悔啊，想著以後裝啥也不能裝病。

柒之章　重陽說親藏波折

江念遇刺這事，大家都不敢跟何老娘說，但何老娘還是知道了。

說到這事，沈氏就深恨鄭太太多嘴，也不知世間怎有這般的長舌婦。鄭太太一說，把何老娘嚇得半死，縱沈氏一直說江念沒生命危險了，何老娘也是親自住了過來，幫著照顧孫女婿，還安慰自家丫頭片子：「大難不死，必有後福。」

何子衿只得道：「竇大夫說阿念恢復得很好，再半個月，就能下床走動了。」

何老娘道：「這就好。」她讓自家丫頭照顧阿念，自己幫著管理內闈，讓阿曦和阿曄去上學。何老娘一來，總算是把龍鳳胎趕到學校去了，江念偶爾也能偷偷吃碗酸辣粉，但案情的調查進展真不是人力可控制與想像的，周通判……周通判竟然查到朝雲道長頭上去了。

線索是柳知府給的，柳知府還是很能為王提司出頭的。

柳知府道：「我知道一些事，與周通判說一說，有沒有用，還得周通判去調查。」

周通判自然洗耳恭聽，柳知府就說：「咱們江同知，眾所周知是寒門出身，就是江太太，也是出身微寒。江太太近年來辦女學，賺了不少銀子，江同知都說江太太擅長持家，但有一事，聽我那內子說，田夫人曾說過，江太太身上的衣裳是宮中所貢新品。許多人都奇怪，江太太嫁入寒門，哪怕現在做了誥命，卻也只是六品安人，她哪裡來的這些宮中的料子呢？而江同知寒門出身卻是國朝最年輕的探花郎，平日為人何等高傲？再說江太太，不要說她的料子是田夫人都不能有的，聽說就是她的首飾，有幾樣縱是萬金都是難得的。周通判，這是不是一條新的線索？」

同知太太有來歷不明的貴重衣物首飾，這自然是重要線索。

於是，周通判一查，就查到了朝雲道長那裡。

可據周通判了解，江家的孩子對朝雲道長都是稱祖父，而這位朝雲道長，聽說是江太太少時認的師父。還有，江太太那些衣料子啥的，據說就是這位朝雲道長給的。

哎喲，這哪家師傅有這麼些衣料首飾的給女弟子啊？這兩人之間要是沒什麼不可言喻的關係，周通判就算白做了這些年的通判。

只是，周通判不願意相信江太太是這樣的女人，那女學可是江太太一手創辦的，他家孫女還在女學念書哩！周通判不得不向自己的老妻了解江太太為人，周太太道：「江太太啊，再和氣不過的人了，她娘家人也特別熱情。當初咱們三郎同何家大郎不是還一起去帝都嗎？可是沒少受人家照顧。這回一同登榜，一起入了翰林，也是緣法。」

「我是說江太太的為人。」

「挺好的呀，咱們三郎秋闈前，江太太還特意給了我一個金符，說是加持運勢的，三郎帶著去秋闈，可不就中了？」周太太與江太太一向有交情，就是兩家關係也不錯，周太太問丈夫：「你怎麼想起問這個了？」

「隨便問問。」

「江同知那案子查得如何了？」

「有些頭緒，還不好說。」周通判決定，還是要繼續在朝雲道長這裡深挖，因為越查他越是心驚，無他，朝雲道長住的就是前北昌侯于家的祖宅，現在的朝雲莊園，再者，這位沒有道錄司名牒上的道長，身邊頗有一些武功高強的侍衛。

這樣的高手，在北昌府可是不多見的。

周通判為了證實，那是龍潭虎穴都要闖一闖的。

結果，周通判還沒去朝雲莊園拜訪，他派去監視朝雲莊園的人就「失蹤」了。周通判可是坐不住了，立刻就親自去了一趟。聞道也沒為難這位通判大人，把失蹤人士還給周通判，請周通判進去說話。不一會兒，周通判冷汗涔涔地退了出來，自此再不敢監視朝雲莊園。

周通判心中大罵柳知府，這王八蛋，竟然挖坑給他跳！

這實在是冤枉柳知府了，柳知府根本不曉得這是個坑，還是個深坑。

周通判是不會信的，柳知府一向自詡名門柳國公府出身，你都是名門了，你能不曉得朝雲先生的來歷嗎？他娘的，竟然把他往坑裡引！他摔死了，姓柳的是不是認為就沒人再繼續調查江同知遇刺一事了？

周通判怒火中燒，偏生他品階不比柳知府，竟是沒法報仇，心裡何其憋悶二字可表？

不過，周通判也沒憋悶太久，很快的，朝廷派了欽差過來徹查北昌鹽課與江同知遇刺之事。欽差隊伍是這般組成的，首席欽差乃新任左都御史謝御史，欽差組成員有戶部清吏司主事一名，刑部捕快五名，吏部侍郎一位，餘下隨從自然不少。

這次欽差配置之高，直接驚動了北昌府官場。

至於為什麼打頭的是御史台，無他，給朝廷上摺子的是顧御史啊！

顧御史簡直受不了這種驚嚇了，江同知剛一調查鹽課之事就被人捅去半條命，顧御史再想立功，也還是惜命的。不過，他身為御史，北昌府發生同知遇刺之事，他自然有理由上書朝廷。再者，為了表示北昌府局勢之混亂，顧御史言辭間稍稍誇大了些也是有的。

此外，北昌府有朝雲道長這麼一位太后娘娘親舅舅的過氣權貴，遇刺的江同知又有些不可言說的身世，為安穩計，皇帝陛下就派出了這麼一隊超豪華的欽差隊伍。

聽說欽差到了，江念尋思著，自己也該自病床上起來了。

當然，這樣豪華的欽差隊伍，江念也不禁輕擰雙眉，尋思著，朝廷對此事是不是重視得有些過頭了。

何子衿聽說朝廷要來大官，就跟江念商量著，江念這傷是不是快些好起來。

江念舀一勺酒釀小圓子吃了，愜意地靠著軟枕，道：「原也就該好了的。」

何子衿拿著朝廷的邸報道：「這位左都御史是姓謝的，不知是不是太后的娘家人？」

江念顯然比子衿姊姊熟悉官場，三兩口把小圓子吃完，道：「這位謝御史正是宜安駙馬，也是太后娘娘嫡親的叔叔。」

何子衿沒想到朝廷把太后她叔給派出來了，她悄悄道：「你說，是不是太后的叔叔來看太后的舅舅啊？」

江念摸摸沒毛的下巴，尋思道：「主要還是來查案吧，也不可能只是為了來看朝雲師傅。要是來看朝雲師傅，派個什麼人來不行啊？」

「也是，叔舅是同輩，沒有讓一個人來看另一個人的理。」何子衿道：「可我看宮財主記的那祕帳，這鹽課上貪的銀子也不算太多。」

「我的姊姊啊，老巡撫這才走了多久，王提司就能弄這些銀子，再讓他待下去，北昌府的百姓就吃不起鹽了。就是鹽商也深受其苦，不然妳以為宮胖子能把這帳給我？」鹽商送禮打點，但鹽課司也不能太過火，要是真過了頭，早晚大家一起倒楣。

江念雖是漸漸「轉好」，依舊許多人過來探望，尤其沙河縣邵舉人與莊典史。沙河縣離府城遠，他們得信兒就晚，待得了信兒，立刻請了假，都是騎馬來的。邵舉人家不大寬裕，不過現在日子較先前好過許多，帶了許多滋補藥材過來，說是年前村裡獵戶獵到一頭大鹿，邵舉人買了整頭鹿下來。邵舉人是個懂行的，家裡吃了鹿肉，但如鹿筋、鹿茸、鹿尾、鹿鞭都風乾了存起來，這回悉數帶來給江同知補身體，莊典史則是送了一根十幾年的參。

莊典史看江同知臉色不算太差，此方放下心來，接了丫鬟捧上的茶也顧不得吃，道：「聽說大人遇刺，把我驚壞了，也不敢同別人講，不然家裡婆娘啥的怕沉不住氣，胡亂說去，我就與邵老弟連夜過來了。」又問案子查得如何，可尋出兇手。

邵舉人也頗是關心江同知的身體，聽江同知說身體已無大礙，莊典史和邵舉人二人都放下心來，只是未能捉到殺手，二人難免不放心，再三叮囑同知大人出門一定要小心。莊典史還道：「大人身邊可需人手，別個沒有，咱們沙河縣好漢最多！」他管著縣裡治安，琢磨著是不是送江同知幾個護衛。對於莊典史，江同知非但是曾提攜他的恩人，平日裡兩家處得也不錯，就是以私交論，莊典史也盼著江同知平安。

江念道：「勞你們想著，我這裡已是無礙了。如今我倒盼著那刺客露頭，他再一露頭，我定要捉他個活的！」

邵舉人沉吟道：「大人遇刺之事既已傳開，尋常刺客都不會再動手，能請動這般刺客的，定非常人，大人還是要當心。只怕那人畏於風聲，一時偃旗息鼓，之後怕仍要作惡。」

江念道：「馬上就不用怕了，朝廷的欽差就要來咱們府城調查鹽課之事。」

莊典史聞此事不由大喜，「謝天謝地，欽差一到，那姓王的就蹦躂不了幾天了。」莊典史聽聞江同知遇刺之事，也是打聽過的，認為這事是王提司幹的，故而，雖然他與王提司天上地下，又不認得王提司，但莊典史受江同知深恩，頗有些同仇敵愾的意思。

邵舉人對欽差即將來北昌府之事亦深覺鼓舞，感慨道：「陛下聖明啊！」

江念見了邵舉人不由多問一句：「今科春闈我想著，你怎麼都要下場的，結果你卻是沒去帝都，誤了這一科。」

「我原也想去來著，只是咱們縣學剛見成效。大人定也知曉，今年秀才試，咱們沙河縣秀才就有十五位。」邵舉人說著，眉宇間露出極是欣慰的神色。

「他就是這樣，成天這個放不下，那個放不下的。」莊典史與江同知道：「先是放不下弟妹和侄子侄女們，我說讓他只管去，家裡有我幫他照應呢。他這又放不下學裡的學生們，拖來拖去的，可不就誤了。」說著，很替邵舉人惋惜。

邵舉人或者是曾遭斷腿之禍，經歷過人生低谷，性子極為恬淡灑脫，笑道：「咱們沙河縣的縣學，先時由大人出銀出力，林教諭和田訓導他們一起用心，方有如今模樣。」說著不由嘆道：「咱們縣還是舉人進士少啊，我若一走兩三年，實在放心不下縣學。再者，我那文章也還欠些火候，我想著即便去春闈，也就是考個進士，既不負多年所學，待得回鄉繼續教學，也能多為縣學盡一份心力。」

莊典史雖大字不認得幾個，但對邵舉人這般志向是極為敬佩的，還與江同知道：「有件喜事一直想跟大人說，先時沒得機會來府城，這回同大人說，我與邵老弟做了回兒女親家。」

江念聞言亦是歡喜，連忙問：「定的老幾？」他知道莊典史家兒子多。

莊典史道：「我厚著臉皮為我家老三求的，難得邵老弟不嫌老三笨，還不大會念書。」

邵舉人笑道：「結親原是為了兩姓之好，再者，人品比學問更為重要，我看三郎就很好，是個極穩重的孩子。」

莊典史現在說起這親事都是眉開眼笑的，聽親家公這般讚自家兒子，更是歡喜，「主要是在學裡跟著老弟你念了幾年書，識了些道理，不然哪裡有那小子的今日。」

就是何子衿聞知這事亦是高興，聽說兩家已訂過親了，還是收拾出了一對比目佩，說是補送的訂親禮。又問成親的日子，知是在年底，何子衿記下了，道：「那會兒我們不一定有空過去，就算我們沒空，也會打發人去吃喜酒的。」

莊典史深覺有面子，私下與邵親家道：「咱們江大人一家都重情重義。」

「是啊！」邵舉人嘆道：「可是，如江大人這樣的好官，都險有性命之憂。」

「放心吧，我看欽差一來，必能抓住那刺客的。」

親家二人都是縣裡有公職的人，不能久待，見江同知的確是好轉了，在江家留一宿，第二日就辭了江同知，回沙河縣去了。

雖然來訪者不斷，何老娘卻是早就不怎麼急了，因為自家丫頭已偷偷告訴過她，江念的傷並不要緊，只是裝出個傷重模樣，不然怕刺客還會再來行刺。

何老娘一聽是裝的，就悠哉悠哉過日子了。只是，她老人家嘴巴實在不嚴，看著阿曄阿曦擔心父親，一不留神就把事同阿曄阿曦說了，不過，何老娘不愧活了一把年歲的人，她老人家還是把江念包裝成一位智勇雙全的好人來教導重外孫重外孫女的。

何老娘說：「做人就得有心眼，我是告訴你們，你們可不准在外露了餡兒，要是有人問你們，你們爹傷得咋樣啦，知道怎麼說不？」

阿曄很是上道，「就說還動不了呢。」

何老娘頗為欣慰，覺得重外孫子這般有智謀，完全是像了她老人家。

阿曦這實誠人有些猶豫，「也不能跟重陽哥、大寶哥說實話嗎？」

何老娘道：「要是重陽和大寶問，妳就說好多了。要是外人問，妳就哭喪著臉說，還不能下床呢，知道不？」

阿曦不知道哭喪個臉是個什麼表情，何老娘便教導了她一番，阿曦方恍然大悟，原來哭喪個臉就是要哭不哭的樣子，於是，在曾外祖母的教導下，阿曦飛快往影后方向發展了。

隨著江念病情漸好，親戚們總算是放下了心，該幹啥幹啥去，其實大人們心裡都有數，只是不敢叫孩子們知道罷了。至於孩子們，阿曄阿曦是被何老娘洩露過消息的，好在兩人都會裝個樣兒，也沒人會去懷疑孩子的話。

江念能下床遛達幾步的時候，欽差隊伍終於到了北昌府。

江念還跟著田巡撫一行去迎了欽差，田巡撫本來想江同知在家養傷的，江念堅持自己傷得晚，他來北昌府時，北昌府已形成田柳相爭的局面。儘管田柳二人皆想拉攏這位李參政，但李參政很明顯不想參與二人相爭之事，一直處在旁觀的位置。

誰也未料到，李參政不鳴則已，一鳴驚人。

這鹽課司的祕帳竟在李參政手上，是的，李參政查出的是鹽課司的祕帳，江同知上呈給謝欽差的是鹽商的祕帳。相較江同知的險死還生，李參政這不動聲色的出手更見真章。

李參政與江同知立刻就從北昌府官場眾官員中脫穎而出，哪怕再沒眼力的人也知道，起碼這兩位大人在北昌府這場波濤洶湧的動盪中保得了平安。

其實這兩樣東西往上一交，許多北昌官員也安下心來，至少清白的人知道大勢已定。

只是在這大勢已定之際，偏生又發生了一件醜聞，王提司欲攜重金偷離北昌府，卻被府兵拿個正著。柳知府哪怕在與田巡撫這場相爭中兩敗俱傷，但對於王提司的逃跑行為仍是極不屑的。柳知府就說：「恥與此等小人為伍。」敗是敗了，政爭中敗不可恥，但如王提司這種攜金逃跑的，就令人不恥了。尤其柳知府政爭失敗，但他沒有貪賄，他是乾乾淨淨的，他只是不滿田巡撫的執政罷了。

府兵將王提司捉拿歸案，很是為柳知府挽回了些官聲官譽。

何子衿都說：「柳知府這事兒辦得還是不錯的，不然真叫王提司跑了，北昌府上上下下的臉可就丟沒了。」

江念淺笑道，「是啊，柳知府在這事兒上還是明白的。」

何子衿道：「柳知府會不會因此事得福啊？」

江念道：「他這不過是亡羊補牢罷了，就算補牢了，難道先時亡羊的責任就不追究了？」一任知府想要留任，考評起碼要中上等，不能有大的過失。如柳知府這種，與田巡撫相爭不說，北昌府還爆出大規模鹽課貪鄙案。縱田柳二人再有後臺，想留在北昌府也是難上加難。

北昌府這樣的苦寒之地都難以留任，若江念所料未錯，柳知府倘想再謀外任，所謀官職必然會比知府稍低些。至於田巡撫，更不是江念可以多嘴的。其實江念就是想多嘴也是不能的，依田巡撫的自尊，此次江念與李參政一起遞上鹽課貪賄的證據，怕在田巡撫心中，已將江念視為李參政的人了。

讓江念說，這就是田巡撫與李參政的差別，田巡撫一直是希望江念投他陣營，可什麼是陣營呢？你對江念有何恩情，就讓江念去投你陣營？難道就因為你是老余巡撫一手提攜上來的人，就有資格繼承老余巡撫在北昌府的政治遺產？如果田巡撫真的是這樣想的，那麼，他敗得並不冤枉。

江念對於田巡撫是有些惋惜的，甚至許多不明底裡的人，對江念的意見很是不小，覺得江念身為余家姻親，竟然與李參政聯手擠兌了田巡撫，這等不分遠近親疏的行為，在官場中也很為人所忌。不過，江念畢竟算是老余巡撫拐著彎兒的姻親，這等關係又讓許多人在口出惡言前多了幾分猶豫，特別是田巡撫被李參政搶了風頭，而江同知身為鹽課案的立功人員之一，朝廷必有嘉獎，已是可想而知。

這個時候，得罪一個風頭正盛的同知，這位同知還正當青春，只要沒有太大的變故，這想到王提司倒臺，哪怕何子衿素來不喜王太太，也不禁心生感慨。江念身體大好，何子衿也能出去串門了，她先去娘家說說話，讓娘家只管放心，江念已是大好了，然後又去了朝雲道長那裡，不想正遇朝雲道長款待貴客。

朝雲道長在款待左都御史謝欽差，當然，通俗一點說，太后她舅在請太后她叔吃酒。何子衿來得有些巧了，聽說朝雲道長有這樣的貴客，便同聞道說一聲，留下給朝雲道長帶來的東西就先行離去了。殊不知，此時也有人在談論著朝雲道長。

李夫人就說：「這朝雲莊園原是前北昌侯于家祖宅，聽說那處宅子罰沒官中，老巡撫都沒住過，就被這位道長住了進去。先時田大人對朝雲莊園並不大在意，可我想著，這位道長既能得謝駙馬親至，必有不凡之處。」

李參政道：「不是妳說江太太就有神算之名嗎？聽說那道長是江太太的師傅，怕是於易卜之道有所不凡。」

「要只是個會算卦的老道，也值得謝駙馬親去拜訪？」李夫人道：「你也想想，聽說帝都文休法師那樣的高僧，與太后娘娘最是相熟，要是謝家有什麼占卜之事，何必捨近求遠，千里迢迢過來北昌府？再者，這位道長可沒有文休法師那樣的名聲，哪怕謝駙馬有事相詢，著人請道長過去問話既可，如何親自上門？」

因謝欽差還是宜安公主駙馬，故而，許多人也慣常稱他為謝駙馬。

李參政顯然也想到了這一點，關鍵是，謝駙馬並沒有太過隱匿行蹤，他就直接大搖大擺上門的。如此正大光明，便不大可能是去問占卜之事。

李參政皺眉思量，「也沒聽說這道長有何不凡之處？」

「是啊！」李夫人也是百思不得其解。

李氏夫妻一時想不通其中蹊蹺，倒是何子衿，這遭上門既遇朝雲道長宴請貴客，何子衿就換了個時候過去。朝雲道長正是清閒，見了女弟子還道：「那日如何沒進來？」

何子衿笑，「師傅正在宴客，我貿然進來不大好。」

朝雲道長道：「不是說這個，妳不是自小就愛看美人嗎？這位謝駙馬自少時便是出了名的好容顏，妳不趁機看上一看，豈不可惜？」

「那也是以前啦，我聽阿念說，謝駙馬七老八十，已是老得掉渣啦！」

老得掉渣……

聞道險些打翻了手中的茶碗。

朝雲道長：謝駙馬在阿念嘴裡都是這般形象，那較謝駙馬大上幾歲的自己呢……

朝雲道長被女弟子的直率打擊到，一時間都不想說話了。

何子衿卻是毫無所覺，這些天在家裡，還偷空幫師傅做了件袍子，這次帶了來，先秀過手工，方道：「師傅試一試，這回是暗紋竹枝玉青色，看我配這暗色鑲邊，既活潑又穩重，最適合師傅您這年紀穿了。」

朝雲道長剛被「老得掉渣」打擊了一回，這再聽女弟子說「年紀」二字，頓時大不是滋味，意興闌珊地擺擺手，「罷了，我這把年紀穿什麼不行，這料子有些浮了。」

「哪裡浮啊，師傅您又不是很老，而且，您這種溫文儒雅型的，多難得啊！我見過這麼

「姊姊說的我都明白，姊姊看我，自然寶貝。」說到這話，江念暗暗自得，自得之後，接著道：「可話說回來，就是這些出使人中，誰能比得過謝駙馬呢？我聽李參政說，這位駙馬年輕時曾於西寧關主持對西蠻事務，然後在謝駙馬於西寧二十幾年的為官生涯中，西蠻沒能從我朝土地上邁進一步。這次定是極要緊的會面，陛下才會派出謝駙馬的。謝駙馬還是太后娘娘的親叔叔，倘謝駙馬有個好歹，如何跟太后交代呢？所以我說，這次出使，我縱不大知曉這其間內情，但想來定是要緊事。」

何子衿也明白，如這樣的要緊事，若不是有幾分運道，如江念這樣的中低品小官，怕就是打破頭也擠不進去。何子衿尋思道：「謝駙馬親自出使，這護衛之事怎麼說呢？」

「除了謝駙馬帶在身邊的侍衛，紀將軍那裡會派衛隊親自護送。」

何子衿想了想，很快有了決斷，與江念道：「既是謝駙馬親自點你，這也是謝駙馬好心，你只管去，不必惦念家裡。」

江念握住子衿姊姊的手，在掌中輕輕一捏，道：「我只是捨不得姊姊。」

「又不是去多久，這種祕訪，時間拖久了消息必會外洩。再說，你只捨不得我？還有阿曄阿曦和雙胞胎呢？」說著，何子衿望著江念。

江念笑，「孩子們與妳我怎麼相同？孩子們現在跟咱們在一處，就像那小鳥一般，終有長大離巢那一日。就是以後，也都會娶親嫁人，各有各的日子。真正能白頭到老的，不是孩子們，是妳和我。」

因江念要出使之事，夫妻倆很是一番親暱。何子衿在得知護衛使團出使西涼的衛隊，是由姚節親自帶領時，稍稍放下心來。她夫妻二人都與姚節相熟，有熟人在軍中，哪怕有什麼變故，姚節肯定也得先顧著江念啊！

江念就以外差的名義參加了使團行程，甭看江念這參加了使團還放心不下媳婦，就他與李參政參加使團之事，不知多少人心生羨慕呢，其間就包括使團裡的鴻臚寺姜少卿。姜少卿就不明白，他們人手並不缺，謝駙馬如何非要再添上李參政與江同知二人。就北昌府剛查清鹽課案，這麼個苦寒之所，一個鹽課司的鹽課提司，一年就能貪十萬白銀，雖然李參政及江同知是獻證據的人，但也可想而知這北昌府的官場是什麼樣的地方了。

而能在這樣的官場裡，迅捷準確的獻上證據，立下功勞，這李江二人，一看也不是簡單的啊。這樣機密的事情叫這二人參加，尤其他們還沒有對此二人進行細緻調查，倘不是謝駙馬一意堅持，怕姜少卿根本不會同意這二人加入使團之事。

就是現在，姜少卿也不大理解。

當然，姜少卿這不大理解，在得知江同知江念會西涼語時，突然有些理解了，尋思著莫不是謝駙馬對現在懂西涼話的書吏不大滿意，想換個懂西涼話的？當下就尋了這位江同知，那麼，李參政呢？

很快，姜少卿就明白，他委實小看了北昌府的官員。如江同知，是通西涼話的，用江同知的話說：「以前在縣裡任職時，我所在的沙河縣離榷場極近，我也去過榷場，見到西涼的商人，順便說了幾句，不算熟練。」當然，從江同知與那位西涼語書吏那流暢古怪的西蠻語對話來看，江同知那「不算熟練」，完全可以視為江同知的謙虛。至於李參政，雖不懂西蠻讓何子衿說，這與何老娘的文化水準有關，想一想，這些話本小說多是什麼人看？那些學識淵博的大儒是極少看這些的，看這些的大多是文化水準尋常的。這些人還不一定就比何老娘的審美高明到哪兒去，而處於同等水準的審美，自然能選出符合這種審美水準的話本。

重陽多精明啊，發現此事後，立刻就聘了曾外祖母為顧問。對了，顧問這詞還是子衿姨媽發明的，竟然是有什麼拿不定主意的事就找顧問來問一問。重陽就聘了曾外祖母給他當顧問，非但要請曾外祖母幫著挑選話本來出版，還要曾外祖母幫他擋一擋他娘，甭叫他娘總逼褪著他念書了，重陽自認不是念書的料兒。

重陽聘了曾外祖母為顧問，每個月給曾外祖母開月銀。俗話說，拿人手短，由於曾外祖母在重陽這重外孫的書鋪裡兼職打工掙零用錢，所以，在重陽的問題上，曾外祖母常幫著重陽說話。何老娘如今說起重陽也很是高興，道：「這孩子認識的秀才多了，許多秀才都願意在他這裡印話本，只是這也得有個挑揀，咱們得挑好看才成。重陽既要打理鋪子不得上學，哪裡有這樣的空？我就幫一幫他，挑揀這話本。如今我眼睛不大成了，自己看就費勁，就讓燕子過來念給我聽。」又說：「燕子學認字算是快的。」燕子是何老娘身邊的小丫鬟。

何子衿也樂得自家老太太有些事情做，還打趣地問：「重陽一年給祖母您多少工錢啊？這可是不能少了的。」

一提到工錢，何老娘就一句：「孩子們做點事怪不容易的，哪裡還能要孩子們的錢？重陽說要給我，我不要。後來，那孩子說了年底給我分紅。」說著，何老娘就得意起來，覺得自己算是提早一步享了重外孫的福，卻還是強調：「隨重陽如何說吧，我不要重陽那錢。」

何子衿笑，「這也是重陽的心意，祖母甭急著拒絕。您不曉得，重陽那書鋪，去歲勉強收支平衡，一分錢分紅都沒有的，今年多半能略有盈餘。」

「我看他書鋪生意還不錯啊！」

「是嗎？」

「當然啦，我去過兩回，每天放學的時候人可多了。」

何子衿笑咪咪道：「這都是祖母您幫忙的緣故啊，要重陽自己，哪裡有如今的景象？」

何老娘一聽這話就高興起來，嘴裡還道：「也是重陽這孩子爭氣。」又跟自家丫頭讚了回重陽，這回也不叫燕子念書給她聽了，就拉著自家丫頭片子的手說起出版業的事來，一不留神還說出了個機密：「重陽說了，阿曄那書第二部就快寫好了，待寫好了，就拿去印來賣。」

何子衿想著，阿曄這小子被他爹收拾過一回又加重了課業，很久沒再寫過話本，如今看來是江念這一去遠差，阿曄又重拾舊業了。

何子衿回家就問了阿曄，阿曄道：「娘，您放心吧，我一準兒不會影響課業的。」

何子衿笑笑，「成，你心裡有數就成。人有愛好沒什麼不好，只是得分得輕主次。」

阿曄認真應了，就開始趁他爹不在家，開始了自己的話本創作。

因自己娘待自己好，阿曄還同他娘說了個機密事兒：「娘，您知道不？《簪花記》的那位紅塵居士，可是被重陽哥逮住了，您知道這人是誰不？」

「誰啊？」

何子衿道：「陸家雖好，可北昌府也不是就沒有比他家更好的了。咱們姊妹私下裡說句勢利話，那陸三老爺畢竟只是白身。咱們重陽是會過日子的好孩子，再者，別個不說，咱家的孩子都是乾乾淨淨的，就是成親後也不會納小，單這一樣，就極難得的。自來一家女百家求，成與不成的，先同陸家露個口風，看看他家的意思，總沒差的。」

蔣三妞相中了陸家，於陸家事也格外慎重，想著便是問也要做好萬全準備才成。

蔣三妞道：「成，我再與妳姊夫商議一下。」

蔣三妞急著幫重陽說親，也有一個原因，就是覺得重陽如今越發狡猾。譬如，拿請曾外祖母何老娘做顧問一事來說，重陽簡直是一舉多得，既為曾外祖母找到了事業第二春，還能託曾外祖母替他說話。原本蔣三妞很反對重陽做生意，但重陽請了何老娘替他說情，蔣三妞一向很聽這位姑祖母的，便不大說教重陽做生意之事了。當然，蔣三妞自己心裡也明白長子是個啥貨色，真個讓重陽念書，能要他的命。

既然念書不成，蔣三妞就想早些給長子說門親事，成家立業，也能穩重一些。

這不，蔣三妞就相中了陸大姑娘。

說來，胡家與陸家的交集還是自江念「遇刺」時開始的。江念「遇刺」，胡文先時不知內情，幾乎每日都守在江家。陸家與江家也一向關係不差，故而，陸家人來江家探望時，也就認識了江家的親戚胡家。

蔣三妞與丈夫提及陸家，胡文對陸家的觀感卻不比妻子，胡文道：「我倒是認得他家三老爺，是個和氣人，只是未免太過不通俗務。」

「我聽說陸家三老爺時常與些北昌府的文人詩文唱和。」蔣三妞道。

「那算什麼啊，不過是會寫幾首詩而已。倘真有才幹，怎沒像陸太爺那般考取功名？再者，陸太爺自是沒得說，陸太爺是翰林，有大學問的人，可陸太爺膝下三子，不過長子中了舉人，外頭捐了個官，如今仍在縣令任上。陸二老爺只是秀才，拿銀子打點了個縣丞的缺。陸三老爺乾脆是白身，我倒不是瞧不起白身，我也沒功名，說來還不比陸三老爺會作詩呢，只是，男子漢大丈夫，便是沒功名，也該做些庶務賺銀子養家，可這位陸三老爺，除了聽說詩文唱和，就沒再聽說他做過什麼俗務了。他家的田莊產業，他都不曉得有多少。要我說，陸三老爺忒仙氣了些。」

胡文一向瞧不上那些不通庶務之人，他喜歡的是江仁和江念這種能養家的，當然，江念這種既會念書亦會養家的自然最好，如他與江仁都不大會念書，養家卻也是妥妥的。像陸三老爺那樣成天詩文唱和的，與胡文當真不是同一路人。

蔣三妞卻有不同的意見：「這事兒我也打聽過，聽說陸家的產業一向都是女人打理。現在是陸老太太看著，陸三太太管著，正因如此，他家的女孩兒既斯文又能幹呢。咱們又不是有閨女嫁給陸家，咱們這不是想給兒子娶媳婦嗎？娶媳婦自要娶個會理家的，不然以後重陽掙下家業，遇著個敗家的，有多少夠她敗啊？」

胡文被妻子這麼一說，倒也覺有理，反正便是親家，倘性子不相合，倒也不用多來往，只要女孩子好就成，胡文道：「那我再打聽一下陸家為人。」

「成。」蔣三妞笑，「不是我讚陸家大姑娘，連子衿妹妹也說陸家姑娘好呢。」

通病，憑你商賈家財萬貫，仍是瞧你不起，但陸三太太聽到「致仕」二字，想著胡家太爺能用上致仕二字，可見是有官位的。陸三太太不好直接相問，便道：「看胡老爺的年歲，胡家太爺說不得致仕前還是我家太爺的同僚呢。」

何子衿見陸三太太打聽起胡太爺官位來，笑道：「這我就不曉得了，胡太爺是外任官，致仕前是五品知府。回鄉後一手籌辦了我們老家的書院。我們老爺以前就是在胡老山長的書院裡念的書，頗得他老人家指點。」

陸三太太笑，「胡太爺這辦書院的心，倒與我們太爺去府學做先生的心相似。」

「是啊，傳道、授業、解惑，這可是功德啊！」頭一回提及胡家，何子衿只是略提提，並不再多說，以免陸三太太起疑。

有何子衿給陸三太太打的底，陸三太太知道了胡家也是官宦之家出身，這令陸三太太在江家遇到蔣三妞時多了幾分客氣，並不再以對尋常商賈太太的態度對蔣三妞。蔣三妞也是個會做人的，要知道，陸家一向是女人打理家業，陸三太太不必說，也是個精明的。再加上何子衿，三人說起過日子的話來，很是投機。這其間，蔣三妞自然也認識了陸家的三位姑娘，便時不時給她們一些姑娘家用得著的小繡品，既精緻也不顯眼。

與陸三太太熟悉後，蔣三妞家裡有兒子要娶媳婦，陸三太太家的大姑娘也到了說親的年紀，彼此自然有許多共同話題，蔣三妞就說：「要我說，只要孩子好，我就願意。我家不算什麼大戶人家，家裡人口也簡單。就是我們夫妻，下頭他們三兄弟。我們家別的不敢說比別人家好，只一樣，我是過慣了小日子的，以後也只願兒子媳婦兩人一心一意過日子，譬如大戶人家那些妾啊通房什麼的，我家再沒有的，我也不能容那個。」

陸三太太家裡是有兩個通房的，聽蔣三妞這話，有些不是滋味，又有些羨慕，她到底不是個狹隘的性子，笑道：「那做妳家媳婦可是有福了。」又打趣一句：「如胡老爺和江老爺這般一心一意的，能有幾個？妳啊，有福氣。」

蔣三妞道：「我們小戶人家，可不都是這般過日子嗎？」

陸三太太笑，「妳家還算小戶人家，真不叫小戶人家活了。」

「哪裡就不是小戶人家了？」蔣三妞笑道：「家族再大，人再多，到底還是一家子最親。一家人把日子過好了，我也就知足了。」

陸三太太深覺蔣三妞是個明白人。

這樣的明白人，即便是商賈家的太太，陸三太太也願意多與之來往的。何況，胡文手裡的軍糧的生意，蔣三妞與陸三太太交好，乾脆就讓陸三太太把每年田莊裡的出產，除了家裡吃用的，餘者就都賣作軍糧。如此，兩家越發親近。

不過，蔣三妞也不是沒有競爭對手，她就發現，陸老太太的娘家侄媳婦高太太也時常來陸家走動，其目的大概是與她一致的。

高太太是陸老太太的娘家侄媳婦，膝下二子一女，其長子高琛，是北昌府有名的少年英才。今年秀才試，俊哥兒叫囂著必得案首，結果案首叫人家高公子得了去。高琛年紀較陸大姑娘稍長些，論年紀倒也般配，只是高家近年來有些沒落了，陸家家境尚可，故而高太太時常過來。陸老太太瞧著娘家侄孫有出息，心裡自然喜歡，也樂得幫襯一二。

蔣三妞不曉得高陸兩家有無做親之意，但陸三太太對高太太極親切是真的，就是如陸三太太過日子這般精道之人，竟捨得在高琛生辰之際，特意自繡紡尋了上等料子，要親手給高琛縫製衣衫。這些事蔣三妞之所以知道，倒不是她特意打聽的，而是陸三太太託蔣三妞幫忙尋衣料子時無意間說起的，更甭提陸三太太提起高琛的口氣，那真是比女婿還女婿。

蔣三妞每思至此，就忍不住洩氣，覺得自家兒子沒戲了。

蔣三妞拉著何子衿同她分析，何子衿想了想，道：「三姊姊不必急，要是陸三太太真有把握，就不是給高家公子縫衣衫了。陸大姑娘眼瞅著就及笄了，高太太倘有此心，怎不提及兩家親事？姑舅做親，正是親上加親呢。要依我說，陸三太太是有意高家公子，高太太不一定相得中陸大姑娘。」

蔣三妞道：「這怎麼會？我聽說高家已是落魄了，那高老爺除了花錢什麼都不會，高家已無甚家產，家中就剩百畝薄田支撐，就是高家兩個孩子念書，都是陸家資助。」蔣三妞覺得如高家這種情況，能娶到陸大姑娘已是福氣，如何還能不樂意？

何子衿微微笑著，並不與蔣三妞分說此事，只是道：「三姊姊，妳只管冷眼看我猜的對是不對。」又給蔣三妞出主意：「既然陸三太太對高家這般殷勤，三姊姊索性就避避嫌，省得陸三太太煩惱。雖說陸三太太是想給高公子做衣裳，可她也是在帝都府待了大半輩子的人，家裡過日子節省，也不見得就沒幾件好料子，這特意尋姊姊找料子，說不得就是給咱們暗示。」

縱蔣三妞相中了陸大姑娘，何子衿覺得，蔣三妞是正當為重陽相看媳婦，陸大姑娘雖然好，可胡家也不是上趕著的。先時讓陸三太太把田莊的糧食賣到糧莊去，已是給了陸家不少便利，不必事事順著陸家，省得陸家小看了胡家。

蔣三妞與何子衿自幼一道長大，她一聽便明白了子衿妹妹的意思，蔣三妞點頭，「成，那這次的衣料錢，我就按原價收。」

「原也該如此，大家交情歸交情，生意歸生意。」

蔣三妞說是按原價收，到底把零頭給抹了，不過，依陸三太太的精明，看到帳單也隱隱明白了些什麼。陸三太太並沒有不滿，反是覺得安心。她猜到胡太太大約是看中自家大閨女了，只是，如蔣三妞所想那般，陸三太太相中的卻是高家侄子。在陸三太太看來，高琛少年英才，雖家境略有些不如自家，但只要孩子有本事，肯念書上進，還怕沒有前程嗎？至於胡家嘛，家境的確比高家好上許多，只是胡家長子她也著人打聽過，聽說學裡都曉得的，最不愛念書的人。兩相對比，陸三太太自然更樂得高家侄子來做女婿。無奈先時已得了胡家好處，陸三太太礙於情面，不得不特意交好，何況胡太太頗是委婉，許多話並未明說，她也只有裝個糊塗。如今胡太太知難而退，很是讓陸三太太鬆了口氣。

陸三太太痛快地付了衣料子的錢，還打賞了過來送料子的管事媳婦小麥。待小麥回家將事細緻地同蔣三妞一說，蔣三妞便心中有數了。

蔣三妞與何子衿道：「我看陸三太太是真的沒相中咱們重陽。」

雖則蔣三妞經常教訓重陽，覺得重陽不好生念書不上進，可自家孩子被別人家嫌棄，蔣三妞心裡很不是滋味，就是看陸三太太也沒以往順眼了，深覺陸三太太沒眼光。那高琛不就是會念書嗎？當然，蔣三妞是不承認她這想頭裡有多少酸味的。自家兒子長相自不必說，濃眉大眼的俊小夥兒，也很知道賺銀子養家，還很照顧弟妹，孝順父母。是的，自從重陽自己做了東家，私下孝敬他娘好幾樣小首飾了，雖多不怎麼值錢的金丁香、金戒子之類，可那不是重陽的書鋪還沒咋盈利嗎？重陽不僅私下孝敬他娘首飾，還時不時給曾外祖母何老娘買北昌府太平齋的糕點，送阿曦妹妹頭花，給弟弟們買玩具，總之，重陽特會照顧人。故而，在蔣三妞心裡，重陽絕對是除了不會念書，幾乎沒啥缺點的好孩子了。

然而，蔣三妞也明白，陸家姑娘是好姑娘，嫁人是姑娘家一輩子的大事，相當於二次投胎，焉能不慎重？自家是沒閨女，要自家有閨女，比陸家還慎重呢。

蔣三妞調整了一下心情，就打算另給重陽物色別家女孩了。

蔣三妞這都準備給兒子另覓佳偶，不想，重陽不曉得是不是趕巧還是怎麼著，他竟然通過阿曄搭上了陸太爺陸老翰林的線。是這樣的，陸老翰林不是在官學裡當書法先生嗎？重陽讀書不大成，做生意卻頗有天分，如今他書鋪生意轉好，重陽已得商事三味，他琢磨著請陸老翰林寫本書法練習的書。

重陽是這麼想的，他做這事兒不是為了賺多少銀子，當真是為了北昌府官學裡的同窗。重陽與陸老翰林道：「我也讀了幾年書，雖不是這塊料，卻也有些小見識。我想著，大家都說字如其人，這字就是文章的第一張臉。我不會說話，這話有點兒粗，可先生您是見過大世面的人，聽我叔外祖說，咱們北昌府年年春闈人數都是倒數的，不為別個，學裡這些同窗們，以後倘有造化都是能去春闈一搏的。這字上的學問，您是這個！」說著翹起大拇指，又道：「您比我們都懂這春闈上字體的竅門，要是您能寫本書，授與其他學子，豈不是功德一件？以後咱們北昌府的學子們，都得感謝您呢。」

重陽還說：「這書您寫了，我也不用來賺銀子，我擺我鋪子裡，要是家裡寬裕的，只管來買。要是有家境貧寒的，我提供紙筆，他抄兩本，留一本與我，另一本算是他的。」

重陽的確是會做生意，也可以說，會做人。他這事兒就辦得很得陸老翰林滿意，於是陸老翰林滿意之下，並未直接應承重陽央他寫書的事兒，而是考校起重陽的學問來，直把重陽考校得額角冒汗，陸老翰林道：「看你腦筋頗是靈活，如何念書上這般不通？」

重陽道：「說來我家裡祖父也是做過官的，我自六歲就念書，也不是沒有用功過，奈何不是這塊料，那字在書上，我總是記不得。我家裡兩個弟弟都極聰明的，他們都是過目不忘，阿曄先生已認得，大寶念書比阿曄還行呢。」很是向陸老翰林推薦他家兩個弟弟。

陸老翰林看重陽一派赤誠，全無私心，對他心性很是喜歡。何況，他老人家已是這把年紀，也沒什麼看不透的了，並不就以會不會念書來揣度人品。陸老翰林很喜歡重陽，答應了他寫書之事，還要把重陽帶來的禮物退給他。重陽哪裡肯收，再三謝過陸老翰林。

重陽很會做人，他自己也很喜歡跟陸老翰林這有學識有眼光的長輩來往，就時不時過來送些點心筆墨，順便催稿。因著他年紀不大，一來二去，與陸老太太也熟絡了。

重陽這一手，真叫他爹娘目瞪口呆，蔣三妞私下都與丈夫絮叨：「你說，是不是咱重陽就看上陸大姑娘了？」她都打算放棄了，兒子突然這般殷勤起來，這可如何是好？

胡文想了想，搖頭道：「那不至於，重陽這孩子素無心事的，有什麼事都會說出來，倘

書，但他這樣濃眉大眼的少年，長得俊俏不說，還討長輩喜歡，再加上重陽身上那麼一股率直明朗的朝氣，就是陸三太太一慣偏愛那會念書的，瞧著重陽也有幾分順眼。

因陸大姑娘已過了及笄禮，陸三太太著急閨女的歸宿，私下同丈夫商議。陸三老爺尋思半晌，道：「劉家小子念書比重陽要好，只是，我看他不如重陽會做人。」

是的，甭看陸三老爺不通庶務，可也是活了幾十年的人了，再加上劉家公子在念書，他也不大熟，且這剛回北昌府，見也沒見過幾面。不比重陽，隔三差五的來，陸三老爺見他見多了，重陽又拍過陸三老爺的馬屁，故而對重陽印象不差。

陸三老爺還很有些惋惜道：「重陽這孩子，該多念念書。」

陸三太太道：「這話誰不知道，我看胡太太也是願意孩子念書的，可重陽不是那塊料，能有什麼法子？我也不是不喜歡重陽，這孩子長得端正，性子也機靈，現在看著就知道是個會過日子的，要是嫁了他，別個不說，閨女以後生計是不愁的。只是，胡家這走了商賈之道，咱們閨女以後若只能做個商人婦，我總覺有些不美，大妞畢竟是咱們長女呢。」

陸三老爺不理庶務，卻也關心長女親事，如妻子說的，這是長女，第一個孩子，對父母來說總是有些特別。陸三老爺道：「那要不，我尋機會瞧一瞧劉家孩子？」

陸三太太早有盤算，與丈夫道：「老爺不如跟太爺說一聲，劉家公子就在府學裡念書，這劉公子念書什麼樣，太爺稍有留意，定比咱們看得準。」

這倒是個好主意，陸三老爺痛快應了。

結果，陸太爺給出的答案卻不大樂觀，依陸太爺看來，劉家公子資質尋常。陸太爺看好的是高琛，私下還問了老妻一句：「琛哥兒他爹是什麼意思？」

陸老太太還不曉得兒媳婦背著自己繞過高家給大孫女說親呢，聽陸老翰林這般問，陸老太太就有些不大痛快，「我哪裡曉得？這事總要先問一問老三夫妻。」

「怎麼，老三媳婦沒同妳講？」陸太爺不若老妻那般不悅，仍是不急不徐，「妳先時不是說老三媳婦待琛哥兒很是親近嗎？」

陸老太太與陸三太太這些年的婆媳，向來親近的，也不願意往偏處想兒媳婦，陸老太太嘆道：「待我問她就是。」

這一問，陸老太太越發不痛快了。無他，陸三太太將實話同婆婆說了，她倒是願意高琛的，只是，高太太不樂意陸家呢。陸老太太怕兒媳婦誤會了侄媳婦，遂親自問了高太太一回侄孫的親事，高太太低垂著眉眼道：「在廟裡問了菩薩，廟裡的師傅說琛哥兒不該早娶。」

這一句話下去，陸老太太還能說什麼？

陸老太太直接就讓陸三太太斷了對高家的資助，陸三太太倒是勸了婆婆一回，「這事兒不同別個，必要兩家都歡喜才好，且最是勉強不得的。興許是兩個孩子緣法不夠，高家表嫂說的，既是菩薩的意思，自是不能違背。雖咱兩家無緣，我也盼著表嫂一家子和琛哥兒順順當當的呢。老太太何苦因此不樂，表嫂一向孝順您老人家，不看表嫂的面子，只看琛哥兒，多懂事的孩子啊！」

即便如此，陸老太太對這位娘家侄媳婦也疏遠了許多。

倒不是陸老太太因著資助過娘家侄孫念書，就一定要高琛娶自家孫女，可明明高琛未中秀才前，高太太話裡信裡極是殷切打聽孫女的親事，就因高琛中了秀才，便拿起架子忘了前番之意，這樣的人品，陸老太太也是不喜的。索性打起精神，同兒媳婦商量著，給孫女另外尋一門好親事。

陸家這裡商量著陸大姑娘的親事，蔣三妞也在掂量陸三太太忽而待她親近的意思。

兩家長輩都暗有主意，倒是孩子們仍是一派天真爛漫，尤其重陽，完全不曉得終身大事就在眼前了。重陽在鋪子裡把姓宮的紅塵居士罵了一千八百遍後，就騎馬匆匆去了子衿姨媽家找阿曦妹妹，一見阿曦妹妹就道：「那姓宮的是什麼意思？說好了這個月給我手稿的，結果又沒了信兒，她是說話當放屁嗎？」

阿曦拚命朝重陽哥眨眼睛，重陽哥這笨蠢的還說：「怎麼總瞇眼，是不是眼睛不舒服？」說著就過去幫阿曦妹妹看眼睛，只見屋裡珠簾一響，走出一位十二三歲的少女來。那少女生得纖巧婀娜，五官已初見精緻。那張小面孔，如同清晨陽光下會發光的小露珠般的美麗。重陽一見之下，大是訝異，他來得急，不曉得阿曦妹妹這裡有客。重陽年長幾歲，很有些不好意思地作揖，道：「不知有客在此，在下唐突了。」耳朵已是悄悄染上一層薄紅。儘管頭別了開去，眼珠子還是忍不住悄悄瞅了人家好幾眼，心道，乖乖，這長得可真是好看！

小少女非但相貌好，聲音也好聽，乍一開口，就清脆若黃鶯夜唱，只是，說話的內容不大中聽罷了，那小少女道：「既知唐突，如何不速速離去？你還等什麼呢？」

一句話就叫重陽鬧得沒面子，連忙退了出去，偏生走得急了，還險些被門檻絆倒。那等狼狽姿態，連阿曦這做妹妹的都有些覺得沒面子。那小少女更是與阿曦道：「我要知道是這麼個無賴子同我約話本，我再不能同意的。」

阿曦替重陽哥說好話，連忙道：「宮姊姊，重陽哥不曉得妳在，這才唐突了妳。他以前可不這樣，這是不曉得妳在，再說，妳長得這麼好看，誰不多看幾眼啊？今年不是還有個人看妳看到掉進荷花湖裡去嗎？」

宮媛哪裡是因重陽唐突她之事而生氣，她是氣重陽這表裡不一的勁兒，道：「妳聽他說什麼沒有，說我說話當放屁，看他那滿嘴噴糞樣兒，就知平日裡不說我好話。」託人向她約話本可不這樣，總送她東西不說，還客氣得不得了。虧她是看在阿曦的面子上，才應了話本之事。要知此人是個兩面派，她再不能應的。

「那可沒有……」阿曦還想再辯一二，不料重陽自門外又進來了，指著宮媛問：「妳就是那姓宮的紅塵居士？」靠，可算是找著正主了！

宮媛淡淡瞥重陽一眼，唇角勾起一抹若有若無的笑，「我就是，如何？」真難為她年紀不大還作這種挑釁的姿態。重陽正是熱血少年，少女再好看，也不比他面子更重要。重陽氣鼓鼓道：「不說別個，一言既出駟馬難追的道理，妳應該懂吧？妳答應我的話本可寫好了？」

宮媛眉毛一挑，「我說盡快，又沒說就是這個月。」

重陽氣極，「妳家丫鬟當時傳話出來，可是說這個月盡快。」

「這個月盡快，又沒說一定能寫完。」

重陽簡直要吐血，心道，孔聖人的話當真是至理名言啊，果然是唯女子與小人難養也。

重陽道：「還說別人無賴，要論這個，沒人比得上妳。」

宮媛淡淡地道：「起碼我不在外頭偷聽人說話，我更不會拿偷聽來的話再反問別人，以顯示腦子是不是真的不大好使。」宮媛對重陽的第一印象簡直是糟透了。

重陽自認為是很有口才的人，竟被宮媛三言兩語噎個半死。說不過人家，又不能上手去打，重陽這點紳士精神還是有的，最後，重陽只得憤憤而去，想著管這姓宮的寫不寫，大不了他以後不印這姓宮的話本了。就是以前送給姓宮的東西，也全當餵了狗。

重陽頭一遭認識阿曦妹妹以外的女子，很是鬱卒，只是，更讓他鬱卒的是，宮媛又拖一個月，總算把文稿讓阿曦帶給了他，可姓宮的妳這話本裡那大反派取名就叫胡重陽，到底是怎麼回事？這女人也忒小心眼了！

重陽自詡男子漢大丈夫，又有阿曦妹妹的面子，決定不與姓宮的一般見識，只是著人把話本裡胡重陽的名字與男主角調換而已，把胡重陽擱男主角的位置上，將男主角的名字改為了大反派。待這書刊印出來，藉著紅塵居士的名字，重陽很是賺了一筆，除了他著人去給宮媛送分紅銀子時險被啐出來的意外，簡直沒有半點不順利。

重陽才不管宮媛是啥反應呢，反正宮媛不敢把這事兒說出去，事實上，宮媛是紅塵居士這事兒，都是重陽費了很大的氣力推斷兼打聽出來的。重陽自認是小小君子，哪怕宮媛性子刁鑽，落過他面子，重陽也不會把這事說出去的，不然必會影響宮媛的閨譽。這點輕重，重陽還是有的。也正是因如此，宮媛不能太過較真重陽換她話本男主角的名字。

兩人都做好老死不相往來的心理準備了。

蔣三妞就與重陽說起親事來，重陽雖常去陸家，但陸家詩書傳家，相對於北昌府奔放的民風，陸家還是極重規矩禮儀的，所以，重陽並未見過陸大姑娘，不過，他對於陸家也挺有好感，主要是，他打過交道的陸太爺和陸三老爺都不是難說話的人，性子亦好。

重陽就先說了：「陸太爺跟陸三老爺都不錯。」

「可不是嗎？」蔣三妞見兒子開竅，笑咪咪道：「他家大姑娘性子更好。」

重陽想了想，點頭道：「性子好就成。」他也沒啥要求，他是家裡長子，本也到了議親的年紀，陸家論門第比他家還好些，重陽很信任母親，卻還是問了句：「那陸家姑娘俊不？」

蔣三妞看兒子一臉期待的模樣，覺得好笑，「自是俊的，柳眉杏目，很是溫柔標致。」

他娘既這般說，重陽就沒什麼意見了，不過，重陽還是跟阿曦妹妹打聽了一回。阿曦妹妹是見過陸家大姑娘的，她想了想，低頭翹著小指紮花，「陸家大姊姊點心做得很好吃。」

重陽道：「妳就知道吃，我是問妳陸姑娘長得可好？」

阿曦抬頭看重陽一眼，把繡著水波紋的小繡棚放膝蓋上，道：「比我還是差些的。」

重陽看阿曦妹妹圓圓嫩嫩的模樣，很是不曉得說什麼才好，想著阿曦妹妹年紀小，現在也就知道吃點心啥的，她可知道什麼是好看呢？重陽覺得問錯了人，倒是大寶出主意：「真個笨的，雖則說婚姻是父母之命，媒妁之言，父母也要問問我們的意思的，妳跟三姑姑說一聲，尋機見陸大姑娘一面能怎地？就是陸家，難道就不問陸大姑娘的意思了？」

雖則大寶對他這個做大哥的不大敬重，不過，大寶這話還是在理的。重陽就沒因大寶的不敬捶他，又回去同他娘說想見陸大姑娘一面。蔣三妞道：「按理是沒有親事未成，你們小兒女見面的道理。正好我約了陸三太太去廟裡燒香，你與我一道去，路上幫著打點。」

重陽一想就明白，很是高興地應了。

蔣三妞為了不顯出那相親的意味，還叫上了何子衿同行。陸三太太帶著家裡三位姑娘，大夥兒一起去了北昌府太平寺燒香。重陽提前幾天訂了幾間禪房以備女眷歇腳，中午讓廟裡準備好素齋，有幾樣菜頗合陸家人口味，總之是裡裡外外都安排得妥貼。

陸三太太心裡備覺受用，對重陽越發看好。不過，讓陸三太太下定決心的是，她把這給長女議親的事在高太太跟前一提，高太太滿嘴稱好，陸三太太就明白高太太是沒半點兩家做親的意思了。陸三太太氣惱的同時，就跟丈夫還有老太太、太爺商議妥當了，給蔣三妞露個口風。蔣三妞聞弦歌而知雅意，很是歡喜地與胡文一說。胡文拊掌笑道：「大善，先時我還以為不成了呢。」給長子娶了翰林孫女，也是很有面子的。

蔣三妞又道：「先時我也以為不成了，哪裡就知道高家這般心高，咱們重陽又有眼力。不是我自誇，咱們重陽出門，那些太太奶奶見了，沒有不誇的。其實好幾家太太都相中咱們重陽了，我總想著，咱家祖父是念書的，還是給重陽尋個書香門第的閨秀才好。」

胡文現在不缺銀子，也樂得與北昌府當地士紳聯姻，想著陸家家風人品都不差，女孩兒自然更不差的，胡文笑道：「妳說的是，我也這般想。」

蔣三妞道：「今年咱們回老家，把這事兒跟老太太、太爺一說，兩位老人家哪裡有不高興的。趁著這喜事，接兩位老人家過來，看著重孫子娶親，豈不歡喜？」

胡文笑，「是是是。」他這些年離家，一直未歸，心裡沒有不惦記祖父祖母的。

胡文道：「先找官媒把事兒定下來，再要了陸姑娘的帖子卜算吉日。」因是長子親事，胡文格外看重，再加上姚節成親時那一齣，胡文比信和尚還信子衿妹妹呢。

蔣三妞笑，「我曉得，咱重陽大喜事，姑祖母和叔叔嬸嬸也一直記掛呢。明兒先去叔叔家報喜，再說其他不遲。」

因長子定了門好親事，胡文歡喜道：「我與妳一起過去。」又叫了人進來，著去太平齋訂下明兒一早的新鮮蜜糖糕、茯苓糕、蛋烘糕、雲片酥四樣，明兒帶去孝敬何老娘。

重陽這親事定得闔家都說好，何琪到何子衿這裡來說話，都是：「師妹的眼光再錯不了，難得她這手實在是快，別人還沒反應過來呢，她就把事兒定下了。」

蔣三妞亦是得意長子親事，眉眼間淨是喜意，「重陽跟大寶不一樣，重陽又不念書了，且到了年紀，還不得趕緊張羅親事？師妹也知道我為他費了多少心神。」

都是做娘的人，何琪如何不曉得，「如今親事定了，以後妳就等著抱孫子了。」

何子衿陡然聽到「抱孫子」三個字，很是不適應，連聲道：「這才幾年，三姊姊都要娶兒媳婦當婆婆了，我怎麼覺得都不能信啊？」

蔣三妞笑道：「有時想想，我自己都不大信呢。不過，重陽這剛到十五，六禮過完，也得十七上才成親。」

何琪道：「十七成親正好。」

大家說一回家長裡短的話，待大寶和阿曄等人知道重陽親事定了，都恭喜重陽哥一回。

重陽聽著弟妹們的道喜聲，心裡卻是有些不圓滿，總覺得陸大姑娘不如想像中好看，真的就像阿曦妹妹說的那般，長得還不如阿曦妹妹這小胖妞呢。當然，陸大姑娘不胖，身量勻稱，低眉斂目，是典型的大家閨秀，只是重陽總覺得心裡怪怪的。不過，想想陸家門第，陸大姑娘雖相貌尋常，聽說性子卻好，重陽想著，人無完人嘛，他不也不會念書嗎？這般自我安慰寬解著，重陽對親事也就沒啥意見了。

蔣三妞並不知兒子有這番心境，私下正有事與何子衿商量：「我們親家太太極是欣羡妳這女學，她家裡二姑娘和三姑娘都小，正是上學的年紀。她家的事，妳也是清楚的，要說供男孩子念書是沒什麼問題，女孩子這裡便有些花銷不起。我不差這幾兩銀子，兩個女孩子念書的時間也沒幾年，不若這銀錢我替她們出了，叫她們小姊妹去學裡念書，也尋些玩伴。」

這事兒倒不是不成，何子衿直接道：「有三姊姊的面子，叫她們來就是。」

「妳不收銀子，我可是不好叫她們來的。」蔣三妞誠懇地道：「妳這女學，正經說來，只要送孩子來的，哪個與妳不相熟呢？獨不收我的不好。再者，我既做了這善事，也是想親家知我情的，不出銀子算什麼？」

何子衿一聽蔣三妞這話就明白了，遂道：「待重陽媳婦進門再行此事，豈不好？」

蔣三妞嘆道：「天下父母心，上遭我過去親家那裡，看她家幾位姑娘時常說起女學之事。要是我有閨女，定也要送過來交幾個朋友的。二姑娘今年已是十歲，再過兩年就該議親了，已不是上女學的年紀。」

何子衿眉尖一皺，「是哪位姑娘提的女學之事？」

蔣三妞也是個機敏的，自知何子衿提及此話用意，悄與何子衿道：「就是陸家二姑娘先提的，倒也沒說想我資助什麼的，就是知道咱們倆好，同我打聽女學。」

何子衿就知道蔣三妞的難處了，這事自然可以裝傻，不過，倘為著陸家大姑娘這裡，蔣三妞資助陸家兩位姑娘上女學，自然是更好的。何子衿輕聲道：「那二姑娘生得便眉眼活絡，真不知是無心還是有意？我去她家這些回，也沒見她與我打聽過女學。」

「算了，她一個小女娃子，就是有些小心思，也是想去女學上進。只要心正，我倒不差這幾兩銀子，便當結個善緣。何況，他陸家總要承我這個情的。」蔣三妞自有打算。老話說的好，吃人家嘴軟，拿人家手短，這好處豈是白占的，哪怕親戚也是一樣。陸家得他家好處，這親事就更是妥妥的了。

何子衿倒也不是不喜歡這樣的活絡人，只是，一年二百銀子畢竟不是小數目，誰家錢是大風颳來的？何子衿道：「不是我說，女學裡聰明的女孩子多的是，陸二姑娘心眼活些還罷，倘真個巴高向上沒了分寸，不一定落得好處。」蔣三妞不過是不與這位陸二姑娘計較罷了。

蔣三妞一笑，「我盡我的心，那就看她的本事了。」

何子衿見蔣三妞心下有數，便應了此事。

也不知蔣三妞如何與陸家說的，總之，陸家是把兩位姑娘送到女學來了。何子衿一視同仁，先安排她們參加入學考試。陸家畢竟是書香門第，姑娘們也是念過書的，女紅廚藝家裡也都有教導，如陸二姑娘這稍大些的，已是會做兩樣點心。陸三姑娘稍小，廚事尚未了解，女紅卻是會的。與阿曦一樣的年紀，紮的花比阿曦不差。要知道，阿曦可是自小由紀嬤嬤帶大的。當然，這也是朝雲道長一向縱容阿曦的結果，這丫頭女紅只能算平平。倒是亦由此可看出，陸家教導女孩兒也是很嚴格的，就不知陸二姑娘怎麼就說出那樣的話來。

並非何子衿多心，蔣三妞什麼年紀，陸二姑娘什麼年紀，陸二姑娘到底只是天真無邪的話，還是意有所指，蔣三妞自然聽得出來。

何子衿喜歡上進的人，卻不喜歡這種上進的人，把胡家當成什麼了？胡家與妳陸家聯姻，既非強迫也非買賣，陸二姑娘如此，是她自己的意思，還是陸家的意思呢？

這些話，何子衿不好與蔣三妞說，畢竟蔣三妞十分樂意結陸家這門親事。

重陽的親事，蔣三妞請了北昌府有名的趙媒人幫著辦六禮之事，兩家一家有名，一家有錢，哪家都不會虧了她，趙媒人跑得歡實極了，還兼著打聽俊哥兒的親事，她有意給做個大媒什麼的。這話可正對沈氏的心，沈氏可不就愁俊哥兒這親事嗎？時常聽趙媒人說各家閨秀之事，沈氏除了與何老娘念叨，就是同閨女念叨了。

何子衿聽她娘又說起俊哥兒的親事，乾脆道：「俊哥兒根本還沒這成家的心呢，娘，您別急了，明年就是秋闈，倒不如想著待俊哥兒回來好生準備秋闈，中了舉人，俊哥兒的親事自然能更進一步。」要何子衿說，北昌府也不是沒有好姑娘，只是誰家給兒女說親，不是往好裡說呢？那好的，惦記的人家就多，可也得自家孩子拿得出手去，這才能說到好人家的閨秀。

沈氏哪能不曉得這個理，只是……

沈氏道：「秀才試還好考，秋闈哪有這般容易的，阿冽還考了兩回呢。」

「那可不一定，我看俊哥兒就不錯。」三個弟弟，何冽是老大，還是家裡長子，何子衿最疼這個弟弟，何冽也懂事，或因是長子緣故，凡事很肯為父母著想。就拿親事來說，父母定了，何洌就沒啥意見。俊哥兒不一樣，這小子不知是不是小名兒沒取好還是怎地，自小就是個臭美講究的，性子也好強。依何子衿說，俊哥兒那心，高著呢。

沈氏道：「妳想想，當年阿洌怎麼作文章準備秋闈的，那是沒日沒夜看書用功，妳再看俊哥兒，他中了秀才就跑帝都玩去了，哪有刻苦樣兒？他自來沒有阿洌穩重，明年秋闈玄了。妳不曉得，趁著現在他還是年少秀才，有這名頭，正好說親。要擱明年秋闈落榜，這親事可就不比現在好說了。」

「娘，您說這個也沒用，俊哥兒哪裡肯聽？」

說到這個，沈氏就愁，直念叨：「也不曉得怎麼就養出這麼個不聽話的來。」

何子衿寬慰道：「哪就個個跟阿洌一般了？」又問：「阿洌可有信來了？」

「還沒。他這一去，還帶著阿燦，阿幸又是個嬌生慣養的，還不得事事阿洌操心？」沈氏道：「阿洌是長子，自來就管著俊哥兒、興哥兒兩個，他也是操慣了心的，可就是經他這親事，我就想給俊哥兒說個體貼會疼人的，哪怕門第略低些，你弟弟一輩子享福呢。」

何子衿覺得好笑，「您想得也太遠了，阿幸就是剛成親那會兒有些孩子氣，那也不怪她，她比阿洌還小一歲。再說，自從有了阿燦，阿幸拿阿燦當心頭肉，那寶貝勁兒，您又不是沒瞧見，路上能不小心看顧著阿燦？您只管放心，就是到了帝都也不必擔心，有外祖母呢。」

沈氏道：「我讓阿洌給妳外祖母帶了封信，就是想妳外祖母多去瞧一瞧他們，特別是在照顧孩子上，阿幸有什麼不懂的，妳外祖母也好指點她。」

「就是娘您不說，外祖母和舅媽也得常過去呢。」

母女倆正說話呢，丸子滿面喜色地進來回稟：「二少爺來了。」說著，俊哥兒就邁步進來了。一見俊哥兒來了，把沈氏和何子衿母女都嚇一跳，齊聲問：「你怎麼回來了？」

俊哥兒風塵僕僕的模樣，道：「我聽說姊夫出事了，就連忙回來了。」

沈氏與何子衿母女兩人相視片刻，都笑了。

何子衿拉著俊哥兒坐下，笑道：「這是先時的事了，你姊夫早好了。」

俊哥兒鬆了口氣，「真嚇我一跳，我與壽哥兒去魯地轉了轉，剛回帝都就聽說姊夫的事，大哥和舅舅也擔心得不得了，我一刻沒停往家趕。」

俊哥兒又問其緣故，何子衿問他肚子餓不餓，俊哥兒急著回來看姊夫，一路上哪裡有心情好生吃飯，自是餓的。何子衿命廚下煮了碗雞湯麵，又讓丫鬟打來溫水供俊哥兒洗漱。俊哥兒連吃兩碗麵才停手，那模樣叫沈氏很是心疼，一個勁兒道：「不讓你出去走走，你又不樂意，出去哪有家裡好，看你都瘦了。」

俊哥兒道：「外頭也挺好的，娘，您不用擔心，一路上我淨吃好的了。」

沈氏又問長子在帝都的事，「你大哥大嫂可好？阿燦可好？」

「都好，尤其是阿燦，我不過去魯地兩個月，一見他又長大許多，這會兒就能扶著椅子邁步了，嘴巴也巧，會叫爹娘了，就是口齒還不大清楚。」

「小孩子剛開口，都說話不大清楚的。」沈氏聽到長子一家的消息很是高興，俊哥兒知道姊夫沒事就徹底把心放了下來，與母姊說起大哥一家的事來，「大哥在翰林院做庶起士，翼表哥也在翰林院，聽說明年姑丈就要回帝都述職了。翼表哥家裡一兒一女，都是玉雪可愛的孩子。還有一件事，大嫂似是又有了身子，我回來前大哥請大夫來給嫂子診了，大夫不確定，不過，看我哥那喜樣兒，八九不離十的。」

沈氏喜上眉梢，雙手合十，「阿彌陀佛，這就好這就好！」

何子衿問：「外祖父、外祖母和舅舅、舅媽可好？」

「都好，就是記掛咱們。阿玄嫂子頭一胎生了閨女，可把舅舅舅媽高興壞了。姊夫出事的事，舅舅都不敢叫外祖父與外祖母曉得，就怕他們擔心。」

「這是正理。」沈氏道：「你外祖父和外祖母上了年歲，可經不得這個。」

俊哥兒又與姊姊打聽起姊夫遇刺一事來，「我聽說欽差都來了，可查清楚是誰幹的？」

何子衿道：「自然是聽欽差的。」

「姊，妳就沒私下查查？」俊哥兒根本不信他姊這話。

何子衿道：「要是好查，朝廷就不派欽差了。當時吧，你姊夫傷得也不重，只是為了迷惑那起小人，才裝成受重傷的。」

俊哥兒此方知曉了些內情，「姊夫這招倒是妙。」將計就計了。

「刺殺」之事，本就是他們夫妻商議的，搪塞外人還好，卻架不住俊哥兒問來問去，何子衿乾脆轉移話題：「你不就說到帝都去嗎？怎麼又到魯地了？」

「我也不能總在帝都悶著啊，向長輩請過安後，我就打算去泰山轉一轉。」說著，忽然又道：「姊，妳知道不？咱們北昌府李參政就是魯地人氏呢。」

「這如何不曉得，非但李參政是魯地人氏，李夫人和柳太太都出身魯地大族。」

「不是這個。」俊哥兒出去一趟，頗長見識，揮揮手打發了侍女，方說起八卦：「李參政是魯人，這連我都曉得，可姊妳不知道，他可是有不得了的關係。李夫人娘家複姓歐陽，李夫人的弟弟歐陽鏡，就是今上姑媽壽宜大長公主的駙馬。」

沈氏頗是驚訝，「有這樣的事？」

何子衿道：「在帝都時，我聽說有一位駙馬複姓歐陽，只不曉得是李夫人的弟弟。」

「可不是嗎？」閨女這樣一說，沈氏也想起來了，她家畢竟在帝都也住好幾年了呢。雖則自身離上流社會相距甚遠，但沈氏也是聽說過一些權貴圈子的八卦。譬如，這位壽宜大長公主是二嫁歐陽駙馬，那一嫁駙馬姓秦，不過，這位秦駙馬據說是看破紅塵出家去了。

何子衿同俊哥兒打聽：「你只聽說歐陽家的事兒，那柳太太姓孔，是衍聖公府的後人呢，你有沒有聽說她家的事？」

俊哥兒道：「衍聖公府大了去，妳根本不曉得有多大，衍聖公府就占了一條街的地界，甭提那些孔氏族人，真是大半座城都是他家的勢力呢，誰知道柳太太是哪房哪院的子孫？」

俊哥兒這話也在理，李夫人畢竟有個做大長公主駙馬的弟弟，歐陽駙馬夠顯赫，人們對歐陽駙馬的姊姊自然關注的多，可柳太太孔氏多半是娘家沒有太顯赫之人，故而八卦也少。不過，俊哥兒沒白去魯地一趟，聽回的八卦著實不少。

俊哥兒道：「我聽說，歐陽家與孔家不大和睦呢。」

沈氏忙問：「這話怎麼說？」

何子衿也來了興致，就聽俊哥兒道：「聽說當年兩家關係不錯，還結了一樁娃娃親，定的就是歐陽駙馬和衍聖公的小女兒孔氏。歐陽家老太太在生歐陽駙馬前，曾夢到一面明鏡，人人都說這是吉兆，偏生歐陽駙馬生下來體弱，之後一直未能大癒。孔家心疼閨女，就尋個由頭悔了親事，自此兩家就有了不自在。」

「胡說，那歐陽駙馬既做大長公主駙馬，豈是身子不好？」沈氏不能信這無稽之談。

俊哥兒卻是說得有鼻子有眼，「先時歐陽駙馬的確身子不大好，後來來了帝都，跟在有名的江北嶺江大儒身邊求學，說是江大儒治好了歐陽駙馬的病呢。」

江大儒的名聲，沈氏也是曉得的。聽兒子提及江大儒，這事兒沈氏就信了一半。何子衿也覺得俊哥兒這些道聽塗說，不能全信，興許卻也有些門道。不說別個，李夫人與柳太太原是同為魯地人，但不大親近也是真的。

俊哥兒因擔心姊夫的身體狀況，提前自遊學的路上折返回家，聽聞姊夫無恙，還跟著謝欽差出使北涼去了，俊哥兒就想繼續遊玩，卻是被爹娘攔了下來，他爹道：「回都回來了，就別到底亂跑了，這眼瞅著也八九月了，明年這時候秋闈已經開始，好生念幾天書吧。」

他娘的話是：「你哥一去帝都，你就是家裡最大的兒子，有事不指望你，還能指望興哥兒不成？你姊夫受傷，阿曄還小，阿昀阿晏就更小了，你姊姊是婦道人家，都是興哥兒在你姊夫家裡幫襯。要是你在家，還能給興哥兒做個伴。」

他娘這麼說，俊哥兒就當真熄了再出遠門的心。

至於何老娘，只要孫子在身邊，老人家就高興。

俊哥兒當然也聽說了重陽的親事，還恭喜了重陽一回，重陽道：「二舅，你也抓緊些，挑個沒完，小心成了老光棍。」

俊哥兒翻了個大白眼，想著重陽這小子也沒啥見識，俊哥兒這回去帝都可是大長見識，因為帝都吏部尚書李尚書都五十好幾了，還光棍著呢。

俊哥兒既回來了，他姊就把他安排給羅大儒準備秋闈去了。

待得八月十五，北昌府一場大雪紛揚而落，江念終於隨著使團回了北昌府。

捌之章 小仙通神旺夫郎

早在八月十五，江念還沒回來時，何子衿就開始惦記了。倒不是擔心江念的安危，使團那麼些人，還有護衛軍相送，正使是太后娘娘的叔叔，怎麼著也不會出事。何子衿擔心的是這北昌府的氣候，一到八月就開始下雪，這年頭即便乘車馬出行，大冬天趕路到底受罪。

中秋前夕，何子衿把該走的禮讓阿曄都送了。待到中秋仍不見江念回來，她乾脆帶著兒女們回娘家過中秋。這剛過完中秋，聽聞使團回城，何子衿頗是歡喜。

江念自謝欽差臨時的辦事衙門出來，就看見自家馬車在外候著，心中一喜，準備辭別諸位同僚，登車而去，李參政還打趣一句：「江同知少年夫妻，還未有過這般久別吧？」

江念落落大方地承認：「參政說的是。」

李參政哈哈一笑，帶人坐車回家去了。

江念一回家，就見到子衿姊姊在屋裡等著他，不禁快步上前。

何子衿見江念消瘦了，心疼道：「怎麼瘦了這許多？」

江念挽起子衿姊姊的手，兩人一起坐在小炕上。侍女捧上桂圓紅棗茶，江念接過，吃了半盞，渾身暖和過來，方道：「別提了，那北涼國的飯菜，實在不與咱們這邊相同。我這還不算瘦，李參政瘦得更多。」

侍女端來溫水，江念洗漱了一番，又去了官服官靴，換了家常的棉袍，極是舒泰地重與子衿姊姊坐一處，子衿姊姊問：「都吃什麼了？」

「各種鹹菜，要不就是烤魚鹹魚烤肉鹹肉。」江念好一番吐槽。

何子衿聽得直笑，「北涼國不是產紅參嗎？」

「有參雞湯，但也不能天天喝啊，跟去的李太醫都說喝多了上火。」江念道：「就岳母賣的那泡菜，在北涼大受歡迎，不過，我嘗著他們做的味兒不如岳母鋪子裡的好。」

何子衿摸摸江念的臉，「你可是受苦了，晚上我叫廚下多做些好吃的。」

江念道：「多做幾樣素的就行。」

何子衿應了，又命丸子去朝雲道長那裡接雙胞胎回家。江念這一個多月沒見孩子們，自然想念。阿曦阿曄都在上學要等傍晚，雙胞胎就在朝雲道長那裡，現在懂事多了，也時常念叨父親。何子衿說一回孩子們，就說到中秋節的事，道：「原我想著北涼國並不遠，你們怎麼著中秋節前也能回來的。」

江念道：「本來我想著八月十五怎麼都能趕回來的，偏生路上遇著流匪，虧得阿節勇武，他手下的兵也悍不畏死。只是兩個鴻臚寺的官員給傷著了，我們只得在北靖關休整兩日，這才回北昌府，便誤了中秋。」

何子衿連忙道：「那兩位大人無大礙吧？」

江念無奈，「也是不知叫人怎麼說，他倆都是文官，路上騎馬，興許是以前沒見過流匪，一見有匪類，驚得自馬上摔下來。兩人瞧著年輕，卻不若謝欽差這一把年紀的呢。」

何子衿道：「這是膽子小吧。」

「一個大男人，膽子小成這樣的也少見。」江念自己是帶著一縣人抗擊過流匪的，何況在北昌府，匪類啥的實在無甚稀罕，「還不如俊哥兒。」

當初岳父一行遭遇山匪，俊哥兒小小年紀都知道去與山匪搏鬥了呢。

說到俊哥兒，何子衿便說起俊哥兒自帝都回家的事，何子衿道：「在帝都聽說你出事，把俊哥兒嚇壞了，直接就回來了。」

江念笑道：「這是我的不是，俊哥兒早就想著出去玩，如今這才出去沒幾日便回來了，定是沒玩痛快的。」

「他這回來得正好，明年便是秋闈之年了。他這回來，娘不曉得多高興。」

夫妻二人說一回話，雙胞胎就被丸子接了回來。阿昀阿晏自會走，就不要人抱著走。兩人穿著圓滾滾小兔毛衣裳往屋裡跑，丸子在後頭直道：「慢點兒慢點兒！」可兩個小傢伙哪裡肯聽，笑嘻嘻地就奔到父親懷裡去。江念一手托起一個掂了掂，「哎喲，長了不少斤兩啊！」

「那是！」阿昀很是自豪，「我還長高了呢！爹，我比三弟都高了！」

阿晏很不高興，伸長小肉脖子大聲喊：「我比你高！我比你高！」

「行啦，明明一樣高。」何子衿笑咪咪地摸摸這個，又捏捏那個，「也一樣好看。」

見親娘誇他們好看，雙胞胎很是高興，嘰嘰喳喳同父親說起話來。他們年紀還小，說話斷斷續續，再加上口齒不清，不管聽不聽得懂，反正江念聽得津津有味。

俊哥兒知道姊夫回來，親自過來看了姊夫一回，被江念留下一道吃晚飯。第二天江念就帶著妻兒去岳家請安兼吃晚飯，見江念平安回來，何家人亦十分歡喜。

江念聽說重陽與陸家姑娘訂親一事，亦道：「阿文哥這親事結得好。」照江念看來，胡文不缺銀錢，給重陽結親，自然是擇書香門第的好。這倒不是他對商賈有什麼偏見，而是世人的價值觀就是如此。

何子衿私下同江念說起陸家卻是不大樂觀，「我總覺得陸家不大道地，三姊姊又實在喜歡這門親事，我也不好說什麼。」

江念笑道：「眼下不過小事，三姊姊家裡有的是銀子，資助一下陸家怕什麼？陸家三房兩個男孩兒都是念書的，這與重陽以後便是姊夫小舅子的關係。陸家兩位姑娘也不是外人，以後成親總是過得去的門第。這親戚間，糊塗事多了，現下資助陸家兩位姑娘上女學不算啥，以後親戚間總有用得到的地方。再說，往後這就是重陽兒子的親舅家親姨媽家呢。」

「要是花錢能落個好還好說。」何子衿嘆道：「我就是怕陸家把三姊姊家當錢莊了。」

「這如何會？陸太爺心裡有數呢。倘陸家真眼皮子淺到拿親家當錢莊的地步，陸家就算完了，三姊姊他們自然不必再理會這家人。讀書不比別個，念書上花些銀子不算什麼。」

「我是不是太較真了？」

「姊姊自來光明磊落，不愛占人便宜，可這世上哪裡就人人都似姊姊一般？就說陸家，也不資助高秀才念書嗎？以後高秀才有了出息，自然不會忘記陸家的恩惠。」江念道。

「那可不一定，要真是感恩，怎麼不應承陸家的親事？你不曉得陸三太太先時多樂意高秀才呀！」何子衿就不喜歡高家這樣巴高向上過了頭的。

江念也不喜高家這樣的，卻是道：「高家畢竟沒有真正提過親事，這事也只得含糊著過去了。」要是高家真的提過親事，後來悔婚，這自然令人不恥，可人家沒有把親事落在口頭上，這就叫人說不出別的來了。

說一回重陽這親事，江念就去衙門繼續當差了，雖然田巡撫給了他半個月的假，江念卻

「我覺得挺好看的。」何子衿很珍惜兒子的著作，還專門弄了個匣子存放。

江念酸溜溜道：「我寫的書姊姊也沒單放個匣子吧？」兒子寫的破書，有啥好存的？

「真是的，還跟自己兒子吃醋啦？」何子衿把匣子合上，笑道：「你寫的書還是我校正的呢，我一字一字都記心裡了，還用什麼匣子？」

江念聽著心裡挺美，就不再跟兒子較勁了，不過，沒半個月，他就弄了個紫檀嵌寶的書匣子送給子衿姊姊，好盛放自己的著作。那書匣上頭鑲了一圈五彩寶石，名貴得很，用阿曦的話說就是：「瞧著就辣眼睛。」

江念才不理閨女的評價，他覺得自己那書就得用這樣的匣子存放才能顯示其價值來。

要不是江念慎重其事地要求用這匣子放他的書，何子衿與阿曦母女倆說不定得辦出個買櫝還珠的事兒來，畢竟這匣子雖閃得辣眼睛，但真的很值錢很適合放首飾。母女倆強忍住才沒把江念的書從這寶匣裡取出來另放，以免傷到江念的自尊心。

重陽前，何子衿收到江贏打發人送來的重陽節禮，頗是貴重，何子衿瞧著禮單就納悶，平常與江贏和姚節走禮都不是這個檔次啊，怎麼送這麼貴重的禮？

何子衿問那送禮來的管事，那管事也說不上什麼，何子衿便打發管事下去歇著，晚上同江念念叨起了這事。江念想了想，道：「說來還當真有件險之又險的事。」不待子衿姊姊問，他就繼續說了：「就是當時遇著流匪時，對方是有弓箭的，阿節中了一箭。阿節很有運道，那箭上原是淬了毒的，江姑娘不是特意找妳要了一塊玉符嗎？阿節就戴在脖子上。也是巧了，那箭正好卡在玉符上，阿節就逃過一劫。多半是這個緣故，江姑娘方送來重禮。」

何子衿點頭，「這也實在是巧。」

「可不是嗎？」江念道：「我同阿節說了，莫要聲張，不然這事兒早傳出去了。」

既是如此，何子衿就收下江贏這份重禮了。

待得重陽之後，姚節還親自過來了一趟。

姚節笑道：「我早想過來，偏生趕上節下，軍中離不得，就耽擱了。」

何子衿道：「咱們離得又不遠，你什麼時候方便什麼時候過來就是。」

姚節這次來，除了跟何子衿道謝，就是想再同何子衿討一塊平安玉符。

何子衿道：「我是還有一塊，靈不靈驗就不曉得了。」

姚節笑道：「子衿姊姊總是這般自謙，放心吧，我也就是讓贏妹妹圖個心安。」靈不靈驗的，反正何子衿這裡再不靈驗，姚節也不信別人的。除了來討塊玉符，另有喜事要說：「自從贏妹妹有了身孕，總愛胡思亂想，我要不過來討個玉符，她再不能放心的。」

一聽說江贏有了身孕，何子衿很是歡喜，因著姚節成親時正趕上江念出事，何子衿只是託人送了份厚禮，並未親自過去，倒是還勞他夫妻二人過來看望過江念一遭。如今聽聞這消息，何子衿連忙問姚節幾個月了。

姚節面帶喜色，「兩個多月了，先時我也不曉得，不然不會出那趟遠差。這回來後，那事兒我原沒與贏妹妹說，她消息靈通，知道後極是擔心，我就說再來跟姊姊討個玉符就是。她還想與我一起來，如今這天寒地凍的，我哪裡放心，好說歹說她才同意留在家裡。」

何子衿道：「這女人有了身子，原就想的多，你莫再出遠差了，好生陪陪贏妹妹。」

江仁回家都說：「年輕時我總自詡不算無能之人，如今看來，我還是浮躁了些。」這也不怪江仁自信，相較父祖，江仁的確是相當有本事的，不過，看江念這眼瞅升遷在即的，子衿妹妹遇著生辰都這般低調，江仁心有所感，方有這番感慨。

何琪微微一笑，「誰年輕時不浮躁來著？就是我這小時候最不受家裡待見的，還想過許多不著邊際的事呢。再者，咱們畢竟是經商的，阿念是做官的人，自然不同。說來，咱們這做小買賣的反而安穩，你看阿念做官，先時我還想著，他也算年少有為，可遇著案子，那些窮凶極惡之人，還不是說殺人就殺人？唉，這當官倒比咱們做小買賣更有風險。這動不動要命的差使，阿念和子衿妹妹自然得小心著些。老話不還說嘛，小心無大過。」

江仁點頭，「就是咱家，以後也要如此，低調些總是有好處的。」

何琪本也不是個張揚人，聽丈夫這話自然點頭。

待得三月，道邊柳枝抽出新芽，田巡撫和柳知府任期已至，朝廷的旨意也下來了。如大家所想那般，李參政升任巡撫，江同知升任知府。好在李江二人都是內斂性子，便是升官，亦不露驕色，待田柳二人將公務交割清楚回鄉之時，李江二人帶著北昌府官員一路相送，亦是全了田柳二人的臉面。

江念此次由六品同知直接升任五品知府，朝廷怕也是看在他曾遇險的面子上方得連升。不過，江念升官還有一樣好處，那就是子衿姊姊的誥命也可以動一動啦。

何老娘知曉此事，很是羨慕地與沈氏道：「妳說，咱丫頭咋這麼有大福氣呢？」她老人家啥誥命都沒撈到，自家丫頭就又要升了。

沈氏笑道：「這還沒升呢。」

何老娘道：「阿念都升了，咱丫頭那誥命能不升？」板上釘釘的事啦！

結果，不知何老娘這話咋這般靈驗，江念升知府兩個月了，何子衿這誥命也沒動靜。別說何老娘，江念都心焦得很，於是，江念給朝廷上了封摺子，在摺子裡對妻子大誇特誇，簡直是把子衿姊姊誇成賢良德淑的代表人物。當然，這摺子除了誇讚子衿姊姊的品行與美德，其用意就是請求朝廷給子衿姊姊加封誥命。他這都正五品了，子衿姊姊怎能是六品誥命？

好吧，江念這位新任的北昌知府就這樣給朝廷一些人留下了深刻印象，無他，這麼直接上摺子誇媳婦為媳婦討誥命的實在是有夠稀罕，你不就一五品小官嗎？

不過，到了五品的確夠給妻子請封誥命的品階。吏部李尚書倒未像他人那般嘲笑，李尚書很是鄭重地道：「近來事多，倒忘了這些新升遷官員家眷誥命之事。」

禮部韋尚書則有些不滿，「誥命之事，向來是朝廷統一賞賜，如這位江知府這般心急的，倒也沒幾個。」

謝駙馬是吃過江知府蛋炒飯的人，笑道：「江知府夫妻恩愛，鶼鰈情深，難怪如此。」雖則江知府這事辦得有些不合乎規矩，但江知府這請求也算合情合理，於是，江知府在他不知道的時候，在內閣出了回名兒，然後何安人正式升格為何宜人。

何子衿得了誥命，在家裡擺一小宴，請娘家人和親戚們過來吃酒，算是慶賀。

李夫人都說她：「妳也太小心了，如今那些裝模作樣的走了，妳也知我性子，咱們以前啥樣，以後也啥樣。妳這水酒都不肯大擺，讓我們這些想討杯水酒的人都沒了由頭。」

同知來擠兌的。結果如何，江同知沒被擠兌走，此二人鬧了個灰頭土臉，李巡撫也藉機更進一步。所以，田柳二人犯的錯，李巡撫絕不會再犯。

就是李夫人，也想與何子衿好生相處。她二人關係早便不錯，如今難免更親近一層。

李夫人很鄭重地參加了何宜人的酒宴，席間二人言笑晏晏，親近融洽的氣氛讓整個北昌府的官家女眷們都安了心。不說別個人，就是沈氏在宴後都說：「李夫人當真是個和氣人，以後咱們女眷在一處吃酒，也能隨意說笑了，省得像以前那般，總夾槍帶棒似的。」

今見李夫人與江太太交好，非但沈氏，不少官眷都暗暗鬆了口氣。

也因李江交好，整個北昌府官場呈現一派其樂融融的景象。

何子衿道：「總算體會到了做官太太的好處。」

這話說得讓何老娘直撇嘴，覺得這丫頭是身在福中不知福。做官太太還有不好的？不要說官太太，就是他這官老娘也過得很滋潤。雖然兒子沒有升遷，但孫女婿都是知府了，身為知府的岳祖母，何老娘也是很引以為自豪的。

何子衿這話說了沒幾天，朝廷新派的參政與同知就到任了。新任的同知姓陸，是個年過四旬的官員，何子衿沒見著陸同知，倒是見著陸太太，很是端莊的一位婦人，態度很恭敬，言詞很客氣。據江念說，陸同知瞧著也是個本分人。當然，陸同知這剛來北昌府，他寒門出身，背景尋常，自不會找死地去尋江念這頂頭上司的不是。就是柳知府剛到任時，對田巡撫也是客客氣氣的。總而言之，現在看不出什麼，但目前看著是個老實人。

新來的參政就不同了，倒不是新來的參政不老實，實在是新來的參政委實大有背景，無他，新參政姓蘇。

蘇這個姓氏，不論世族豪門還是寒門平民，只要是官場之中的人，就沒有不知道的。當今皇后就姓蘇，能成為后族的家族，可想而知如何顯赫。不過，說來此時還不是蘇家最顯赫的時候，蘇家有此顯赫，正因蘇皇后之祖父先文忠公蘇相曾為太宗皇帝內閣首輔，長達三十幾年。也是這位蘇相，將只是尋常官宦之家的蘇家帶到了一等官宦大族的地位。蘇相三子，其中長子和次子致仕前皆為一地總督，三子官居巡撫之位。如今蘇相之子都在家守孝，這位蘇參政是祖母孝後起復為北昌府參政。

蘇參政父親就是蘇相三子蘇不語，蘇不語少年時在帝都便頗是才名，蘇不語探花出身，但比蘇不語的才名更有名的是蘇不語的美貌。據說蘇不語少時入國子監念書，因其貌美，還曾被同窗懷疑女扮男裝。蘇不語的才名，還不局限於正統文化界，他的才名連尋常百姓亦多有知曉。現在有名的流行經典的幾齣話本，多是蘇不語年輕時所作。如宮媛寫話本，化名為紅塵居士，據說宮媛平生最愛的就是蘇不語寫的《紅塵記》，方有此化名。

總之，先不論蘇參政那在太宗年間主持內閣幾十年的祖父，就是蘇參政他爹也是個牛人中的牛人。蘇參政有這麼個才貌雙全的牛人爹，有這麼個曾身居內閣幾十年的祖父，可想而知他的母族出身了。

何子衿不曉得蘇參政這些來歷，李夫人卻是門兒清，如李夫人就知道，蘇參政母親出身帝都公爵之家戚國公府，乃是老戚國公嫡出之女。戚國公不止是公爵門第，老戚國公的第三子，也就是蘇參政他嫡嫡親的三舅，娶的就是謝太后的妹妹為妻，聽說如今戚家還有女在後何子衿道：「的確是一等一的美男子。」

阿曦道：「原來阿冰說的是真的呀。」阿冰便是蘇冰，蘇參政之女，阿曦的新同窗。

何子衿笑，「自然是真的。」

阿曦喃喃道：「我都不信，還有人能比祖父更俊。」

好吧，這話叫朝雲祖父聽到，真是又甜蜜又憂傷啊！深覺自己沒白疼阿曦，這孫女的審美眼光都是好的，比女弟子更是強百倍。至於「還有人能比祖父更俊」這種話，朝雲祖父很大度地表示：「看人不當只看外表，得觀內涵。」

阿曦立刻很上道地道：「要論內涵，祖父您稱第二，我就不信有人敢稱第一。」

羅大儒被這話噁心壞了，插話道：「我的學問難道不如妳祖父？」

阿曦很遺憾地看向羅大儒，惆悵嘆口氣，攤手道：「羅爺爺，你是很有學問啦，但你的相貌跟祖父差遠啦。綜合評定，當然不如祖父了。」

羅大儒本是逗小丫頭玩，但一眼瞥見朝雲道長那略帶自得的小眼神，很是不屑道：「以貌取人，失之子羽。長得再好，心眼小，有什麼用？」

阿曦完全是朝雲祖父的死忠粉絲，就自發為朝雲祖父分辯起來：「羅爺爺，祖父一點都不心眼小，祖父可豁達了。」還舉例說明：「雙胞胎把祖父的袍子弄濕，祖父都不生氣。要是擱我，我早揍他們了。」

知道什麼是死忠嗎？就是阿曦這一舉一動，完全不是拍朝雲祖父的馬屁，她當真是這麼想的。在阿曦心裡，朝雲祖父就是天底下真善美的化身。

朝雲道長也最疼阿曦，哈哈一笑，「走，今天下雪，咱們去亭下賞雪。」

阿曦歡樂地同朝雲祖父走了。

羅大儒一肚子憋悶地瞧著人家一大一小手牽手走了，走出一段路，阿曦才想起羅大儒，回頭邀請羅大儒：「羅爺爺，咱們一起去啊！」

羅大儒鬱悶道：「我不去。」恰好朝雲道長的話同時響起：「他不去。」

這話把羅大儒氣了個好歹，他立刻抬腳跟上，道：「誰說我不去？我這是跟阿曦一起去，又不是同你一起。」

阿曦笑呵呵地為兩人勸和，道：「你倆可不能吵架啊，吵架多不好，很傷和氣。」

好吧，阿曦完全繼承了她娘這種極擅長與長輩相處的本領。

何子衿發現，自從蘇夫人來了北昌府，整個北昌府官家女眷的氣氛都活躍了起來。倒不是說蘇夫人喧賓奪主，搶李夫人風頭。要蘇夫人是那般淺薄之人，怕也做不了蘇家的媳婦。

蘇夫人是私下給李夫人提了個建議，蘇夫人是這樣說的：「我在帝都的時候少，不過聽婆母說，太后娘娘隨先帝在藩地時，便與藩地諸位太太奶奶們組織了夫人會。」

這就是家學淵源的好處了，甭看蘇夫人娘家是外族出身，但婆家一直處在權力中心。她們是小一輩了，但拿蘇家長輩來說，祖父蘇文忠公當年是太宗皇帝的心腹重臣，如今祖父早已過世，但公爹蘇不語與先帝太后夫妻是少時交情，所以，皇家這些事，蘇夫人簡直信手拈來。當然，她不會說什麼皇家祕事，而是提及謝太后隨先帝就藩時，在藩王妃任上的善舉，夫人會就相當於何大仙那一世的慈善組織了。主要是當年有藩王妃的謝太后牽頭，組織官眷是，引領了北昌府小朋友過生辰的新風尚。因為在很多人家，哪怕是大戶人家，孩子生辰那日無非就是添上幾身新衣，長輩們賞賜幾件玩器，闔家吃一回壽麵罷了，很少這樣正式給孩子們過生辰的。並不是過不起，而是古人的一種習慣認知，覺得小孩子沒必要大擺排場，再者，賀壽通常是晚輩對長輩，沒有哪家長輩們到齊了給晚輩賀壽的禮，這樣太折福啦。

如今何宜人將這種擔憂解決了，小朋友的生辰讓其帶著自己的朋友們一起過就好。

這回龍鳳胎生辰，人們最稀奇就是：哇，龍鳳胎耶，傳說中的龍鳳胎啊！

好吧，龍鳳胎分別有自己的朋友要招待，是不能在一起給人參觀的，能隨便給人參觀的是雙胞胎。雙胞胎年紀小，還生得一模一樣，如玉團子一般，還會奶聲奶氣地說話。哎喲，阿曦的同窗們玩投壺遊戲時都把雙胞胎當獎品，誰勝了就能抱雙胞胎一刻鐘。

相對於在哥哥那邊得到的捏捏拽拽的待遇，雙胞胎就成了姊姊這邊的釘字戶，最後他們還跟著姊姊有模有樣地送了其他姊姊們離開，並且期盼著姊姊再一次過生辰，他們還給姊姊做生辰禮。是的，姊姊過生辰，雙胞胎沒啥可送的，就把自己送給了姊姊。

阿曦瞇著眼睛打量了雙胞胎片刻，正式確定了雙胞胎的摳門品行。

於是，龍鳳胎過生辰，雙胞胎上了熱搜。

半城人都從自家兒子或閨女那裡知道了江知府家的雙胞胎多麼的可愛了。

連蘇夫人都與蘇參政說：「我見過一回，跟粉團子一般。還有他家的龍鳳胎，現在長得不大像了，聽說小時候也是一個模子刻出來的，真是招人喜歡。」

蘇參政笑，「阿修和阿冰也去了。」蘇修是蘇參政的次子，長子留在父親身邊讀書盡孝，蘇參政夫妻帶了次子蘇修和長女蘇冰過來任上。

蘇夫人道：「阿修與江知府家的大郎一個班念書，阿冰與江知府家的大姑娘是同窗。」

蘇參政還是很滿意兒女們的交友速度，起碼已經被北昌府的衙內們接受了，而且是比較好的衙內。要知道衙內也是分很多種的，大多數人家，即便兒女不出眾，也是能叫兒女學個乖的。世家大族往往比寒門更注重子女教育，長成紈絝不稀奇，誰家總有一兩個溺愛子孫的長輩，但長成坑家裡找死的，委實不多見。

不過，衙內們也是有等級的，一則按出身，二則按人才。在文官衙內裡，如阿曄這種爹會念書兒會念書的，不算一等衙內，也是中上等級。

蘇參政很樂意自家兒子與會念書的江家大郎阿曄來往。

在蘇家夫妻看來，江家本身就屬於那種可以來往的人家。雖是寒門出身吧，江知府可是少年探花，江太太也很會過日子，關鍵是沒聽說過江知府有貪鄙之事，且江家裡兒女都教養得好。兒子會念書，女兒也有禮貌，要是順順利利發展下去，說不得又是一門書香之族。

再者，雖然江知府完全就是個孤兒一樣的存在，父母姓誰名誰，沒人說得清楚，但江知府的岳家是一門本分人家。至於親戚，雖都是做生意的，卻也並非盤剝之人。如胡文這種每年往北昌府學捐五百兩銀子的事，就很得蘇參政欣賞，覺得即便身為商賈，胡文這種也算儒商了，且有深名大義之舉，便為商賈，亦無損品行。

於是，當胡文一家子奉著胡太爺和胡老太太過來北昌府時，蘇參政此方知曉胡家原來出身官宦書香之家，蘇參政難免說一句：「怪道胡財主有捐濟府學之心，原是家學淵源。」

大姑娘年紀略大些，已不適合再去女學念書，她家二姑娘和三姑娘現下都在女學讀書，是個溫柔可親的孩子。」

胡老太太道：「子衿都這樣說，定是錯不了的。」

何子衿笑，「三姊姊的眼光再沒差的。」

蔣三妞笑著幫著幾位長輩換了殘茶，道：「這也是咱們兩家的緣法，重陽很得陸老翰林的眼緣，一來二去的，也是人家看他品行敦厚。」

胡老太太即便不是那等愛在外頭誇孩子的，聽孫媳婦這話也不禁暗暗點頭。這個重孫並不只是人家嘴上說得這般好，更難得他小小年紀就很知道為父分憂。這一路上，多是重陽一路打點，難得他小小年紀就有這份周全，是極能任事的孩子。

就是胡老太太都覺得，重陽這孩子，真是誰嫁誰有福。

胡太爺一來，幫胡文的社會地位拔高了好幾個等級，胡太爺可是知府任上致仕的。

陸太爺年紀較胡太爺小幾歲，二人都是有學識的，且都在官場混過，很能說到一處去。胡太爺過來，陸家也覺分外有臉，重陽立刻由商賈人家的兒子，升格到了書香門第的重孫。

這也說明了，胡家真是實誠人家，自報家門也說的都是大實話，的確書香出身，不帶半點扯謊的。胡文的父親也是曾任過官的，如今胡文同父異母的大哥，亦是有功名的官身，所以，雖則胡文是做了商賈，但整個家族論起來，是實打實的書香世家。

當然，後頭胡文父親曾為官，大哥亦為官之事，還是胡太爺說的，胡文以前並未提過。叫胡太爺說，這也是這個孫子的孤僻之處，家族之力，能借力時焉何不借？

胡太爺與陸太爺道：「我這孫子嘴上不說，心裡一直覺得行商賈事對不住家裡，故而在外鮮少提及家中之事。其實要我說，書有百家，業有百業，何分貴賤？只要上無愧於天地，下無愧於己心，這就是了。」

兩個老頭都是一把年紀沒啥看不開的，胡太爺這話，當然有為胡文圓場的意思。主要是吧，誰家裡有做過官的父親和正做官的長兄，能瞞著不說呢？這年頭，這就是再好不過的加分項。雖有胡太爺的圓場，陸太爺也不傻，知道胡文與家裡恐是有些不對盤，不過，他是給孫女尋孫女婿，只要胡家父子品行不錯，這也就夠了。起碼胡太爺親自過來，這就說明胡文與祖父母的關係是極好的，陸太爺焉能不給胡太爺這面子？他點頭笑道：「胡兄說的是。阿文還年輕，以後自會想通的。」

重陽念書不大成，但二郎很有些讀書天分，胡太爺過來，也是想著幫孫子帶帶重孫子，別耽誤了孩子。不過，路上看孫媳婦對重孫子們的鞭策，胡太爺還是很放心的。

好吧，蔣三妞就是在兒子們念書上很有些執念。

其實這也是蔣三妞的性格使然。倘不是好勝好強，蔣三妞當年說不得就被那無良父母賣了。倘不是好勝好強，蔣三妞也不能憑著一手針線叫人另眼相待。當然，這也造就了蔣三妞在孩子們身上的強勢。蔣三妞自己就好強，不知不覺，就總希望孩子如自己這般的。

重陽已是勉強不得，蔣三妞就把這念書的期冀放在了二郎身上。還真別說，二郎念書比兄長踏實多了。關鍵是，重陽小時候，他娘叫他念書他能愁死，人家二郎完全不是如此。二郎自小就知道學習，屬於勤學不輟的那種。他並不是起三更熬半夜的學習，二郎是極有計劃的學習，完全不會因想玩耍啥的耽擱學業，而且，人家一入夜就睡覺，從來不熬夜。那成績啊，這與學裡請假半年呢，一點都沒落下，學得竟還比學裡快些。

可以說，二郎完全是繼承了他娘的優秀品質的孩子。

連胡老太太私下都與胡太爺說：「二郎這孩子像阿文媳婦。」

「是啊！」胡太爺對這個重孫也很看好。二郎一回北昌府就去學裡銷假繼續念書了，如此，胡太爺便將三郎帶在身邊啟蒙。

蔣三妞回北昌府小半個月，這才有空到何子衿那裡說說私房話。

何子衿還說：「我看你們太爺和老太太都很喜歡北昌府。」

「是啊！」蔣三妞笑，「我只擔心老人家不適應北昌府的天氣，如今看來都好。每天有三郎在老太太跟前玩耍，太爺呢，偶有教三郎念念書，或者去重陽鋪子裡瞧瞧，也很高興。」

「難為三姊姊妳跟阿文哥有本事，真把兩位老人家接了來。」

說到這個，蔣三妞就嘆氣，「哪裡就那麼容易了？我們原想著是一過完年就往回走的，就是因著二房叔嬸不想太爺和老太太跟我們走，磨了兩三個月，他們方同意了。」

何子衿道：「你們大老爺和三房三老爺沒說什麼？」

「別提了，我們大伯不是同進士外放了嗎？三房阿元是二榜，可惜沒考上庶起士，也謀了外缺。大老爺和大太太跟著我們大伯去了任上，三房叔嬸跟著元哥兒去了任上，就剩二房在老家守著老太太、太爺膝前盡孝。我們回去，你姊夫跟老太太、太爺說，想接他們過來，兩位老人家還是被你姊夫說動了的，再加上重陽幾個重孫在眼前，老人家哪有不願意來的。就是二叔和二嬸死活不許，後來太爺跟老太太乾脆找了族老和縣尊大人過來，給三個房頭分了家，二房便不說什麼。老太太本想帶了二房的七弟過來，二房叔嬸看不上我們這做商賈的，就說是與我們公婆說好了，送七弟去我們大伯那裡。你姊夫能說什麼呢？不來也好。」

蔣三妞說來就頗是氣憤，覺得二房未免太瞧不起人了。

「何苦跟這些沒見識的生氣？」何子衿悄聲道：「要是你們太爺、老太太把手裡的東西都分了，姊姊妳不妨每個月孝敬老太太些銀錢。這老人家啊，手裡有錢不一定花得著，可手裡有銀子，心裡就安定呢。」

「是，我也這樣想的。」蔣三妞甭看自幼貧寒出身，在銀錢上一向不小氣，「我跟妳姊夫也說了，先時那烤鴨鋪子和繡坊，每個月都有一成紅利給姑祖母，我們老太太過來，自然一樣。不為別個，是咱們做晚輩的一番心意。」

蔣三妞忍不住同何子衿說些婆家那些糟心事：「當初虧得聽妳的，我和妳姊夫帶著孩子們出來了。妳不曉得，別看二房叔嬸看不上我們，在老家委實不成個體統。就我們這一回去，現成添的每個月花銷都要找老太太要。我們老太太心裡多鮮明的人，真個鮮明人沒鮮明命，要是三房嬸子在也好，我們三嬸子縱是過於伶俐了些，到底是大家出身，知道顧個臉面，擱二嬸子這裡，實在叫人沒法說。要不，妳姊夫在孫子排位裡，既非嫡也非長，老太太、太爺最講禮法的人，就是想跟我們過來，顧及著家裡的面子，也不會跟我們過來。實在是二房辦的這些事……妳姊夫瞧著，與其叫老太太、太爺過那不省心的日子，不若來北昌府清靜。」

「是這個理，老人家這把年紀了，怎麼痛快怎麼來吧。」

「可不是嗎？二房先時攔著，無非就惦記著老人家手裡那點東西，這東西分明白了，他們也就都不攔了。」蔣三妞諷刺一笑，又說起與陸家的親事來，「趁著天氣正好，得把六禮過了，我再去太平寺投個好日子，明年就給重陽成親。」

重陽成親自有女人們張羅，胡太爺來北昌府沒幾日，就將北昌府的官場摸得差不離了，真是打心裡慶幸給孫子說了門好親啊。

胡文父母緣淺，且胡大老爺那樣的，胡太爺自己都不大瞧得上自己這長子。甭看長子是做了官的，在胡太爺心裡，還不如胡文這經商的孫子呢。胡文受岳家提攜，哪怕行商路，做的也是與軍方的糧草買賣。讓胡太爺高興的是，他打聽出來，蘇參政姓蘇，乃蘇文忠公的後人。不得不說，先蘇文忠公，這完全是一代臣子們的偶像啊！

胡太爺做官遠不及先蘇文忠公，但這並不妨礙他對這位老大人的敬仰，尤其有蘇文忠公的後人在北昌府為官，再一打聽，蘇參政的兒子就在官學念書，閨女就在何子衿女學念書，哎喲喂，哪怕自家攀不上蘇參政，胡太爺看好的是重孫這一代。就不是自家重陽，如阿曄這與蘇參政次子蘇修相識的，二郎復課沒幾天，阿曄就介紹了蘇修給二郎認識。

胡太爺就很歡喜，私下與老妻道：「我就說嘛，咱們阿文雖少時有些坎坷，到底是個有後福的。」待胡老太太細問他，胡太爺還不肯明說。小朋友之間的友誼，就隨小朋友們去吧，長輩們過多插手反而不美。哪怕重孫二郎不與蘇家子性子相投，在胡太爺看來，這也沒什麼，要緊的是這個環境。在外念書，果然比在老家好，見識就廣闊。

胡太爺一高興，就學著陸太爺也在北昌府官學搞了個不大累的兼職。他乃正經老牌二榜進士，雖說是致仕了，礙於北昌府那可憐的文化界人士數量，整個北昌府，除了做官的，沒幾個賦閒在家的進士，胡太爺願意兼職，北昌府官學真是雙手雙腳的歡迎。

胡太爺與陸太爺便由親家就變成了官學裡的同事，彼此難免更親近了幾分。

蔣三妞每個月給胡老太太送銀子的事，把太婆婆感動極了，哪裡肯收。蔣三妞說了何老娘也有的話，胡老太太方收了。胡老太太不似那等見不得媳婦回饋娘家的人，不客氣地說，這是孫媳婦的私房，孫媳婦願意給誰就給誰。胡老太太與蔣三妞道：「何老親家不容易，養大孩子不算什麼，給口飯吃都能養大，難得的是，把妳養得這樣好，這可是不知要耗費多少心神。妳沒忘了老親家的養育之恩，這樣很好。」有良心的人，對誰都有良心。

蔣三妞笑道：「在我心裡，姑祖母就是我的親祖母。」

「本當如此。」胡老太太見蔣三妞在重陽的親事上事事同她商議，心裡亦是舒坦。這人老了，是想享些天倫之樂，卻也不是不想管事。蔣三妞就很會拿捏這其間的分寸，她畢竟不比老太太有見識，也樂得跟老太太請教。老太太指點著，她去做，如此頗多長進。

就是重陽，也是討曾祖父曾祖母喜歡的一把好手，他哄何老娘都哄得樂呵呵的，胡太爺和胡老太太更不在話下。重陽心裡記掛著曾祖父曾祖母，不必貴重物，就是記著隔三差五給老人家買些易克化的點心瓜果，老人家就很高興。

胡老太太都覺得，這北昌府真是來對了。胡文不是孫子裡最有出息的，卻是最孝順的一

俊哥兒自來精賊，江太太問，他偏不說了，笑嘻嘻道：「這事兒啊，現在不能跟您說。待大寶中了秀才，我自當把這祕訣傳授給他。」引得江太太一陣發笑。

俊哥兒中舉，何家自然要擺酒宴客的。

俊哥兒中舉之事，就是陸家知曉也很為俊哥兒高興，無他，俊哥兒是重陽的二舅啊！

雖然何學政夫婦不過是蔣三妞的表叔表嬸，可蔣三妞娘家早已無人，自小在何家長大，這就是蔣三妞的娘家，陸家如何不喜？

陸家應下胡家這門親事，未嘗沒有胡家有幾門好親戚的原因。

陸三太太滿面春風地將這喜事告訴陸老太太，陸老太太點頭稱是，笑道：「何家二郎我見的倒是不多，不過，小小年紀就能桂榜題名，可見有其才學。」

「是啊，何家大郎去歲剛進翰林做庶起士，也是咱們北昌府有名的才俊了。」

陸二姑娘就問：「娘，高家表哥有沒有中啊？」

陸三太太瞪閨女一眼，怎地這般沒眼力？要是高琛中了，陸三太太即便不喜高家也沒有不說一聲的，她笑意稍減道：「妳高家表哥運道差些，下次定能中的。」

陸二姑娘聽說高琛沒中，便說：「表哥可是去歲案首，怎地沒中？」

陸三太太還沒說話，陸老太太已道：「案首多了去，每年秀才試都有案首，難不成個個案首就能保證秋闈都中的？」

陸二姑娘道：「祖母，您不曉得，何家二郎與高家表哥是同一屆的秀才，高表哥還是案首呢，何二郎只是第二名，當初考的就不如高表哥，怎麼何家二郎中了，高表哥……」

陸二姑娘話還沒落地，就被陸老太太斥道：「胡說什麼？何家二郎也是妳叫的，那是妳大姊夫的二舅舅！要依妳的意思，誰是案首以後就得是解元，以後還得是狀元了？念書本是自憑本領，第一與第二相差能有多少？妳別忘了，去歲秀才試距今已一年半了，就不許人家何二郎用心攻讀桂榜題名了？妳如何說出這般沒輕重沒見識的話來？高家固然是親戚，何家一樣是親戚！妳不會說話就閉嘴，越發不成體統了！」

陸老太太直接把陸二姑娘罵出滿眼淚來，陸三太太也有些惱怒二閨女說話沒個腦子，不過，見二閨女被婆婆罵成這樣，也就沒了斥責了心，看向婆婆的眼中已目露乞求之色。

陸老太太淡淡道：「回屋好好想一想吧。」怎麼遠近親疏都不曉得了？

陸二姑娘哭著回了房。

陸大姑娘咬咬唇，替妹妹說話：「祖母，妹妹也是替表兄惋惜。」

陸老太太道：「榜上無名，無非是用功不夠，有甚可惋惜的？要是有狀元的水準，就是再挑剔的閱卷官也不可能叫他落榜。今既落榜，便是水準不夠，有甚可惋惜的？」

陸老太太連問兩遍「有甚可惋惜的」，陸大姑娘低頭，無言以對。

陸老太太乾脆也讓陸大姑娘下去了，陸老太太恨恨地一拍几案，與陸三太太道：「妳好生與大妞說一說，別拎不清楚誤了自己。高家雖是我娘家，可瞅一瞅，胡家現在是什麼氣象。孫女婿還年輕，也不見得就一輩子做生意去。」

陸老太太連這話都說出口了，可見的確是一心為孫女著想。

陸三太太忙道：「母親放心吧，我細與她說一說，大妞一向明白。」

「我是真擔心啊！」陸老太太嘆道：「女人這一輩子，說容易也容易，說難也難。生於明理之家，嫁個明理之人，生養個明理的兒子，一輩子即便享不了大福，也是痛痛快快的。胡家是官宦之家，論出身，也配得上咱家。夫妻這一輩子，要是打頭就生分了，男人不舒坦無非是養丫頭納妾，自有會哄會奉承的，女人呢？」

陸三太太嚇一跳，連忙道：「母親，胡太太可是說了她家裡不會納妾的！」

「要是小倆口和睦，人家自然不會納妾，要是大妞這樣的，胡太太難道會委屈自己的兒子總去遷就她嗎？」陸老太太恨聲道：「她先時死悶著不說，給她定了親事又這樣悶氣。她哪怕肯說一句，咱家難道是一定要她去嫁胡家嗎？我都覺得對不住胡家了。」尤其胡家對陸家那真是沒半點不好。這不，眼瞅著胡太太娘家也越發興旺起來，以後陸家子侄要進學要科舉要為官，多一門這樣的親戚難道不好？

陸老太太一想到大孫女這狀態，實在不放心她這麼出嫁，這不是給兩家找不痛快嗎？

陸三太太道：「母親莫惱，大妞這孩子就是靦腆，大是大非還是明白的。」

陸老太太嘆，「她要是在這上頭犯糊塗，這一輩子……」

陸家婆媳正在說陸大姑娘的事，高太太就來了，眼睛還腫著，一說話就哽咽，拿帕子拭著眼淚，一副欲言又止的模樣。說真的，高太太這番作態，陸家婆媳皆是不喜，陸老太太都不想說話了。陸三太太打圓場道：「表嫂這是怎麼了，有誰欺負表嫂了？」

「哪裡是人家欺負我？」高太太說著，眼中淚水就滾落下來，道：「姑媽和妹妹還不曉得今天出桂榜吧？」

不待高太太接著往下說，陸老太太已是笑道：「如何不知？大妞未婚夫的二舅，可不就在榜上？那孩子今年才十七，雖說名次不太高，年紀也小，再用幾年功，春闈可期！」

陸老太太笑咪咪的一句話，說得高太太都不曉得接下來該說什麼了。高太太不曉得陸老太太說的陸大姑娘未婚夫的二舅是哪個，傻傻問了一句：「大妞未婚夫的二舅？」

「是啊，就是何學政的二公子。」這回不必陸老太太說了，陸三太太接口道：「說來，何學政家大公子是上屆春闈中的二榜進士，已是入了翰林。說不得，這二公子下屆就會得中進士。嫂子只管寬心，琛哥兒還年輕，再待三年也不過二十出頭，一樣是少年俊才。琛哥兒這沒上榜，孩子心裡不好受，嫂子妳這麼哭天抹淚的，叫孩子曉得，豈不更是傷感？」

「是啊，妳這淚眼婆娑的是要做什麼？就是妳姑父，當年也是三十才中了舉人。琛哥兒現在才十幾歲，一次不中妳就這樣，叫孩子心裡怎麼想？妳這也忒心急了。回去與琛哥兒說，只管再用功三年，下次一舉得中，也是咱們家的喜事不是？」

陸家婆媳幾句話就把高太太的話彈壓了回去，陸老太太命陸三太太包了幾塊點心，給高太太帶了回去。高太太一路哭回家去，捧著點心與兒子道：「這世上誰不是勢利眼呢？先時你中了案首，別人如何待咱們。如今你落榜，又是一種臉色。」

高琛嘆道：「娘，您這是什麼話，姑祖母幫咱家還少嗎？這落不落榜，全看自己的文章如何。要是姑祖母真個勢利的，也不會幫咱家這些年。」

「我就是不服，明明你是案首，那第二的都上榜了，怎麼你就偏沒中？這要不是何家是學政家，怎輪到何家公子上榜？」

高琛恨不得把他娘的嘴堵上，「娘，您莫不是到姑祖母家說這事兒去了？」

高太太心裡憋屈，「我倒是想說，只是你哪裡曉得，那何家就是大妞婆婆的娘家，何家二郎可不就是大妞未婚夫的舅舅嗎？你姑祖母嬸子她們喜還喜不過來，哪有空聽我說這個？」

「虧得您沒說！我的文章不比何二郎寫得好，自然是要落榜，有什麼稀奇的？」

「明明秀才試你是案首！」

「娘，您別說了，您也知道那是秀才試。」高琛正色道：「就是秀才試，何二郎的文章也不比我的差。官場中自有規矩，倘是兩人文章不分高下，那出身官宦之家的學子當居第二，取寒門為第一。我如今還年輕，三年後再來就是，何必因一時失利，娘您就四處哭訴？叫別人曉得，還以為我對秋闈不滿呢。娘，您要是這樣，我才算完了。」

高琛把他娘唬得跟什麼似的，高太太再不敢出去瞎說，高琛又跑了一趟陸家。

要說高太太為人，陸老太太與陸三太太都不大喜歡，婆媳倆當初看中的就是高琛。高琛此人，不論相貌還是行止都不錯，說話也很講究。要說落榜，對於高琛這樣少年得志的，自然是一種打擊，但高琛反應多快，到陸家時已是形容如常。

高琛完全沒有提他娘的事，只是道：「我剛去向何兄賀過喜，我們去歲的秀才們，中舉的就是何兄了。何兄原就學識極好，底子也打得牢，於情於理，我都得過去。何兄已是說了，明兒他請客，我們已商量好，得多灌他幾杯。」

陸老太太見著這個侄孫才算心裡痛快些，笑道：「你們既是同窗，咱們又是親戚，不是外人，很該多親近。」

「是。」高琛認真聽了。

陸老太太見這個侄孫是可堪調理的，與他道：「你也莫灰心，剛才你娘過來，我也與你娘說了，你還年輕，再好生用功三年，下次秋闈春闈一併拿下，豈不好？」

高琛道：「初時知道落榜，我還真有些失望，可回家的路上也就想明白了，少年得志的，畢竟是少數。我想著，還是效仿姑祖父，踏踏實實把文章作好，再說功名不遲。倘將功名心放到學識之前，反是失了尋常心。」

陸老太太很滿意高琛這個態度，甭管是不是裝出來的坦然，起碼說話做事像那麼回事。

陸三太太也鼓勵了高琛幾句，中午還留了高琛吃飯，高琛笑道：「原該陪著姑祖母和伯娘一道用飯，只是我娘在家，我不放心，還得回去多勸勸她。」

高琛起身告辭。

陸老太太輕嘆一聲，沒再說什麼，陸三太太則是開導閨女去了。

（未完待續）

漾小說 212

美人記 8

國家圖書館出版品預行編目資料

美人記/ 石頭與水著. -- 初版. -- 臺北市：
晴空, 城邦文化出版：家庭傳媒城邦分公司發行,
2019.03
冊； 公分. --（漾小說；212）
ISBN 978-957-9063-33-3（第8冊：平裝）

857.7 108001414

原著書名：《美人记》，由北京晉江原創網絡科技有限公司授權出版。

城邦讀書花園
www.cite.com.tw

作者 石頭與水
封面繪圖 畫措
責任編輯 施雅棠
國際版權 吳玲瑋 蔡傳宜
行銷 艾青荷 蘇莞婷
業務 李再星 陳紫晴 陳美燕
編輯總監 劉麗真
總經理 陳逸瑛
發行人 涂玉雲
出版 晴空
城邦文化事業股份有限公司
104台北市中山區民生東路二段141號5樓
電話：（886）2-2500-7696 傳真：（886）2-2500-1967
發行 英屬蓋曼群島商家庭傳媒股份有限公司城邦分公司
104台北市中山區民生東路二段141號2樓
客服服務專線：（886）2-25007718；25007719
24小時傳真專線：（886）2-25001990；25001991
服務時間：週一至週五上午09:00~12:00；下午13:00~17:00
劃撥帳號：19863813；戶名：書虫股份有限公司
讀者服務信箱：service@readingclub.com.tw
晴空部落格 http://blog.yam.com/readsky
香港發行所 城邦（香港）出版集團有限公司
香港灣仔駱克道193號東超商業中心1樓
電話：852-25086231 傳真：852-25789337
E-mail：hkcite@biznetvigator.com
馬新發行所 城邦（馬新）出版集團【Cite (M) Sdn Bhd】
41, Jalan Radin Anum, Bandar Baru Sri Petaling,
57000 Kuala Lumpur, Malaysia.
電話：(603) 9057-8822 傳真：(603) 9057-6622
Email：cite@cite.com.my
美術設計 洸譜創意設計股份有限公司
印刷 沐春行銷創意有限公司
初版一刷 2019年3月12日
定價 380元
ISBN 978-957-9063-33-3